田山花袋研究

馬 京玉

제이앤씨
Publishing Corporation

はじめに

馬京玉さんが、母国韓国で『田山花袋研究』を出版されると言う。

本書『田山花袋研究』の著者、馬京玉さんは、1998年から2002年3月まで、東京九段にある、二松学舎大学に遊学して来られた。妻子ならぬ夫子を韓国に置いての渡来であった。背水の陣の如き決意を抱いての来日であったと思う。それだけに意気込みに強いものが窺えたものである。既に韓国において日本の修士学位にあたる、韓国の碩士の学位を有しており、専門大学校で教職の経験を有していたこともあって、本学の博士課程後期課程に入学し、小職の指導下に入り、直ちに博士学位の取得をめざしたのであった。以来4年、蛍雪の功が稔り、2002年3月、学位を取得、無事修了された。比較的早い、学位取得、課程修了であったと思う。その際、博士学位記取得論文として提出したのが、『田山花袋論 － 西洋受容と伝統継承の二層の文学意識の構造－ 』であった。

本書は、その学位取得論文が基底になっているものと承知する。帰国後、何度も学位論文に推敲を加え、本書の出版に至ったものと聞いている。残念ながらと言うか、遺憾にしてと言うか、その最終稿（完成稿）は出版社への版入の日程との関係で、確かめるにはいたっていない。そのことがこうした序文を書く上で、小職にはいささか及び腰になるところがある。

20世紀初頭、「蒲団」でもって文壇デビューを成した田山花袋は、私小説的、暴露主義的な日本独自の自然主義の花形作家として脚光を浴び、文壇の寵児となった。「生」「妻」「縁」と立て続けに自己の生活譜に膚接した3部作を発表、期待を裏切ることがなかった。しかし、大正期半ばから頭を凭げて来た反自然主義的な文壇の潮流に流され、次第に陰を薄くしていた。一見表舞台から立ち退いたかに見えた花袋は、ゾライズムなど西欧文芸思潮に影響を受けた「蒲団」時代とは違う、日本伝統の運命観、自然観等の伝統性を色濃く宿した長篇小説を次々と発表していく。「退屈」と思えなくもない、こうした晩年の長篇小説は、ごく限られた花袋研究の専門家を除けば、昨今は多くの読者からも、近代文学研究の学徒からも、顧みられることの少ない存在である。それを韓国人である馬さんが、論文副題として掲げる「西洋受容と伝統継承の二層の文学意識の構造」の切り口で、ある意味では見事に解明してくれている、その試行は高く評価されるべきであると考えている。できれば、小職執筆の、学位論文審査概要を、本書巻末に掲げてもいいのではないかとすら思われる。

小職も、過去なんどか韓国を訪れ、実際に韓国における日本文学研究の活況を目にしている。その盛況ぶり、なによりもその熱気、活気は、やや停滞気味の日本の学界を凌ぐものがあると思えるほどである。日本語・日本文学の研究で、韓国内で盛んに学位も取得されて、また出版も相次いでいることを肌身に触れて承知している。また日本の研究者との交流も年々深まっている。しかしながら、一部の事情通を除けば、日本においてはその実情は殆ど知られていない。そういう意味では、馬さんの論文もできれば日本で出版し、日本の学界に供して欲しかったという思いが、指導の教員として潜在することは事実である。しかし、今後、研究を積み重ね、将来はそれを日本で公表することも可能である。馬さんの今後を期待し、今回の出版を素直に祝福し、相共に喜びたい。

馬さんにとって、研究にはまだまだ発展の余地があり、日本語の文章力等にもまだまだ練成を要する。学位の取得、その書籍化で安心せず、今後いっそうの精進を重ねていって欲しい。韓国の日本語・日本文学界にも確とした地歩を築いて欲しい。隣国にある立地条件を利して、日本に大いに足を運んで、本場日本の学界の最新の動向、そして情報に触れていってもらいたいと望んでいる。

最後に韓国の同学、同好の士に、本書とその著者が受けられること、正当に評価されることを指導教員として切に願うものである。幸い母国で極東大学校に専任の職を得、教壇に立ち、日本語日本文学の講義を行っている。活躍の場を与えられている。そして今後の馬さんのますますの活躍、研究の深化進展を祈ってやまない。

2006年 11月 25日

二松学舎大学学長・大学院教授

今西　幹一

目 次

田山花袋研究

序 論

花袋は、明治34年7月にモーパッサンの「不健全なる作品の中にもなお驚くべき人生の真趣」(『太平洋』)の衝撃的世界を発表した時、自然主義作家として開眼する。

田山花袋は自然主義の主唱者であり、闘将であったが、自然主義という本質と共に素質的には、矢張、東洋的な抒情のロマンチストであった。『ふるさと』『野の花』の作者は『重右衛門の最後』『蒲団』の作者となり、さらに『生』『妻』の作者となったが、『時は過ぎ行く』と『再び草の野に』あたりから以降の作品になると手法からはともかくとして、その作の精神においては自然主義とは遠いものとなっていく。

ともあれ花袋における自然主義観の脈絡が生まれて発展もしていくが、伝統継承は花袋に二層の文学意識を併存させる。いわゆる東洋と西洋という二律背反は、花袋における明治二、三十年代に見られる文学上の軌跡を示すとともに、特に、「四十の峠」を境に伝統に回帰する四十二、三年以降の自然主義退潮期にみられる展開に、重大な亀裂を提示するのである。

田山花袋という存在が「近代」文学の対象として論究される場合、あまり芳しい評価を与えられていない。その理由は自然主義運動の中心にいて半知半解の自然主義者だった、という定評があるからと思われる。つまり、歪んだ近代文学を体表する創作者として認識されているのである。これは、花袋の文学を、西洋受容の仕方をネガティブにのみ捉える観点から生まれた傾向だと思われる。

花袋が受容した西洋文明の全体像からすれば、リアリズム論の観点は作家の軌跡を矮小化しただけに終わってはいなかったかと思わずにいられないのである。しかし、花袋の近代は表向きの表現ですべてを律するわけにはいかないのである。明治期の小説・評論、特に、自然主義の退潮期以後の文学表現、すなわち伝統継承の問題をどのように見るのかという問題が出て来る。

つまり、自然の変容、宗教の世界、理想の世界、まこと、時、廃墟、自他融合、新生、強い心などの精神の世界への亀裂は、科学的人生探求に不満足な彼が伝統的な自然観に帰着するのであり、この問題は花袋の西洋受容と伝統継承の二層の文学意識の構造に緊密に絡んでくるのである。

だから加藤武雄の「花袋は一つの大なる混沌である」(『定本花袋全集』月報二号 臨川書店 昭和11年7月)という評は適切な定義として首肯できる。

二十一世紀の現在、欧米流の近代を象徴する「科学」は、もはや万能とは見なされていない、多元文化主義の到来である。こうした文化観からのアプローチが、歪んだ自然主義文学の推進者というレッテルから田山花袋の復権を試みることであり、この作業によって花袋の全体像を究明していくのが本論文の主旨である。

花袋が西洋の「科学」を迂回しやがて回帰した伝統の要素について、特に花袋の後期の文学表現、小説、随筆、評論、紀行文などを検証していきながら、花袋の文学意識の構造を考察することを本論文の意義及び目的とする。

花袋の受容した西洋と継承した伝統を明らかにするには、花袋の和歌・漢詩の韻文の世界と、外国文学の影響の関係をより深層的、実証的、具体的な研究方法を採り、深く論ずるべきである。しかし、本論文では、残念ながら、論者の力量はそこまで及ばない。その部分は、柳田泉の『田山花袋の文学一・二』(春秋社　昭和33年9月)と小林一郎の大著『田山花袋研究』「館林時代」・「博文館」(桜楓社　昭和59年2月)の両先学の記述に譲ることにし、いわゆる自然主義退潮期以降の小説を中心として、花袋の二層の文学意識を考察していく。

第一章
東洋と西洋の共存と二律背反の時代

第一節
『重右衛門の最後』論
―「自然」の変形を手掛かりに ―

一

『ふる郷』『みやま鴬』『野の花』のような詠嘆的抒情性の作品を書き続けていた花袋が、明治35年5月「アカツキ叢書」の第五編として新声社から出版した中編小説が『重右衛門の最後』である。『重右衛門の最後』は主観的抒情で少女憧憬の立場と詠嘆的恋愛の叙述からの脱皮を求め、外国文学の摂取に没頭していた花袋にとって、自然主義の過渡期にある未熟なものではあったが、その答えの一部を出そうとした作品である。花袋の作品の中でこの『重右衛門の最後』の占める位置については、国木田独歩が『病状録』(明治41年6月)の中で、「花袋の自然主義傾向は今日にあらずして『重右衛門の最後』に初まる」と指摘している通り、実作者としての花袋と新文学の紹介者としての花袋は、『重右衛門の最後』において、ようやく形の上では並列となる。

『重右衛門の最後』は、モーパッサンへの傾倒の結果として、花袋のリアリズムへの傾斜がよく見てとれる作品で、いわゆる「露骨なる描写」の持つ革新的意味に目覚めたという面においては、ゾラの影響を受けたと言える前期自然主義時代の代表作である。

しかし、『重右衛門の最後』の不完全さは、花袋も『小説作法』で「自然児の不自然さ、地方色の欠如、火事の場面のまずさ」があったと認めている。「自然児」としての極端に異常な主人公の設定は花袋の「想像の産物」であり、「明治期の異常な人間関係や前近代的な倫理世界が「ありのまま」に追求されていないので、『重右衛門の最後』という作品はこの可能性を分裂させた。」と、岩永胖は『自然主義における虚構の可能性』(昭和43年10月、桜楓社)で、花袋を厳しく非難し、花袋が目撃したその事件を調査し、それについて次のように述べている。

> 調べてゆけば事実そのものには人間離れのした怪奇な異常はない。……(中略)……花袋の提起した異常さは、村や人間の在り方そのものではなく、大睾丸をさらした重右衛門の生理であった。

明治日本の前近代的な倫理の特異性を「ありのまま」に追求したものなら、「農村社会の根底を鋭く抉る作品」になる可能性があったはずであるのに、主人公の生理的条件と本能の描写は多面的な可能性を分裂させてしまったということである。

『重右衛門の最後』の最大の特徴は、複数の変形によって描き出された何よりも多様性と曖昧さをもっている「自然」の意味にあると言っても過言ではないほど、主観・客観の問題から「大自然」あるいは、「大自然の面影」といった言葉であらわそうとする花袋の自然観、それがそのまま出ていることにあると思う。

自然は芸術家のあらゆる生活を通じて芸術家を包み込むものとしてあり、花袋における芸術追究の究極の目標に違いなかった。この人間と自然が渾然一体に存在する世界観は、日本の、さらに広い意味で東洋伝来の定義の仕方であって、決して西洋のものではない。西洋では人間と自然は対立しており、その典型的文化として西洋の近代があった。

花袋は一方に日本の中の西洋を模索し、他方で伝統世界に支配されていたのである。花袋の前期自然主義の作品だと評価されている『重右衛門の最後』では、彼のこの二律背反が見られるのである。

花袋は『小説作法』第二編「私の経験」の「四・傍観的傾向」(明治42年6月博文館)で

> 『自分をも草や木のやうに見られる時が来たら、嘸ぞ思ったやうなことが書けるだらう。』
> さういふ風に自然に対して、見方が変つて来た。
> 明治三十七八年から九年に亘ってこの修練を私は絶えずして見た。殊に其間に於て日露戦役に従軍したといふことは、非常に利益であつた。客観性に傾いたさうした頭脳で、私は出来るだけ冷やかに人の倒れて死するのを見た。

日露戦争を契機として、「「平面描写」の傍観的態度」が生まれることをいっている。己を自然に解消する立場を客観の概念に置き換え、傍観的態度と規定する作家の発言は自然主義論を意識したものに他ならないので、明治42年6月時点の解釈と交差する。これが日露戦争の戦場の経験であり、その深化が自然観の成熟を伴って成立しているのである。思想的展開といった世界観の成立からいえば、人の死を媒介として自然に一体化して行くものであり、『田舎教師』はその一到達点を示していたことになる。

傍観といい、客観というのは『蒲団』のような作品の自然主義論を説明する用語であって、その概念づけに自然を借用したに過ぎない。大体において花袋が考えていた自然は『蒲団』とは別に語られるべきものであったが、しかし花袋の自然には、少なくとも複数の変形があったのである。『重右衛門の最後』で見られる自然の多様性は、昭和期も含めて大正期に向けての一筋の主題を提供していたことになる。

第一節では、その実態に深く立ち入って、花袋文学の基本構造の視点から眺めて見たい。

二

花袋自身が、回想的な形で明治39年10月の「新潮」に発表した『事実の人生』においては、『重右衛門の最後』の執筆について、次のようないくつかの考察点に触れている。

> 『重右衛門の最後』ですか? あれは全く那通りの事があつたので、現に私は其れを見ました。そして見た通りを正直に大胆に書きましたのです。あの作に表れて居る三人の友達も、私が遊びにいつたのも、火事も重右衛門も、其最後もソツクリ其侭で、私の作つた所は少しもありません。若し有つたら其は終の方にある自然児に付いての議論、あの議論位のものです。あれも却つて無い方が好かつたので、あれがある為に那の作品が却つて小さくなつたかも知れません。

まず第一は、作中の「火事」において、この火事のあった村に住んでいた三人の友達を訪ねたこと、主人公重右衛門も実在の人物であったことである。つまり、材料は全部事実であったということである。

第二は、この村を訪ねた当時、ツルゲネフの『初恋』と『アンドレイ・コロソフ』などの作品を愛読していて、彼の作中に出て来るロシア農民のような人物を日本の農村の中に見つけ出そうとしていたとき出会った事柄なので、書こうとしたがなかなか書けなかったと言っている。しかし「ズーデルマンの猫橋」を読むことによって、書くことが出来たということであって、これは構想の問題である。

> 唯あれを書くに、私は其以前の作品と、全く別な考えを持つて書きました。詰まり技巧を捨てると云ふ事です。文章なども木地の見えるやうになるべく素朴に、事柄も遠慮会釈なく大胆に、ありのままの事を飾らずに、其侭書いて見やうと云ふ考えです。ですからそれは少々書過ぎる

> と思ふ事でも、ドンドン、其侭書いて置いた。其れ主人公の重右衛門が大睾丸を抱いて遊廓に行く所がありませう。那所なぞは多少物議を起したと見えて、友人の柳田君(国男)が、如何に何んでも余り露骨過ぎると、私に忠告した位です。

第三は、表現上の問題である。技巧を捨て、ありのままに描こうとしたということで、「『野の花』の序」の実践であり、これは花袋が「芸術の真意義に眼覚めた」ことを示している。「技巧を捨て」、文章は「素朴に」、事柄は「大胆に、ありのままの事を飾らず偽らずに」書く要領を会得して、『露骨なる描写』(明治37年2月「太陽」)につながっている問題を、もう一度、39年10月の時点で、回想的に確かめているものと言える。

彼はこの事件を明治27年の夏に目撃したが、八年後の明治35年に作品を書き上げるまでの創作上の苦しみを、明治42年6月30日に「博文館」より出版された『小説作法』の中の『私の経験』に書いている。

> 『重右衛門の最後』は明治二十七年の夏に自分の目撃した事実である。(中略)何故にそれがさう明かに自分の心に印象されたかといふ理由が其時分の頭脳では解らなかつた。で、幾度か書こうと思つて、筆を取つて見ては捨てゝ了つた。睾丸の大きいといふことが何故悲劇の本になつたか、祖父に甘やかしてそだてられたことが何故あゝした生涯を送るやうになつたか、さういふことが解らなかつたので、何だか馬鹿々々しいやうにつまらないやうな、小説などにすべきものではないやうな気がした。それだけ自分の頭脳は美とか理想とかいふものに支配されて居た。処が理想を破壊し、大きな自然にそのまゝ触れると、一番先に其の「重右衛門の最後」の事実が活きて浮んで来た。其理由が文明と頭脳に映つて来た。で、「重右衛門の最後」の一遍が成り上つた。

大睾丸の持主であるということ、祖父に甘やかされて育てられたことの意味、つまり、そうした「事実」だけでなく、「事実」の持っている意味がはっきり分らなかったので、作品化出来なかったと言っている。ここで花袋が、事実のみを印象的に描くのでなく、事実の意味を考えて書こうとしていることが分るのである。一つの思想を持とうとしているのである。しかも、その意味が分からぬということの理由が、「美」とか「理想」とかを先に考えて創り上げるこれまでの方式にあったのではないかという懐疑を抱き、まず、そうした事を前提におく立場を否定し、破壊して行こうとしたのであるが、それがなかなかできなかったことを告白しているわけである。

「大自然」というものの持つ真実の意味に何とか肉迫し、そこから得たものを、そのままあらわしたいと考えていたのである。「観察」と「表現」という問題である。小主観を排して観察し、技巧を抜きにする考えを『事実の人生』では、この「観察」をツルゲネフに、「表現」の一部をズーデルマンに負ったと言い、具体的な面には触れていなかったのが、やや明らかにされたということが出来る。

『事実の人生』と『私の経験』で共通する事は「事実」を元にしたということのみである。「観察」、つまり、先に出しておいた意味を考える基準に悩んだわけである。それが次第に『うき秋』(明治31年12月　文芸倶楽部)『憶梅記』(明治34年2月　文芸倶楽部)と進み、「『野の花』の序」(明治34年6月　新声社)から『天と地と』(明治35年3月)と考えも進展したかに見え、依然として、「主観」「客観」の間に揺れ動き、外国文学の摂取の効果もその作品に定着していない。が、とにかく客観的なものとして、特にゾラ的方法の上に立ち、主観的な方法の真の意味の理解として、新自然を考えながら創作したものである。この意味が言われるところのゾラの遺伝と環境なのである。

三

花袋だと思われる「私」は東京にある某私立学校に通っていたころ、長野県の塩山村出身の山県・杉山・根本という青年と知り合った。彼らは途中で挫折し、寂しく故郷へ帰って行く。それから五年後の夏、「私」はこの村を訪れた。消火演習をする村人の中に懐かしい根本を発見するのである。田池のある根本の家にくつろいでいるうち、この平和に見える村に放火の続くのを知る。犯人藤田重右衛門は村の者であるが、村の駐在も手を焼いている放蕩者で年は四十二、三、媾代わりに芋沢あたりから連れて来た十七歳位の獣のような小娘に言いつけて火を付ける。山県を交えての懐旧談の最中、半鐘の乱打、私は茫然として放火の実景を見る。

重右衛門は祖父の代までは田の十町もある身分だったが、父は芋沢からの養子、そのため祖父母は、大睾丸の持ち主といった不良の孫、重右衛門を格別に可愛がった。重右衛門は十七歳時、祖母の死、父の養蚕の失敗、遊廓通い、母の重病を経験。こうした中で重右衛門は湯田中の遊廓において、不具の身でありながらようやく女を知ることが出来、はまり込む。祖父の死の知らせを聞きながら、重右衛門は「死んでしまつたのは仕方がねえ。明日帰つて、緩り葬礼を出してやるから、もう帰つて呉れても好い」と涙ひとつこぼさずにいった。重右衛門を溺愛した祖父の死後、村人の世話で妻を貰ったが、一年たっても子が出来ず、妻は漁師と密通してしまう。

重右衛門は家を抵当に金を借り、それが取られてしまうと、いまいましさのあまり放火をして、監獄に送られるというような「暗黒と罪悪」の歴史をたどるのであった。こうして村人の重右衛門への悪感情が増大するとともに、重右衛門の村人への反感も高まり、ある日、「何んだ、この重右衛門一人、村で養つて行けぬと謂ふのか、そんな吝くさい村なら、片端から焼払つて了へ」と怒り、それから放火騒動が起こったのである。

「私」が久しぶりに再会した根本・山県と談笑しているときに山県の家に火が付けられ全焼した。その翌日、きびしい警察の目をくぐって根本の家も燃やされた。さいわい大事にならなかったが、その火事見舞いの席に、酒が飲みたさに自ら火を付けながらあらわれた重右衛門は、村人からリンチを加えられたすえ、殺された。警察では彼の死を怪しみはしたが、彼の行状を知っているので酒に酔って田池におち溺死したということで処分した。

重右衛門の死骸は野生の少女の手に渡された。その夜、村はすさまじい火に包まれた。翌日、全村を焼きつくした灰燼のなかにその少女の焼死体があった。

実際、『重右衛門の最後』は、その行動や性格が、事実ありのままに書き込まれているのではなく、意識的に歪曲され、花袋の意図の下に造り上げられている作であると言える。

つまり、花袋は「事実」の「意味」をどう考えるかに腐心したわけである。その意味づけに「大自然の主観」、あるいは「面影」を出し切っているかどうかが問題であるわけで、歪曲云々が必ずしも意味づけを不当化しているとは言えないのである。

『重右衛門の最後』の冒頭を見ると、その中に、

> 僕は、一度猟夫手記の中にでもありそうな人物に田舎で遭遇して、非常に心を動かした事があつた。それは本当に、我々がツルゲネーフの作品に見るロシアの農民そのまゝで、自然の姿をあの位明かに見たことは、僕の貧しい経験には殆ど絶無と言つて好い。

と「自然の姿」を問題にしていることがあり、その後「よく観察すれば日本に随分アントニイ・コルソフやエルトッフ・ハーノブのやうな人間はあるのだ」と言っている「観察」がある。しっかり「観察」することは『小説作法略』(『美文作法』所収)でも、「事実」、「経験」の意味づけの判断力に関わる重要な事実としていたのであり、その「観察」によって何をしたかったかというと、それは、「自然の力」「自然の姿」を見ることであった。

1.「自我・性欲・本能の自然」と「歴史・習慣の自然」

『人間は完全に自然を発展すれば、必ずその最後は悲劇に終る。即ち自然このものは到底現世の義理人情に触着せずには終らぬ。さすれば自然この者は、遂にこの世に於て不自然と化したのか』(十一章)

これは十一章の冒頭にある自問自答である。この場合の「自然」は重右衛門と野性的な少女の「自然児」的な性格、すなわち動物的な性格として「性欲などの本能を具体的にさしている」のである。ゆえにその行き着く果ては、結局悲劇であるとする花袋の解釈である。

『重右衛門の最後もつまりこれに帰するのではあるまいか。かれは自分の思ふ侭、則ち性能の命令通りに一生を渡つて来た。もしかれが、先天的に自我一方の性質を持つて生れて来ず、又先天的にこの不具の体格を持つて生れて来なかつたならば、それこそ好く長い間の人生の歴史とを守り得て、放恣なる自然の発展を人に示さなくつても済むだのであらうが、悲む可し、かれはこの世に生れながら、この世の歴史習慣と相容るゝ能はざる性格とを有つて居た。』(十一章)

「『他』なくして『個』のありえない人間社会」では歴史習慣とぶつからずには済まされないのである。すなわち「自然」が「自然」単独に存在し得ることはなく、現実の社会条件の中で存在しているので、悲劇が起こってしまうのである。

このような自然の意味は人間のエゴイズムや性欲などの本能を示しているのである。ゆえに、野生の少女を手下に、ひそかに放火をかさねる重右衛門の行き着く果ては、結局村人にリンチにあい水死させられる悲劇に終わる。

相馬庸郎は「日本自然主義の『象徴派』的性格」(昭和40年9月「文学」)の

中で重右衛門や小娘の行動を含めて、「エゴイズム」「性欲などの本能」「動物的性格」といったものに根ざす「自然児」の在りようを、自然科学的な見方に近いものと規定している。

重右衛門の生い立ち、不幸な青年期、結婚生活の失敗などの家庭的な不和、祖父の度が過ぎた愛情、そして先天的不具の大睾丸などが現在の重右衛門にいたる不幸の原因となった。これは人間を科学的な方法で把握しようとするゾライズムの環境論と遺伝的決定論の影響であると言える。

> ① 母方の祖父といふ人は人殺して斬罪に処せられたといふ悪い歴史を持つて居るのであった。(八章)

> ② 其先天的不具がかれの一生の上に非常に悲劇の材料と為つた…(中略)…それから愛情の過度、これも確かにかれの今日の境遇に陥つた一つの大なる原因で、大きくなる迄、孫や、孫や、孫やとやさしい祖父にちやほやされて、一時村の遊び夥伴の中に、重右衛門と名を呼ぶ者はなく、孫や、孫やで通つたなども、かれの悲劇を思ふ人の有力なる材料になるに相違ない。(八章)

①はこの作品の内容において特別な意味は持っていないが、人間の遺伝性を重視するゾライズムの当時の花袋における反影を見ることができる部分であり、②は重右衛門の不幸の原因として、先天的不具の生理的な条件と、祖父の愛情過多という幼い時の環境をあげている。

このようにして「大睾丸」と「性欲」と「放火」とを結び付けるところに怪奇なる異常児重右衛門は誕生し、この重右衛門に投影された本能的自然によって人間の醜悪面が描かれているが、これはモーパッサンがもたらした開眼であるとも言えよう。すでに『重右衛門の最後』の創作背景の項で触れたが、「理想を破壊」し、「美を破壊」したということはモーパッサンの影響による『露骨なる描写』(明治37年2月「太陽」)につながっているので、「大きな自然にそのまま触れる」のを意味するのである。

しかし、この「運命」への解決として出された「自然」の中に種々の問題を含め、結局は超自然的、形而上的とする姿勢を見せざるを得なかったのであるが、『重右衛門の最後』に具体的に形象化された面は、この本能的な自然だと思う。自我・性欲・本能、そして野性的・動物的な面における自然科学的と言える「自然」の意義の解明に重点をおき、他は観念的説明で結末をつけたと言えるのである。

第十一章を、もう少し詳しく見ると、

> 『六千年来の歴史、習慣、これが第二の自然を作るに於て、非常に有力である。社会はこの歴史を有するが為めに、時によく自然を屈服し、よく自然を潤色する。けれども自然は果して六千年の歴史の前に永久に降伏し終るであらうか。』(十一章)

という「自然」があり、これに属するものとして、

> 『或は謂ふかも知れぬ。これ自然の屈伏にあらず、これ自然の改良であると。けれど人間は浅薄なる智と、薄弱なる意とを以て、如何なるところにまで自然を改良し得たりとするか。』(十一章)

という「自然」がある。これらは「第二の自然」(歴史・習慣)つまり「人工的自然」であり、「社会」である。花袋は『重右衛門の最後』で、この「第二の自然」と、自我・性欲・本能そして、野性的・動物的な面の「第一の自然」との対決を考えていたのである。これは『美文作法』で「社会も社会道徳も其根本に於ては、自然の縮図である処があるからである」(第四篇「小説作法略」)と言い、「道徳的元素を有する自然に反抗しては駄目である」という考え方があるところに、この疑問があったのである。

といった点から、次のような、見解も生まれて来ている。

『けれど重右衛門に対する村人の最後の手段、これとて人間の所謂不正不徳、進んでは罪悪と称すべきものゝ中に加へられぬ心地するは、果して何故であろう。自然・・・・これも村人の心底から露骨にあらはれた自然発展だからではあるまいか。』(十一章)

重右衛門も村人のリンチも、「自然」という立場から見れば、平等であると見ようとしているわけである。花袋が、重右衛門も憎まず、村人の行動も決して悪として取り扱わず、共に「同情」の形で観察して、表現している立場が滲み出ているのである。これが、むしろ「自然」の在り方であり、「自然」を「自然」と見て、「自然」に描こうとした根元になっているものかもしれない。

最も単純に見れば、本能の自然も、何ものにもとらわれずに「自由」に見、行動することが「自然」だと言っていると考えられる。結局のところ、これこそ花袋流の「ありのまま」であったのかもしれないのである。しかもその中に、「第二の自然」(歴史・習慣)つまり「人工的自然」が混入して来るといった状態なのである。だから、

『自然児は到底この濁つた世には容れられぬのである。生れながらにして自然の形を完全に備え、自然の心を完全に有せる者は禍なるかな、けれど、この自然児は人間界に生れて、果して何の音もなく、何の業もなく、徒らに敗積して死んで了ふであらうか』(十一章)

の「自然児」の運命が生まれて来るのである。「第一の自然」の「本能の自然」に属す重右衛門も小娘も、「第二の自然」(歴史・習慣)に属する村人も、哲学的形而上的の「超自然」な「自然」に吸収してしまうのである。

それは結局

諸君、自分はその夜更驚くべく忘るべからざる光景に接したのであ

る。自分は自然の力、自然の意のいかほどまで強く凄じいものであらうとは夢にも思ひ懸けなかつた。(中略)実際自分はさまざまこの夜の光景ほど悲壮に、この夜の光景ほど荘厳に自分の心を動かしたことは一度も無かつた。火の風に伴れて家から家に移つて行く勢、人のそれを防ぎ難ねて折々発する絶望の叫喚、自分はあの刹那こそ確かに自然の姿に接したと思つた。(十二章)

のような人間の力ではどうにもならぬ「力」と「意志」となってあらわれると同時に、反面、

そして重右衛門とその少女の墓が今は寺に建てられて、村の者がおりおり香花を手向けるといふ事を自分に話した。
諸君、自然は竟に自然に帰つた！(十二章)

「自然は竟に自然に帰つた」という形となって結びついている。

2.「風景・天然の自然」

花袋は自我を客観的に形象化し得ぬロマンチックな「詩人的小説家」であった。「詩人的小説家」としての感傷性は彼の深い自然愛から始まったと言える。花袋の『抒情詩』「わが影」の序文(明治30年4月 民友社)では自然を深く愛するロマンチックな「風景詩人」としての面貌も見ることができる。

わが国の天然は、如何に美しさが、ああわが国に天然ほど、美しきものは、世界にも稀なりといふにはあらずや。(中略)
諸者はかゝる美しき天然の中に住せる多幸の詩人なり。
わが国の女性と恋愛とは、いかに烈しき血と、いかに優美なる趣とを備へたるか。(『我が影』序)

以上のように、純朴な自然愛は、小説家としてよりも、紀行文家としてのほうに重きを置いていると言っても過言ではない。それほどに自然と密接した感傷性が花袋の初期作風であるが、『重右衛門の最後』でもこの感傷性は容易に発見することができる。

> 或ところには風情ある柴の組橋、或るところには龍の住みさうな深い青淵、或は激湍沫を吹いて盛夏、猶寒しといふ白玉の渓、或は白簾虹を掛けて全山皆動くがごとき飛瀑の響、自分は幾度足を留めて、幾度激賞の声を挙げたか知らぬ。(四章)

語り手の「私」が信州長野の在の塩山村に向かって行きながら、「山中の平和」と自然の美しさを詠嘆的に歌っている。対句表現などの漢語的表現を重ねた、いわゆる漢詩文的形式になっている叙述である。ゆえにこの部分でも小林一郎が『自然主義作家・田山花袋』(昭和57年12月 新典社)で指摘した通り、「美文的、漢文的な自然の景の描写」が見られるのである。上記のような「桃源郷」のイメージが安易に応用されているところに、当時の花袋の空想と感想に溺れて自我を客観的に形象化し得なかった感傷癖を見ることができるのである。

吉田精一は『花袋・秋声』(昭和55年3月 桜楓社)で、感傷と憂欝は花袋初期の作風の基調であり、この浪漫精神は、

> 不自然と作為を脱して、素朴で自然なものをもとめる彼本来の志向は、必然的に有限な世相や社会をこえて、永遠なるもの、無限なるものにあこがれ、具体的には風物としての自然や、純潔なものへの憧憬に向う。

のだと述べている。『重右衛門の最後』においてこの「永遠なるもの」と「無限なるもの」への憧れの描写はいくらでも探すことが出来る。

殊に、自分は世の塵の深きに泥れ、久しく自然の美しさに焦れた身、これが今思ふさまの自然の美を占める事が出来る身となつたではないか。この静かな村には世に疲れた自分をやさしく慰めて呉れる友二人まであるではないか。(四章)

尾谷川の閃々と夕方にかがやく激湍や、三ツ峰の手の臥たやうに低く長く連つてゐる翠微や、(中略)高社山の卓れた姿が、(中略)ああこの平和な村! ああこの美しい自然!(五章)

この平和の村に喞筒!この美しい村に防火!殊に何十年とそんな例が無かつたといふこの村に!これは何か意味が無くてはならぬ。これは必ず不自然な事があつたに相違ないと自分は思つた。空想勝なる自分の胸は今しもこの山中にも猶絶えない人生の巴渦の烈しきを想像して転た一種の感に撲たれたのであつた。(五章)

これも語り手の私が長野県の塩山村に向かって行きながら、山また山の奥で、景色の美しさを詠嘆的に歌っている部分である。この山中の平和であるとする無限の時間と空間、すなわちその「永遠なるもの」とは対照的に有限な人間生活を詠嘆している。はかない「個」として、世俗に疲れた主人公が自然の美しさにあこがれるという図式は、明治20年から30年代前半にかけての花袋文学の主要なテーマの一つであったと言ってもよい。このような図式で「山中の平和」と「人生の巴渦」とを対比させている。この場合「山中の平和」は無限な自然であり、「人生の巴渦」は本能的意味の自然であると思われる。

「自然」というものに対する懐疑が立ち現れているが、それ以外は「村の平和」「山村の平和な自然」、特にそれを「景」として捉えている部分であって、いわゆる「紀行文家」としての花袋がやはり強く出ている。「自然」というと、こうした「自然の景」の中に安らぎと平和を求めて来た気持が、大きく占めていることは否めないのである。

さらに例の第十一章の花袋の自然観を探って見ると

> 『殊に、かれは自然の発展の最も多かるべき筈にして、しかも歴史習慣を太甚しくおもんずる山中の村 — この故郷を離るゝ事が出来ぬ運命を有して居た』と思ふと、自分が東京に居て、山中の村の平和を思ひ、山中の境の自然を慕つたその愚かさが分明自分の脳に顕はれて来て、山は依然として太古、水は依然として不朽、それに対して、人間は僅か六千年の短き間にいかに自然の面影を失ひつゝあるかをつくぐ嘆ぜずには居られなかつた。(十一章)

重右衛門と人間社会の習慣との激しい衝突は、結局悲劇として終わった。が、自然の永遠の歴史は、山も川も大昔から今にいたるまで少しも変わっていない。

ここで用いられる「自然」という言葉が意味するのは、まず、「第一の自然」の本能的な自然である。人間一般がすでに「自然の面影」を喪失していると言うとき、いまなおそれを保っている重右衛門が対比的に思い描かれていることは明らかで、彼の保持する「自然の面影」とは、本能と自我の露骨な発露、すなわち「第一の自然」に他ならない。

しかし、この「自然」と「風景としての自然」のあいだには、本質的な区別はない。「山は依然として太古、水は依然として、それに対して、人間は・・・・」云々という論理の中に示されているように、「風景としての自然」が人間に先立ち、それ自体として非人為的に存在しているのと同様、「第一の自然」もまた、それが人間のうちにあるとしても、少なくとも人間がみずからを自覚し、自身を「自然」から区別する以前にはそれ自体として存在していたのである。「第一の自然」は、生物としての「人間」に先行するとか、非人為的とかの抽象的な観念を共有することで、「風景としての自然」と同質の存在として把握されたものである。

この「自然観」は従来までの花袋を支配していた「自然」と言える。

花袋はこの「風景としての自然」の姿を指す「自然の面影」の永遠性を次のように表現している。

諸君、自然は竟に自然に帰つた！(十二章)

これはこの作品の結句である。「自然は竟に自然に帰つた」というのは彼の究極の志向であると思われる。結局人間の葛藤も「時がたてば何事もなかつたかのように、ゆたかな大自然の中にのみこまれてしまう。」(相馬庸郎「日本自然主義の『象徴派』的性格」(昭和40年9月「文学」)といった感慨にふける表現なのである。

したがって抒情的意味の自然は、花袋の初期感傷的な作風から出発した主情性の意味であり、天然自然の意味である。が、花袋の究極の志向は「大自然」という超越的・形而上的意味の自然であると思われる。

3. 神秘的・超越的・形而上的意味の自然

花袋はモーパッサンの「ベラミイ」と短篇集シリーズを読み、いわゆる「露骨なる描写」の持つ革新的意味に目覚めて、これが彼における客観的描写論の原動力となった。が、ほとんど同時期にこの客観的描写とはまったく違う主観的要素の混入を以て主観的自然主義といういわゆる「新自然主義」を「西花余香」で紹介した。明治34年5月27日には、ドイツ文壇の革新派としてハウプトマンと、ズーダアマンを紹介し、前者の『ハンネレの昇天』後者の『カッテンシュティッヒ』をあげている。続いて6月24日にはロティの『氷島漁夫』について述べている。以上から理解されることを整理すると、「空想と神秘思想とを合わせる自然主義」は新傾向であり、その内容を見ると、「主観を尊ぶ」ということがある。新傾向はゾラやモーパッサンなどのような客観的自然主義ではなく、ハウプトマンとズーダアマンなどのような主観的自然主義であると主張し、これを「新自然主義」であると呼んだ。のみならず彼は、いわゆるこの「新自然主義」を現在のヨーロッパのものと認めて、日本自然主義が表現すべきことを期したのである。だから、花袋の「新自然主義」の特徴は「空想と神秘思想」、そして主観性の尊重であったと言えよう。

では『重右衛門の最後』に投影された神秘的・超自然的自然はどのような構造になっているのだろうか。

> 『神あり、理想あり、然れどもこれ皆自然より小なり、主義あり、空想あり、然れども皆自然より大ならず。何を以てかくいふと問ふ者には、自分は個人の先天的解部をすゝめようと思ふ』(十一章)

神だ、理想だというのは人間の精神生活にとって最も偉大な存在と言えるが、それも「自然」という概念から見れば大きいものとは言えない。主義とか空想とかという場合もその大きさを想定すればどこまでも大きい「空間」を想定できるが、それでも「自然」の大きさを掩うことはできないのである。ゆえにこの場合の自然は、あらゆる存在の上に超越して存在している形而上的自然概念であると言えよう。

相馬庸郎は、やはり、この部分を取り上げ、「形而上的・超越的自然の存在」と考え、独歩の「幽音悲調」「シンセリテイ」から触発されたものと見ているのである。つまり、「自我的なもの」、「天然のもの」、「形而上的・超自然なもの」という三つの要素が含まれていて、それらが混淆し、ともすると「近代性」を失ってしまうと見ているわけであり、結局、『重右衛門の最後』も、そうした結果に陥っていることを言っている。

したがって、『重右衛門の最後』という作品は自然主義文学の先駆けとして無視することのできない作品であり、モーパッサンとゾライズムの要素もかなり残している作品であるが、結局は「自然は竟に自然に帰つた！」(十二章)という結語として結ばれなければならないのである。小娘が重右衛門を葬り、作家は、その自然の意味を追求し、その結果は神秘性の付与であった。「自然児」たる小娘が火を放って全村を焼きつくし、自らその火の中で焼け死んだ後、

あれからはいつも豊年で、今でア、村ア、あの時分より富貴になつただ。(十二章)

ということを叙した後「自然は竟に自然に帰つた！」で結ばれている。重右衛門と村人たちとの悲惨な人間葛藤も終わってしまえば、一見何事もなかったかのようにゆたかな「大自然」の流れの中にのみこまれてしまうのである。

笹渕友一は『明治大正文学の分析』(昭和45年11月 明治書院)で、『重右衛門の最後』は、

ゾライズムの合理的人間解釈によつてむしろ非合理な、神秘的人間像を造型しやうとする発想そのものにあつたのである。いはばそれはゾラとズーダーマンとミステイシズムとを併せて自家薬籠中のものとしやうとした彼の企画そのものにあつた。

と述べている。だから、この作品は、

自然主義の作品として書かれたものと見るのは誤りで、むしろ神秘主義へ傾いてゐるのである。

と指摘している。しかし、神秘主義への傾きは、むしろ花袋の態度をそのまま反映したものであり、花袋の文学の基底に常に存在するものである。

この神秘性は花袋の自然主義の持つ特徴なのだと思う。

次は、『重右衛門の最後』の神秘性の意義を探ってみよう。

花袋と考えられる私が、重右衛門の村を訪れ、根本の家で山県を迎えいれて、重右衛門のこと、そして小娘のこと。防火事件のことに触れ、『重右衛門の最後』の背景について語っている場面である。

> 夏の夕は既に暮れて、夕暮の海の様に晴れ渡つた大空には、星が降るやうに閃めいてゐるが、十六日の月は稍遅く、(中略)
>
> 四邊はしんとして、しつとりして折々何とも形容の出来ない涼しい好い風ががさくと前の玉蜀黍の大きな葉を動かすばかり、いつも聞えるといふ虫の声さへ今宵は何うしてか音を絶つた。でも、黙つて、静かに耳を欹てると、遠くでくらくと流れて居る尾谷川の渓流の響が、何だか他界から来る微妙な音楽でも聞くかのやうに、極めて微かに聞こえて居る。
>
> (中略)
>
> 自分はふたりの会話を聞きながら、山中の平和といふ事と、人生の巴渦といふことを取留もなく考へて居た。月は漸次高くなつて、水の如き光は既に夜の空に名残なく充ち渡つて、地上に置き余つた露は煌々とさも美しく閃めいて居る。さらぬだに寂寛たる山中の村はいよいよしんとして了つて、虫の音と、風の声と、水の流るゝ調べの外には更に何の物音も為ぬ。
>
> 一時間程経つた。
>
> すると不意に、この音も無くしんとした天地を破つて、銅鑼を叩いたなら、かういふ厭な音が為るであらうと思はれる間の抜けた、しかも急な鐘の乱打の響！
>
> 二人は愕然した。
>
> 『又遣付けた！』(六章)

自然の深い静寂と、重右衛門が引き起こす「人生の巴渦」が鋭く対比され、象徴的な雰囲気を感じさせる。山中の村は一見平穏な外観を呈しているのであるが、それがかえってその内に潜む自然の狂暴な相を際立たせることになる。そこでは人間が自然と調和しているかに見えるが、両者の接近が、両者の相違を、さらに自然の人間に対する超越性を鮮明に印象づけるのである。

『重右衛門の最後』の背景に使用した、月明と防火は、松浦辰男譲りの幽冥界との交流の中に社会を、そして、自然を見ようとする考え方なのである。「西洋の読本の中の仙女の故郷」(二章)と空想の中で考えていたものが、実際に長野県の牟礼山中の村塩山村に入って見て、現実のきびしさ、空想とは全く反対な現実の世界を見せられて失望する。その失望の底にある自然の世界を考えるに至ったとき生れて来た世界、顕出して来た世界は「他界」であり、「他界思想」であったのである。これは、やはり「神秘」な世界であり、そうしたものを花袋は抱いていたのである。ここに人間と自然の交流の地点を見出そうとするのであり、独歩の影響を受けつつ、この宇宙の神秘をはっきり自覚し、表面化する姿勢を持っていたのである。

それは、やはり、メーテルリンクの翻訳「平和」(明治35年10月「太陽」)中で、

> 私達が只あの人達の知らぬ事実を少しばかり知つて居るその為に、他界の高い処からあの人達を見下して居るやうな心地がするのぢや。

と、「他界」という訳語を使っていることであり、かつ、花袋がこの『平和』を訳す考え方の中に、むしろこの「他界思想」が去来していたのであったに違いないのである。

その場合問題なのは、人間の手のはるかに及ばぬということの、いわば超人為性の観念であるが、非人為性や人間に対する時間的先行性の観念は、超人為性の観念に容易に転化し得るものであるし、また人を圧倒するような荘厳な自然の景観や幽邃の地の神秘的な雰囲気、それに人間生活に甚大な影響を及ぼす天災の猛威などが「風景としての自然」との結び付きを

容易にする。

『重右衛門の最後』は、「風景としての自然」のイメージを媒介として発想された本能的な「自然」や超越的な「自然」の概念に基づいて構築された作品であり、また実際に重右衛門の引き起こす事件が神秘的な自然の描写を背景に描かれていたように、これらの概念は「風景としての自然」を通じて象徴的に形象化されているのである。

作者の意図は、農村の社会的・経済的な状況との関連において主人公の運命を描くことではなく、人界から隔絶した自然の地を舞台に、不幸な自然児の運命を描くことを通じて、「自然」の意味を問い、「自然の力」と「自然の姿」を形象化することにあったのである。そして、この「自然」が科学的実証主義精神の対象となりうる種類のものではなく、形而上的な性格を持つ概念であることは、相馬庸朗の強調する象徴主義的性格を、この作品が典型的に備えていることを示している。

四

『重右衛門の最後』は、さまざまな自然の変形のあるきわめて象徴主義的な作品である。

「自我・性欲・本能の自然」と「歴史・習慣の自然」のコースは、明治34年にモーパッサン邂逅から始まる西洋の衝撃があって、その後のプロセスでは日本の中の西洋として形象化してゆき、一応の成果として明治40年9月の『蒲団』に連なった。花袋の言葉を借りるなら、日本の中の西洋というのは、「フオケラアトの孤独はわたし(花袋)の孤独」(『東京の三十年』)で、「第二の恋とか、中年の恋」(『近代の小説』)を芸術と実行の一致として願う作家の新しい芸術主題であったのである。自身、自嘲する少女趣味をくぐり抜けるためには、ぜひともその命題を超えねばならなかった。周知のとおり、日本自然主義のためのコースであった。

一方、「神秘的・超越的・形而上的意味の自然」のコースは、生命観に対する基調が探求され、意匠的には底辺に生きる人間の深刻な生活を表現するときの芸術主題に至る。ところで『田舎教師』(明治42年11月)の主人公林清三の悲劇は、社会化された個人を自然と対置した人間存在と把握する限りにおいて、生まれるべき必然にあった。『東京の三十年』で「この作(『田舎教師』)は、『蒲団』などより以前に構想したもの」と言っているのも、あながち虚言とは言えないのではなかったか。「大自然の主観」(『新声』明治34年8月)の前に人間の営為は小さ過ぎ、人間の行為自体が自然の所産であったというのである。

これは、日本の中の西洋を演出した「自我・性欲・本能の自然」のコースとは両極をなす、伝統観のあらわれとでも言うべきものであった。いかに西洋文学観などが強く存在していたとしても、伝統意識があらゆる形で花袋の行為を規制している。西洋の徹底が不足した本質的原因もこの点に帰するのであろう。あるいは西洋の模倣が皮相的だ、と言われる理由も同様のところにある。

この「自然」自体は、たとえば、『田舎教師』(明治42年)では、主人公を一人残して推移する「日露戦争勝利とも関連する飛躍的な近代化という歴史的な流れ」に、また『時は過ぎ行く』(大正5年)においては、すべてを押し流して流転する「時」に、それぞれ置換されている。また、それに支配される存在も『重右衛門の最後』のような個人ばかりでなく、『再び草の野に』(大正8年)に見られるように、一つの町全体がこれに相当することもある。が、いずれにしても、「自然」のバリエーションとそれに準ずるものを象徴するという下降期は、この意味で、『重右衛門の最後』に連なる「自然」のバリエーションが、昭和期も含めて大正期にむけての一筋の主題を提供していたことなる。自然主義運動の下降期は世俗の評判はともかく、花袋自身にとっては本来的作家活動に入るということではなかっただろうか。時は過ぎ、自然の前に立つ人間はすべて小さい、これこそ作家の帰結となったのである。

だから、『重右衛門の最後』は、花袋の主要作品の基本的構造を定めたことで、作者のとって記念碑的な作品となったのである。

第二章
東洋的な日本思想の展開

第二節

「人生の危機」から「人生の転機」までのプロセス

―『一握の藁』を中心として―

一

花袋の『東京の三十年』(大正6年6月)の中には、大正期の問題に直接関わる人生上の行き詰まりからきた苦悩と、芸術上の不振からきた絶望を語る『四十の峠』の一節がある。

> 四十の峠を私は越した。
> 恐ろしい倦怠と不安とが私を襲つて来た。書いても、書いても面白いものは出来なかつた。文壇の不振は矢張作者達の不振がその原因を成してゐた。
> 復活を叫んだ声の下に、果たして復活が来たであらうか。又、社会の虚偽に反抗の挙げたその声の下に、果してその虚偽は完く跡をかくしたであらうか。又自然主義の声の下に果してすべてを新たにするやうな大きな芸術が来たであらうか。
> 安価な告白、小さな反抗、幼稚な完成、さういふものの中に、我々は甘んじ、得意になつてゐられるであらうか。(『四十の峠』)

これはこれまでの文学姿勢に対する自己否定であり、すべてを「絶望」と見ているのである。博文館を辞めて、飯田代子のことで苦しみ、文壇における自然主義の退潮の中にいて、盟友藤村の離脱に会い、大きな転機を迎えている花袋が、その嵐の中で自分を取り戻し、これから歩んで行く人生と、文壇における仕事の方向づけなどに費した日々の軌跡をまとめているといってもよい。

> それに四十頃に人間の誰でもが感ずる倦怠と単調とを感じて、何を見ても、何を聞いても、詰まらぬ、色彩のないもののように思われ出して来た。文学者としての第一の条件である「フレッシュに感ずる」「驚異する」という心が頗る希薄になつているのを見た。
> (中略)
> 従つて、島崎君のフランス行きは、そういう意味から言つても羨ましかつた。愛子を失い、夫人を失われたことは、悲痛な事実には相違ないが、一方そのために、そういう自由を得られるのは、むしろ私の平凡、単調より幸福であるとさえ思つた。(『四十の峠』)

夢中で歩き登りつめてきたものの、懐疑と苦悩の時が花袋の内で始まる。盟友島崎藤村は『新生』事件を秘したままフランスに発つ。藤村を羨みながら、花袋もまた日光の廃寺で半年間の自炊生活に入る。自然主義はすでに衰退期に入り、「白樺」、「三田文学」、「新思潮」等に拠る若い作家が自然主義に抗して続々と育っていた。

大正元年12月23日には、十三年間勤務していた博文館を退社する。主筆としてその創刊から力を尽した「文章世界」から離れることへの不安は大きかった。人間関係のトラブルからの余儀ない退社と言われているが、凋落の思いは花袋を根底から揺さぶったことであろう。

さらに花袋を悩ませたのは『縁』(明治43年3月29日から8月8日まで「毎日電報」)から登場する芸者飯田代子との愛欲の葛藤だった。代子との交渉がやがては花袋を『百夜』にまで導くのであるが、客から客へと渡り歩く芸者に真実の心、貞操を要求せずにはいられない花袋の苦しみは、その日常生活をも覆う。

「とにかく、どうかしなけりゃならない。」

かういう念が寝ても覚めても念頭を離れなかつた。子供のことも気になる。妻のことも気になる。そして、もつとそれ以上に自分のことが気になる。考えれば考えるほど、そうしてはいられないような気がする。この間の消息は、『一握の藁』という小説の中にいくらかは書いて置いた。

(『四十の峠』)

花袋は『髪』(明治44年7月22日から11月18日まで「国民新聞」)、『春雨』(大正3年1月1日から4月8日まで「読売新聞」)などの花柳界ものと並行し、『一握の藁』(大正3年1月「中央公論」)のような、苦悩する自己を凝視した作品を書いている。それなりの仕事をしながらも、新しい方法を求めての低迷と模索の時代だったと思う。

この「四十の峠」の意義を整理して見ると、次のようになる。先ず第一に、花袋自身の四十歳の年齢が明治末年から大正初年にかかるという偶然と重なり、個人の観点を超え、さらに複雑な世紀末を演じる文化現象の真中にあったことが挙げられる。第二に、自然主義文学に対する懐疑は、自身の文学姿勢を否定し、四十年代の文学的成果を少なからしめる自虐の態度にまで貶めていた。自然主義文学が果たした役割と評価は今日では不動のものだが、反動期の外圧は作家から自信を奪うほど厳しかったという、文学史的現実を示していたのである。だから、第三は、「恐しい倦怠と単調と不安」が作家の営為とどのような関わり方をしていたかが焦点となる。

では、「恐しい倦怠と単調と不安」という存在論的な「危機」の実態は何か、辿って見よう。

二

大方の花袋の作家論では、この時期を普通「人生の危機」としてあつかい、明治45年3月1日「文章世界」に描いた随筆の『人生の一宿駅』は象徴的心境を示す例としてしばしば引かれている。

病状についた作家が久しぶりに妻を相手に幼い日の思い出を語る。それは、不遇のうちに死んだ人々 — 父、姉、祖父母、嫂、甥、母、兄 — への思いに連なり、彼らの周辺の人々の三十年間の歩みにまで広がっていく。

> 何も彼も過ぎて行く。何処へ?
> さうしたことを考へるやうな気分の日が多かった。努力、労働、奮励 — さうしたものに欺かれて送って来た日が更に振り返つて考へられた。
> 空虚 — 何も彼も空虚だ。
> でも、私に取つては、まださうばかりは言つても居られないやうな気分が保留されてゐた。
> 私は絶えず五六年来のことを振返つて見るやうな人であった。混乱した、雑り合つた何処からこゞらがつた糸を引出したら好いかと思はれたやうな、ゴタゴタした精神生活の中から、今では尠くとも一歩を踏み出して居る。言ひかへて見れば、離れて来て居る。観照の出来るやうな立場に立つて居る。(『人生の一宿駅』)

作家は「何も彼も空虚だ」と嘆息し「ゴタゴタした精神生活」の感慨に耽る。こうした花袋に、「恐ろしい倦怠と単調と不安」(『四十の峠』)があったとしても不思議ではない。過ぎゆく「時」の中にあって、人間の営為を「空虚」に代えてしまうことと、そしてさらに「虚無」的精神に囚われることとは一つの帰結である。花袋の言う「ルイン」に違いなかった。彼は『山にある友に与ふ』(『文章世界』明治45年9月)で次のような独白をする。

> 人間は自己の生活に何の意義をも感じないやうになることが往々にしてある。食つて、寝て、起きて・・・・・唯それぱかりだ。かういう風に考へることがある。
> 『徒労。』

その二字ほど、さういふ時に、有効に頭に入つて入るものはない。こんなに骨を折る、何の為に? こんなに齷齪する、何の為に? こんなに忙しい思をする、何の為に?

『徒労だ —— 』

かう心の声が言ふ。君の場合もさういふ風の一種の倦怠ではないか。この一種の倦怠は、一方は感傷から来るし、一方は単調から来る。何うにもならぬ。実際何うにもならぬ。いつまで経つても同じだ。いくら感傷して、努力して、勉強しても、生活は変化しない。何の甲斐もない。かういふ心持だ。僕の経験では、さういふ倦怠に耐え得るといふことが、人生を孤往独邁するに際しての難関中の難関ではないかと思ふ。孤独 — それが古来幾何の人を狂せしめたか知れないではないか。何が力強いと言つて、孤独に堪へ沈黙に堪へるといふこと位力強いことはない。

意識的か無意識的にか時代の要求に誠実をつくした人間が、今までのあらゆる生活に「倦怠」を意識した時、人間の意図とは関係なく「徒労」の渦が、有意義だった過去を容赦なく形骸化する。『人生の一宿駅』で垣間見た虚無も、『山にある友に与ふ』で捉えた虚無も、花袋の内部で隆起している精神の荒廃を反映したものであったに違いない。言われるところ —「廃墟」の問題である。明治45年は花袋にとって最悪の事態にあったことを物語っており、「人生の危機」の前半部に当たっていた。そして後半部の『一握の藁』(『文章世界』大正3年1月)へ継承されてゆく。『一握の藁』は小説であり、あくまで作意の世界ではあるが、人生の目的を失った失意の生活は「若い人達」との対照のもとで「人生の危機」を強調する実質を持ちあわせていた。

『東京の三十年』の原型がすでに見られるが、それは同時に『時は過ぎ行く』(大正5年9月)において花袋に書かせたものが、すでにこの時点で用意されていたことを意味する。

幼い時から文学を志した花袋に、誠実で優しく、ただ働き続ける良太が深い畏敬の対象となったとは考えにくい。良太に抱いたのは、自分の生とは関わりのない世界を生きる人への思いに過ぎなかったことだろう。

が、「四十の峠」の混迷の中で、良太の生は、花袋の生と交わる。大正3年1月「中央公論」に発表した『一握の藁』は、大正元年の末から翌二年にかけての花袋自身を描いたものであるが、一握の藁を求めて主人公龍太はただ彷徨う。

「此頃、龍太には何も解らなくなつた。これまで目あてにして進んで行つた幻影は、何時崩れるとなく崩れて行つて、もう何も彼もかれの心を惹くやうなものはなくなつて了つた。書棚には一杯埃がたかつたまゝになつてゐた。机の上の原稿用紙は一月もそこに置いたまゝになつてゐた。」

(『一握の藁』)

「— 皮肉、冷笑、憎悪、罵詈 — さういふものゝ漲りわたつてゐる文壇ではないか。ある人は芸術の為に自己の人格を失ふのをも頓着しなかつた。ある人はある親しい友達をモデルにしてその秘密を世の中に示した。ある人は親の愛を忌憚なく描いた。否、自己をすら冷やかに解剖台に上せて何とも思はなかつた。人間の理想と偶像破壊とが常に至る処で衝突して生々しい血汐を流した。疲れた、本当に疲れた神経だ。」

(『一握の藁』)

龍太は山中の友人を訪ね、故郷を旅し、文壇の友人のフランス行きを見送り、無邪気な会話に涙を流す。『四十の峠』の花袋の苦悩が龍太に托されて渦巻く。文壇での日々、仲間だと思っていた人々の裏切り、「耳を噛む」癖のある女との日々—自分を囲む都会の生活一切を虚偽と思わずにはいられない龍太は「まことの生活」を求め続ける。

いつそ百姓にならう。北海道の曠野の中に身を埋めて了はう。さうすれば何の事もないのだ。其処には女の幽霊もやつて来ない。世の中から来る針でさゝれるやうな刺激もやつて来ない。皮肉なあのキヨロキヨロした気味のわるい眼を気にしないでも好い。頭の上には唯青い空があるばかりだ。キラキラした星の影があるばかりだ。(『一握の藁』)

こうした「空しさ」の中で、素朴な叔父横田良太の生が花袋の内に次第に大きく浮かび上がってきたのではなかったか。「まことの生活」の良太の生を自分のものとするために、花袋はその生を描くことにしたのだと思う。

大正5年の夏、花袋は長野県諏訪郡富士見の山荘で、一気に『時は過ぎ行く』を書き上げる。「四十の峠」の混迷と苦悩からの脱出を祈念し、過ぎて来た日々の総決算を、花袋は作品にこめたのである。このような意味で『一握の藁』は、花袋の「人生の危機」から「人生の転機」までのプロセスとして、晩年の花袋像を作り上げた作品だと思う。

だから、本稿では『一握の藁』という作品について構成や表現といった、そういう芸術上の問題よりも、先ず、花袋の人生上の態度、煩悶、苦悩、焦慮という「人生の危機」はどのようなプロセスで「人生の転機」を迎えて、西洋文学とは異質な日本流リアリズムへに移行して行ったかを探って行こうと思う。

三

『一握の藁』の「饒舌、皮肉、懊悩、さういふものばかりで充されている」と社会と世の中を見るのは、「文壇」そして「博文館」に対する不信感から来る呪咀である。確かに、その内容は、普通の小説のように書かれていない。書かなくとも、それを感じさせるのが、花袋の狙いであったに違いないのである。

中村星湖は『定本花袋全集』第四巻(臨川書店)の解説で花袋の「危機」に

ついて、次のように述べている。

> この作品の主人公のモデルとなつたものは、大正元年末頃の作者自身であつて、その頃に、かれは永年勤めていた博文館編輯部の仕事を罷めて、生活の前途に非常な不安を感じ、芸術の上にも余程の行詰まりを覚え、且つ『蒲団』に現れたのとは別箇の恋愛に関する深刻な煩悶を抱き、所謂「溺るる者は藁をも掴む」がやうな焦燥にかり立てられたらしくて、それらを「危機」の名の下に一括してここに告白しているからである。
> (中略)
> 後になつて考へてみるのに、殊に今日になつて考へてみるのに、その頃の田山氏は非常に深刻な「危機」をその胸中に感じていたのに違いなかつた。この作では、その「危機」という言葉を私がまづ発したことになつている。私自身それを記憶しないが、「危機」という言葉をやゝ批評的にまづ発したのは或ひは私だつたとして、その「危機」を前から痛感していたのは田山氏その人であつたであらう。

『一握の藁』は、すべて、花袋の転換期の心境をあらわす「危機」感で一括されているというのである。この「危機」という言葉を被せたのは、星湖自身であるが、それを前から自覚していたのは、花袋その人であったと言及している。

しかし、加能作次郎は「早稲田文学」(大正3年2月)の「新年の文壇」で、その「危機」を与えたものの実態が、さっぱり描いていなく、あまりに「抽象的」であり、そのため、社会を呪う感情も「社会の背景」がはっきりしないので、実感がなく「空虚な感情」に過ぎないと言っている。花袋が言っていることには同感し、転換期の気持が分かるが、裏付けがあったらもっとはっきりするという見解なのである。

吉田精一は『自然主義の研究』下で、

> 超経験的なものへのひたすらなら志向や、苦悩の端的な表白に伴つ

> て、一時押へてゐた本来の詠嘆癖が、また形を変へて出て来たこともやむを得なかつた。かうして彼は客観的な自然主義から逸脱するが、同時に彼なりにその求める境地に徹底して行つたといふことが出来る。

と、『一握の藁』を、「官能情痴」に「孤独」を紛らそうとした、大正初年の注目すべき作品群としての「花柳物」とともに、一方に立ち表れている「宗教的境地」の存在を認めているわけである。それは、もはや「客観的自然主義」でなくなったが、詠嘆を底に置く、本来の形が再び甦って来たというのである。これが、晩年の含蓄のある花袋像を形づくるのである。

では、具体的に花袋を悩ませた「人生危機」の苦悩を分析しよう。

> 今まで過ぎてきた生活は、一つ一つ絵になつてかれの眼の前を通つて行つた。何の為めに自分は努力した。何の為めに自分は生活した。明るい灯、はなやかな生活、一歩一歩切開いて進んで行く奮闘、それが何だ。こんなこともかれは考へた。意義があり、生命があると確信した自己の生活が、何の意義も、何の生命も持つてゐないといふ風に考へて来るのが龍太自身にも不思議に思はれた。過去も将来も、現在すらも意味のない空々しいBlank pageになつて了ふたのにかれは驚かずには居られなかつた。(『一握の藁』)

多くの説明は無用であろう。創作のモチーフは無為なる実存を表現する点にあり、「意味のない空々しいBlank page」は『人生の一宿駅』や『山にある友に与ふ』と同じように巣くっている「廃墟」— 内部世界に与えうる唯一の表現であった。『人生の一宿駅』にも『山にある友に与ふ』にも、そして『一握の藁』にも、描写でない内部化された人物をとおした要約の手法であった。その分切迫感が支配することとなり、方法の上で自然主義期の「平面描写」の主張とは一線を画したこととなる。

すべての物に興味を失った「虚無感」、そして、それは、もはや「青年」の時のものでなく、「壮年」から「老年」への傾斜、斜陽の中で感じる人生上の「虚無」な思いであった。だから以前は旅へ出れば楽しく充実した世界にひたれたのであるが、「何の為にかうして山の中へわざく訪ねて行つたかわからないやうな旅」と言うのである。すべてが「Blank page」であった。

何の為めにかうして山の中へわざわざ訪ねて行つたかわからないやうな旅だ。かう龍太は思つた。火燵に当たつて、まづい地酒を飲んで、雪にふり籠められて、昔の追憶を話し合つたとて、矢張、それは何にもならなかつた。歯を黒く涅めた上さん、弓のように腰の曲がつたお婆さん、汚い着物を着て青い洟を垂した娘、さういう中で送つた人達の生活は決して羨しいものではなかった。『平和 — 唯平和があるばかりだ。爛れた平和は、生きながら墓の中に入つて了つたやうな平和だ。しかしこれでも猶、都会の生活よりまことの生活に近いだらうか。目覚めた生活は此処にもあるだらうか』龍太は縁側から雨滴の落ちる細い雪路を厠の方へ歩きながら、こんなことを考へたりした。

自分を囲む都会の生活一切を虚偽と思わずにはいられない龍太は「まことの生活」を求め続ける。「歯を黒く涅めた上さん」、「腰の曲がつたお婆さん」、「青い洟を垂した娘」、この人々には羨ましさを覚えない。

都会の社会を否定するばかりでなく、山中の生活に「平和」があると言っても、これが本当の「目覚めた生活」であるだろうかと花袋は懐疑しているのである。「まことの生活」のなかなか得られないことを言うのである。

『生效のある生活と言うのは、何ういふ生活だらう。努力の生活だらうか。歓楽の生活だらうか。・・・それは何方にしても、兎に角、心を打開いて束縛を脱して、安んじてこの世に生きて行く生活であらねばならない。』こんなことを龍太は考へていた。

都会生活の「虚為」「虚飾」を抽象的な言葉で、引き続き言っているが、具体的には文壇と「博文館」に対する不信感と、「空虚な交際」をしたり、「快楽」と「本能」を玩弄したりすることに対する自己批判である。

だから、感傷的と批判されようとも、敢て、その批判を受けようとする姿勢が、この『一握の藁』の中には見えているのである。

> 『何うも矢張転換期ッて言つたやうな時機なんですかね。』
> などと言つた。龍太は
> 『私などもやつぱりさうですよ。今迄考えて来たことがすつかり熔けて流れて了つたやうな気がしていますから・・・・・。何も彼も興味をひかなくなつたッて言ふことが一番打撃ですね。何かつかまる藁しべのやうなものがなくなつては、流されて行つて了ふやうな気がしますよ。』龍太はかう言つて考へて、『島田君の今度の決心なども、だから、私などには好い暗示にもなつていますよ。あの二階の狭い壁の中から、思い切つて出て行かうとする心持が私にはよくわかりますよ。』

島田は明らかに、島崎藤村である。であるから、文壇が、田山花袋、島崎藤村などの転換期にあること、「危機」感を抱いていることを認めている言葉である。

『一握の藁』の中で、一番多くのスペースを割いているのは島崎藤村の渡仏に関することである。これは、転換期の花袋を大きく揺さぶり、前から予兆された「危機」感を煽った。外遊する友人を見送りながら龍太はしみじみと言う。「何も彼も過ぎ去つて行きますね」、「かうして静かに君を送つた一夜もすぐ昔になつて了ひますね」。という「時」の推移の文章を踏まえて、相馬庸郎氏は「日本的な心境転化による安定のはからい」(「田山花袋」『日本自然主義再考』昭和56年)と言っている。つまり、東洋的諦観とも、センチメンタリズムとも呼び得るこの「時」の意識が、次第に色濃く花袋をとらえ、それはやがて『時は過ぎ行く』とか『再び草の野に』のテーマとなって完成する。

龍太にとって「隠れ場」であり、「いつも世の中の煩累から逃がれて」行く処は、龍太 ― 花袋の友人の玉茗のいる建福寺である。花袋は建福寺に出掛け、太田玉茗の言葉や態度から「生の努力も死の努力も問題になつてゐない」心の状態とか、「物に動かされない気持」に羨望の眼を注いでいる。そうして、「沈黙と労働、それより他に私達はまことの生活を営むことは出来ないのです。」と田舎の寺で講演するのである。

> 私達の生活には、何といふ騒々しさと忙しさと浅猿しさとがあるのでせう。饒舌、皮肉、懊悩、さういふものばかりで充されているでは御座いませんか。他人を嫉んだり、自分を悲しんだり、何うかして、欲を満さうと考へている人ばかりでは御座いませんか。でなければ瞋恚とか嫉妬とかいふ恐ろしい炎に身を焼いて自ら亡びて了ふやうな人ばかりでは御座いませんか。・・・沈黙と労働、それより他に私達はまことの生活を営むことは出来ないのです。

女に執着し、嫉妬したり、社会を呪ったりするのは、花袋自身のことであろう。だから、自分自身に「沈黙と労働」に「まことの生活」を求めようと言い聞かせているのである。

「まことの生活を始めやう」と決心するのであるが、なかなか安定した境地にいることは出来ない。そうした心の動揺、転換期の危機感に結着をつける気持で、龍太 ― 花袋は日光に薬剤師志望の青年とともに出掛けて行く。

> 山は段々近くなつて行つた。大きな杉並木などもやがて見え出した。綺麗な水が小さな瀬をなして流れてゐた。

これが『一握の藁』の終末部である。藤村の渡仏を核にして、その前から起きていた、「四十の峠」を越えた時点での苦悩を様々に分析して、代子の離反、博文館や文壇の流れの変化を問題にし、社会、家庭、個人問題に、女や本能の問題を絡ませたものであった。しかし、そうした苦悩を描いて見せてもなお、安定を得られぬ境地をそのまま描くことによって、逆に、それを超脱しようとしたことではないか。そのため、苦悩の試行錯誤の結果、「日光」の僧房生活に期待をかけるところで、この作は終わっているのである。

このように『一握の藁』は、全く普通の小説の形を為さずに、花袋の言う、筋のない、雑多紛々の事柄がそのまま人生であるということを如実に示すといった形で書かれている。ただ、花袋の動向と思索を中心にして、転換期における「危機」感克服のために創作されたのだと思う。

四

確かに花袋が自然主義運動の反動期に迎えた「人生上の壁」と「創作上の壁」は、「Blank page」と形容する「空虚」と「徒労」とを内在化した。花袋が「人生の危機」から「人生の転機」を明瞭に意識して記述したのは、大正6年8月の『谷合の碧い空』(『文章世界』)の中である。花袋は大正2年5月から十月までの間、日光医王院で『一握の藁』をまとめる契機となった思索生活を持つが、それは『谷合の碧い空』の執筆の途中であり、あわただしく何度目かの日光へ旅立ったことが緒となる。

> こゝまで書いて、急に思ひ立つて、また日光の山の中に来た。『一握の藁』時分の恐怖、不安、動揺と比べると、かうも違ふかと思はれるほど静かな暢気な気分に満たされてゐるのを私は感じた。山も川ももう感傷的の気分を誘はなかった。追憶も悲しいさびしい追憶でなくて、唯あつたこととして私の心に現はれた。山や川や石やが依然として同じ形でゐるのも、寂として動かず欠けず崩れずにゐるのも、却つて私に金剛不壊の

本体を暗示した。(『谷合の碧い空』)

「人生の転機」では「自然」を見るにつけ、「感傷的の気分」から解放されて、作家として存在者の不幸が克服された結果を語ったのである。

花袋の生涯に、大正6年のような『谷合の碧い空』を足跡とする「人生の転機」があった。そう見てみれば、同じ年6月の『東京の三十年』は半生の総括と転機となる書き下しの単行本と言えよう。その年の一月には『文章世界』の『脱却の工夫』がある。その一説の、

経験したことの上に立脚して、そして善いが善いでない、わるいがわるいでないとふことを私は証明したのだ。貧富とか、名誉とか、さういふことは人間には何でもないことだ。人間にはもつと大切なことがある。根本のことがある。実生活なんかよりももつと大切な、考へなければならないことがある。

とある発言は、「こんなに骨を折る。何の為めに? こんなに齷齪する、何の為めに? 」(『山にある友に与ふ』)とか「何の為めに自分は努力した。何の為めに自分は生活した」(『一握の藁』)と反芻する危機意識の繰り返しとは無縁である。『脱却の工夫』の反現実主義の立場は、自身により実践した自然主義期の論評を否定することであり、超越的精神を模索する姿勢が顕著となるのである。

そして、『脱却の工夫』では、

境遇、社会などと言ふものは、人間を畸形にすること夥しいものである。だから、脱却といふことは肝心だ。脱却の不断の工夫、さういふ処に仏教が重きを置いてゐるのも無理はない。

「社会」と「仏教」との対照に見られる作家の意識は、以降、宗教小説

と、晩年に展開する非合理的な精神主義の端初を示しているのである。

では、人生上の壁を越えた花袋、つまり「人生の危機」から「人生の転機」を迎えた花袋の内在的価値は、具体的に作品の中でどのように拡大再生産されたかを、『時は過ぎ行く』・『ある僧の奇蹟』・『再び草の野に』などを通して、次の節から分析して行く。

第三節

『時は過ぎ行く』論

− 新たな文学の出発点としての一方法 −

一

『時は過ぎ行く』は大正5年9月、花袋が四十六歳の時新潮社から出版された六冊目の書き下ろし長編小説である[1)]。登場人物が約百名の『時は過ぎ行く』は、花袋の一族の歴史であり、花袋の叔父横田良太をモデルにした青山良太とおかねの夫婦を軸にさまざまなドラマを見せる。

後年大正9年11月23日、花袋の文壇退場の告別式と称される花袋と秋声の誕生五十年祝いがあり、同じ月、花袋は春陽堂から『二つの生』を自己の誕生五十年の記念として出版する。花袋が「二つの生」として選んだのは、『田舎教師』と『時は過ぎ行く』だった。このことはどのような意味をもっているのであろうか。

青山良太夫婦と兄妹を中心とする、横田家のモデルである青山家と、田山花袋のモデルである岡田真弓の一族を中心とする岡田家と、岡谷繁実のモデルである勤皇家の一族と、義兄石井修のモデルである石川家を絡ませて構成している『時は過ぎ行く』は、明治維新から大正にかけての生の歩みを軸に、花袋一族の歴史を描いた広大な生と死のドラマである。

---

1) 『時は過ぎ行く』(大正5年9月　新潮社)は、『ふる郷』(明治32年9月　新声社)、『野の花』(明治34年6月　新声社)『重右衛門の最後』(明治35年5月、新声社)、『春潮』(明治36年12月　新声社)『田舎教師』(明治42年10月　佐久良書房)に次ぐ六冊目の書き下ろし長編小説である。

この一篇は、田山一族のみならず、歴史の波にただ翻弄されて生きるしかなかったすべての生ある者、生あった者への花袋の哀しみが書かせた作品であると思う。

いわゆる「文筆活動の総決算」と「新たな文学の出発点」としての『時は過ぎ行く』は、どのような意味を持っているのか。

出版に先立って大正5年9月号の「文章世界」には、『時は過ぎ行く』の広告がでている。「田山花袋氏新作『時は過ぎ行く』新刊発売　大版三百九十頁 総洋布特製美本、定価一圓三十銭」として、次のように創作意図を言っている。

> 作者が新しき試みの一つ — 最も大なる其一つ。疑もなく「生」に次いで作者が芸術の第二の時期を画するものなり。・・・・作者曰く・・・・誰でも過ぎていく一生を或る一個人の生の中に見せたいと思って筆を執りましたのが此篇です。つまり無窮の人生の「一時」(此作ではこれが明治六年から大正五年迄になつて居りますが)を描いて「無窮」の人生を暗視しやうとしたのが此作の本当の目的で御座います。従つて人生の生死離合と言ふことが一番大きな眼目になつてゐて、それを時が線を成して貫いてゐると云ふ風に書いたつもりです。ですから何んな大きな問題も決して問題にしては書いて居りません。悲劇も喜劇も皆「時」の中にわざと小さく見せておくやうにして書きました。ですから「時」を除いては —「時」と言ふ背景を除いては、この作は別に何物をも要求しやうとは思って居りません。併し其の背景が旨く出てゐるか何うかは、作者自身にもよくわかつて居りません。

「人生」というものは「生死離合」の繰り返しであり、「無窮」な人生のどんな場合でも、貫かれていることは「時」ということである。だから、個々の大きな問題も深く問題にしていない、つまり、「悲劇」も「喜劇」も「時」から見れば同じことである。

「或る一個人の人生」を、「無窮の人生の『一時』」を描いて『無窮』の人生を暗視しようとした」とある如く、「時」の経過、過ぎ行く「時間の流れ」の中に人生の虚しさ、はかなさを描き出そうというのが、花袋の執筆動機であった。

だから、花袋は始めから個々の問題にそって描こうとする意図はなかったのである。勤皇家と青山家は主従関係であり、岡山家と青山家は二代にわたる婚戚関係、岡田家と石川家も婚戚関係で構成されている。が、「「時」を除いては ―「時」と言ふ背景を除いては、この作は別に何物をも要求しようとは思つて居りません。」という箇所からは、「時」を主人公に、残る人物の構成、場面設定は脇役として設定されていると言えよう。

当時の文壇はこの長編を殆ど黙殺する。そうした中で同時代評としては、「時事新報」に島崎藤村の「田山君の『時は過ぎ行く』(大正5年10月31日)がある。

> 田山君の特色はこの新著によつていよいよはつきりして来た。君が人と人との葛藤を描き出す作家としてよりも、寧ろ自然の力を本位として、そこから生じて来る人間の悲劇的な位置を写すに長じた作家であることは、「生」以来の君が無数の作物によって証せられる。死 ― 本能 ― 性欲 ― 無関心な自然 ― そこに冷厳な事実を凝視した作家は「時」の力を描き出すまでに其領分をひろげて来た。この作では作家はもう左様凝視的でもない。寧ろ私の前には眼を瞑つて自然に対するやうな作家がある。作家が眼を開いて物をよく見やうと努めた頃に出来た作物の精随はどちらかと言えば暗いものであつたのに、瞑目した作家の前には反つて明るみの多い自然が展けて来た。・・・この作では、「時」は人間を踏みにじる暴君でなくて、巨人の如くに歩み行く力である。過去に於いて然るが如く現在に於いても然りである。そこに私はある物足らなさを感ずる。何故に作家は歩み行く巨人の足跡のみを辿らうとしたであらうか。何故に作家は「時」の力を頼まうとする人間の最期の望みやあきらめや哀れみやを写さうとはしなかったであろうか。物の対比からこの小説の

要素が成り立つて居るやうなところは反つて作としての力を弱めはしないだらうか。維新時代のブルジョアとも言ふべき旧藩士の主人に対する良太の長い忠誠にもつと力を注いで見たら奈様なものだつたらう。気持の好い画趣ある光景は数へきれないほどあるが、どうかすると物の対比が目立ちすぎる。

藤村は『時は過ぎ行く』を十分に評価した上で、いくつかの注文を花袋に出す。すなわち、良太の人物造形の成功、通俗的であるがゆえに作品の幅が大きくなったことに触れ、藤村は最後に「欲を言えば作家の物の観方がもつと智力的であつてほしい」と注文したのである。

勝山功は、昭和43年9月の『解釈と鑑賞』の「自然主義と反自然主義」の特集の「『時は過ぎ行く』(花袋)と『和解』(直哉)の検討」を著している。「知足安分から境地に生きる人間の姿」として、「自然に随順して黙々と己の仕事に打ち込む良太」に温い眼をそそいでいるのは、花袋が青年時代から持ち続けた「旅」によって得た「本当の私」であると述べている。つまり「孤独な自由」を得られるという「旅人の眼」で見ることの徹底深化であり、それは、「自然主義」から「反自然主義」に推移してゆく「明治から大正」への流れの中で、圏外に押しやられる自己を打ち立てる姿でもあったと見ているのである。

花袋の内の抒情性、いわば詩精神は、感覚的に社会の問題と政治を拒否する。『時は過ぎ行く』の最大の魅力は、藤村の言う「知力」、つまり『夜明け前』に表れている社会性、時代とのかかわりという「近代的な悲劇」などなくて、「人間の悲劇的位置」を描いた「近代以前の伝統的発想」であり、「東洋的詩情の文学」(猪野謙二「藤村と花袋」(『明治の作家』所収)と思う。「世俗的庶民生活の懐かしさ」によって「日本的感動」(相馬庸郎『時は過ぎ行く』『花袋再考』所収　昭和47年)を表現した作品である。

これは、「時」の考え方と「新しい人間絵図」の展開を、花袋の自然主義全盛期とは異なる「非自然主義的」な展開と構造である。『時は過ぎ行く』を否定するか肯定するかは、「社会性」「封建制」「時」をどう読むかにかかっていると言えよう。

二

花袋における時間意識、小説創作上の時間軸設定の方法はいったいどのようなものであったのか。

花袋は終始一貫して「時の流れ」の無情さ、人間の人生の虚しさを描き、「自然」の底に伏流する「時の力」の無限性、それに伴う人間のあり方を凝視していた作家であった。『時は過ぎ行く』は、その題名の方向が示す如く「時の流れ」(「時」の経過)に対する花袋の時間観念、時間意識が明確に提示、展開されている。ここにおいて提起された時間観念が、『残雪』『再び草の野に』へと繋がって行くわけで、『時は過ぎ行く』は、花袋にとって本格的な「時の流れ」小説の出発として位置づけられるだろう。

花袋にとって「時」は、すべては過ぎ去り流れていくのだという思いの甘美なセンチメンタリズムから出発する。「時」が、花袋なりに主義とか手法として定着されたのは、明治四十年代の、花袋の三十代の自然主義全盛期からである。この時期、花袋にとってもっとも重大な体験は従軍だった。人の生の無惨と、醜悪を、ただ見詰めるしかない状況の中で、花袋は目に見える現実が想像を絶することを知る。その現実を書き連ねていくことが花袋の「平面描写」を生み出す基盤になったのである。

人間の生死と無関係に流れていく「自然の無関心」をはっきり意識したのも、この従軍時においてである。生きている人々が、目の前で死んでしまうという従軍体験の中で、花袋は彼らを包んでしかも確実に流れる「時」に出会ったのである。花袋の特異な情熱はやがて、それを主義とし、手法として定着させた。

事実『時は過ぎ行く』には「時」の経過を告げる表現がしばしば登場する。

> 「悔んでも嘆いても仕方がなかった。さうしてゐる中にも月日は経つて行つた。」(九章)
> 「時がかうしてゐる間にも早く早く経つて行くのであつた。」(四十三章)
> 「さうしてゐる中にも、月日はまた流るゝやうに経つて行つた。」
> (五十二章)

このような表現から窺えることは、過ぎ行く「時」の力の前では完全に無力な存在としての人間の姿である。時には「時」がすべてを解決し、癒してくれるという考え方として転換して行く。これは人間の「死」の一表現でもある。「時の流れ」にすべてを委ねる考えは、花袋の倫理意識を如実に反映してもいるし、『時は過ぎ行く』を貫通する第一の価値意識だと思われる。

その後の『一兵卒の銃殺』『残雪』『再び草の野に』『廃駅』『源義朝』『恋の殿堂』『百夜』の作品に「時」はますます色濃い。が、その「時」の意識もまた微妙に変わっていく。『東京の三十年』から七年後に書かれた『近代の小説』で、花袋は「時」の全容が見え出してきた頃に『時は過ぎ行く』を書いたことを回想している。

> つまり、自分のやつてゐたことの真相がはつきりと自分の眼にも見えて来たのだね? そして盲目的に自身のやつたことを好いと思ふことが出来なくなつたのだね。つまり長い「時」の中の一つの点見たいにしか見えて来なくなつたんだね。だから、あの時分に書いたものには、さうしたことを慨いたやうなものが多かつたよ。「時」といふことが非常に問題になつたよ。『時は過ぎ行く』などもその時分に出来たんだからね? ・・・・時ということから考えて見ると、人間なんて小さなもんだな・・・・・。

大騒ぎで、夢中になつてやつたことでも何でも「時の流れ」から見ると小さいな、何でもないもんだからな。

「四十の峠」の混迷と苦悩から脱出して、初めに見たのは「時」だった。『近代の小説』は内容的には『東京の三十年』に重なり、花袋の作家論、作品論であるが、底を流れているのは、流れ去っていった「時」への尽きることのない感嘆である。

三

逆らうことができないことが人間の「死」とすれば『時は過ぎ行く』では、「死」を「時の流れ」の中から自然に受け入れる花袋の一族の姿を描いている。明治6年から大正5年まで、約半世紀にわたる田山一族の歴史を、横田良太を軸に、その間、一族十一人とそのほか合わせて、十八人の「死」を次々と描き、追っているのである。すべての生ある者、生あった者への花袋の哀しみは何か。

『時は過ぎ行く』での死者を辿ってみよう。

(　　)内はモデルになった花袋の一族の名前、死んだ年、享年、死んだ理由などを示す。

1. 岡田政十郎(花袋の父田山鋿十郎、明治10年、三十九歳、戦死)

上京し巡査となり、西南の役が始まると立身出世のために、警視庁の別働隊として参加し、戦死する。良太夫婦に出征を止められた政十郎は、

かういふ時に行つて、一働きして来るのが武士の勤めだ。それは死ぬ

かも分からない。しかし、戦争に行かなくとも、明日死んで了はないとも限らない。何ぞの時には、進んでお上の用に立つのが武士の習ひだ。死ぬことを考へては、戦争などには行かれない（八章）

と言い切る。幼くして死別した父への哀惜の念とともに、ここは花袋の父親が武士であったことを示す士族意識であると思う。

岡田政十郎の戦死の報知は石川からおてつのもとに知らされた。

悔んでも嘆いても仕方がなかつた。さうしてゐる中にも月日は経つて行つた。（九章）

お幾も長女おてつも、生き残った人々は政十郎の戦死を時間の流れに包んで消えていくことを感じながら、「もしも生きてゐたなら」と思う。

戦死さへしなければ、— 石川のやうに無事に帰つて来ての保養ならばといふ腹が誰にもあつて、一座には何となく微かな哀愁が漂ひわたつた。お幾もおてつには殊にその情が深かった。お幾は田舎に帰つて、老人と子供を相手に暮さなければならない生活を想像した。艱難の多い生活ではある。其日々々の苦労に追はれて、まだ少しも楽しい思ひもしたことのない中に、人生の半は早くも過ぎて、その眼の前には、何の希望も色彩もない生活が侘しく横つてゐるのをお幾は見た。（九章）

政十郎の戦死は、家族、特にお幾におけるこれからの人生の喪失を意味するものである。

2. おつる（鍋十郎の妹いゐ、明治11年、三十七歳、自殺）

おかねの姉であり、鍋十郎の妹であるおつるは旦那と奥方のもとで奥女中を長く務めた。

奥方と妾の板挟みになり、「奥様の金時計」の紛失の疑いがかけられて自殺する。依然として続く主従意識の中で、悲しみはあきらめとなり、おつるの死に賭けた抵抗であるが、「奥方に小言を言はれた位で死ぬ訳がない」と言って誰一人気付こうとしない。

田舎から駆けつけて来たおつるの老父である祖父岡田彦太も、とんでもないことをしでかしたと旦那と奥方に詫びの言葉をした。が、

> 先に息子を失ひ、今また娘を失つた悲哀はありありとその態度と言葉とに見える。父親は更に一層老いたやうに見えた。父親は死んだ娘の身の廻りの持物などを処分すると、牛込めの孫娘の許にも寄らずに、急いで田舎へと帰つて、行つた。(十一章)

耐えることと諦めることに慣れた人々の生に庶民の哀しみを見る。

3. 石川てつ(花袋の長姉石井いつ、明治16年、二十五歳、病死)

父の同僚であった石川と結婚し、母親のお幾やら家のことまで心配しながら、上京した長男実と次男真弓の面倒を見る。二番目の男の子を産んでから、健康状態が悪くなって三人目の子供を産むとまもなく重い結核にかかる。

> 今、死なしちや、本当に可哀相だ。苦労をしに生れて来たやうなもんだから。せめては、実でも、一人前になつて、田舎の人達を呼ぶ時分まで生かして置かなけれや(十七章)

と良太夫婦は思う。おてつの病気は段々悪くなって行って、石川や母親

の必死の看病の中で、二十五歳の生を閉じる。

4. 石川の娘(いつの次男幸、明治17年、二歳、病死)

『お幸だけは惜しいことをしたね。もう少し田舎で預つてゐれば好かつた。それやね、嫂さんがわるいんだらうけども・・・・・、もう少し早く気がついて、医師にでもかければねえ。死んだおてつの記念のやうな子だつたし。田舎でも、骨を折つて、あれまで大きくしたんだからね。』
『仕方がありませんよ。』
『それは仕方がないつて言へば仕方がないさ』(十八章)

おてつの三人目の子供で、お幾が生まれた赤ん坊をつれて田舎で育ったが、すぐ死んだ。
おかねは実に、哀惜の念に堪えない子供の死を言っている。

5. 岡田彦太(花袋の祖父田山穂弥太、明治21年、七十七歳、老衰死)

息子は西南の役で、戦死し、長女は主家での盗難の嫌疑から自殺することを見守らなければならなかった祖父は、盲目の妻より後に残りたいと口癖のようにいったが、「四月の花が咲く頃に」、妻より先に死んだ。

6. 盲目の祖母(花袋の祖母いく、明治21年、七十歳、老衰死)

祖父の四十九日が済んだ頃から病みついた祖母は九月頃、祖父の跡を追って逝ってしまった。一日中鼻唄を歌いながら雑巾をさしたり糸車を廻している祖母は、祖父の死を聞いて涙を流したが、すぐ、いつものように

障子に向つて、鼻唄を唄つて、雑巾をさしてゐた。(二十三章)

自分の感情さえ自由に表現することができない艱難人生の庶民の悲しさと当時に、死を人間の宿命として待っている祖母の生き方が窺える。

7. お初(良太の娘で花袋の兄実弥登の最初の妻登美、明治24年、二十一歳、病死)

祖父母が亡くなり、間もなく実とお初の婚礼が挙げられた。二人にとっても、双方の家にとっても、それはもっとも望ましい縁組だったはずだが、嫁いですぐにお初は、叔母と姪の間柄であったにもかかわらず、お幾のヒステリックな嫉妬に苦しめられる。長い年月、苦労に苦労を重ねて来たお幾にとってすべては不満だらけだった。実とお初の仲の良さ、実のお初へのいたわりと愛情。すべては苛立ちの原因であり、一合の晩酎にお幾は荒れ、美しく豊かだったお初の頬はやつれて行く。両親の愛情を一身に受け大切に育てられたお初だったが、お初は出産と同時に死ぬ。

良太は暫し其処から離れようとはしなつた。
『さういつまでも悔んでゐたつて仕方がないよ。寿命なんだから、死ぬのは仕方がない。死目に逢はなつたのは残念だけど、これも此方の無念なんだから仕方がないぢやないか。』かうおかねは力強く言つて、辛うじて良太をそこから引き離した。(二十七章)

最愛の娘を失った良太夫婦は、それでもお幾に激しく怒ることをしない。お幾と良太夫婦の交流は、その後も親しく続く。

8. お幾(花袋の母田山てつ、明治32年、六十歳、病死)

時が流れて、お幾の病臥中挙げられた真弓の結婚式から帰って来る車の中で良太夫婦はいろいろなことを思い出す。

> 維新後に此処に来てから、始めて田舎の城下町をたづねたことなどを思ひ出してゐた。老祖父、老祖母、さういふ人々は皆死んで行つた。現に、その時分は若かつた嫂も、重い病床に臥しつゝある。今度は難かしいかもしれないのである。そして、その病床で、息子達が嫁を迎へる・・・・。良太は過ぎ去つて行く年月の悠久なのを思はない訳に行かなかつた。つゞいて、良太は、売られた地面、失はれた貯金、外国の何処で何うして死んだかわからない息子、青山の土の中に年若くして静かに眠つてゐる娘などのことを思つた。(四十一章)

良太は帰らぬ昔を回想しながら、哀惜と虚しい人生と、自分のまわりの死を全部受け入れるのである。

死の床に臥す嫂、そしてそれを見守る子供たち、この構造を小島幸隆は『花袋研究学会々誌』(平成5年3月)の「『時は過ぎ行く』私論 — 描かれた「時」について」で、「親から子へ、子から孫へという「血」の継承」であり、「自然界における循環的「時の流れ」」であるといい、「人生の無窮」を「生まれかわるもの」「再生するもの」としてとらえた花袋は、そこの「死」の一時性、「生」の永遠性を希求した」のであると説明している。つまり、仏教の「輪廻の発想」で、再び新しいものが生まれて来る「自然循環性」としての「時」である。これは、東洋的、伝統的な「時」の発想だと思う。

「折角、子供を大きくすると、親は死んで行く」ように、お幾は真弓まで結婚させて、半年ほど苦しんで、八月の中旬に死んだ。

> しかしお幾の死は、実の一家に取つては、平和の到来のやうに見え

た。涙に暮るゝものは、お勝位のもので、誰の顔にも新しい生活と平和とに対する希望がかくすところなくあらはれてゐた。いつも暗い実の顔も明るければ、新しい嫁の笑声も高く冴へてあたりに聞こえた。(四十一章)

お勝は次女かつよである。母親の死を悲しむよりも解放感に満たされる息子達と嫁の描写は『生』と重ねる場面である。しかし、おかねだけは

長い間一緒に通つた来た年月が歴々と繰返されて、其折々につけての光景が一つく浮び出し(四十一章)

ながらお幾の死を悲しんでいる。

9. 石川の老父(石井の父可汲、明治33年、八十一歳、老衰死)

石川さんも、それぢや大変だ。あのお爺さんの歿くなつたのは、一昨年だつたが、まア、年寄を見送つて好いと思ふと、精ちやんがすぐそれぢや、本当に困るねえ。(四十五章)

八十一歳の年寄りの死には哀しみはない。が、三十三歳のいつの長男石井精一のモデルである精ちゃんに迫る死の影は悲しみである。

10. 実(花袋の兄実弥登、明治41年、四十三歳、病死)

「兄弟中で、一番わるいくじを引いた」ような長男として母親や祖父母、妻や弟を養わなくてはならない現実の前に 青年の夢も野心も消えていく。「一番苦しいところを実が引受けてやつて来た」のである。母親の狂気じみた発作や嫁いびりを、間に入ってただ堪え、弟達にそれぞれの生を選ばせて実は死んだ。

良太における実の病気と死は、一層大きな喪失であった。かねて婿とも息子とも思って、世話もし、精神的に頼りにもなってきた甥であった。

> 良太夫婦は、今は、実の死去の報を待つばかりであつた。一日々々とさびしい暗い日が経つて行つた。二人は夕飯の膳にも落着いて向つてはゐられなかつた。果してその別れの日は来た。良太とおかねとは、大急ぎで俥を頼んで、またもさびしい悲しい心を抱いて、いつもの同じ道を山の手の方へと急いだ。(四十九章)

実の屍の前で石川は涙を流しながら、実の不幸と、義父政十郎の戦死、義母お幾と妻おてつの苦労と病死は、御維新のせいだと良太に言う。

> あゝ、実際、御維新は、士族に取つて、大きな打撃だつた。しかし、をぢさんそれももう過ぎ去つた。かうして一つ一つ過ぎ去つて行くのだ。(四十九章)

この石川の嘆きも「時の流れ」と一緒に過ぎていき、とにかく生きていかなければならないという諦念的な考え方だと言えよう。

11. おかね(良太の妻まさ、明治44年、六十七歳、老衰死)

最愛の一人娘お初を失い、一人息子詮造は行方不明となり、一生の貯蓄を一朝にして無にし、一生の仕事の場所までも奪われた夫良太を残して、おかねは死んだ。

五十三章では、おかねの死と一緒に、勤皇家の奥方の寂しい死と明治天皇、乃木大将の死も対比して描いている。江戸家老の娘であり、勤王家の歴史学者である岡谷の奥方は、おかねと主従関係となって、おかねと一緒に老いて、死ぬ五日前におかねに会う。おかねは娘時代から離れず暮らし

て来た主従の関係を回想する

奥方の意地悪で自殺した姉おつるのこと、旦那の薦めで失われた貯金のこと、けちん坊の旦那と奥方によって売られた、良太の一生をかけて開墾された土地のことは、今は時と一緒に流れて行ったのである。奥方の死を聞いておかねは「あゝ、たうとうあれがおわかれになつたか。」と、言って涙を流すだけである。

一生仕えた奥方の葬式も病状にあるおかねにはいっそう寂しく思われる。

間もなくおかねも死んで、おかねの通夜は一族が次々と集まり、近所の人々が続々と詰めかけ賑わう。が、良太の悲しみを十分に理解する人はいない。良太をよそに一族は昔話にふけり、御大葬から殉死まで話が弾む。おかねの病気中に明治天皇の崩御、乃木大将の殉死があった。

『畏れ多い事だな。』かう言つた良太の眼には、昔を思ふ心と、時の力に打ち克つことの出来ない人間の悲しさとがひしひしと胸に押寄せて来て、涙はぼろぼろと膝の上に落ちた。(五十三章)

一月ほどしてから、乃木大将夫妻の殉死がまた人々を驚かした。愛国と勤王、日本人の血は皆な沸き立つた。殉死した当日の光景、狭い室に満ちた悲惨な気分、グサとつき立てた長い剣、そこから滴つた血汐は日清日露の両役に躍り上つて敵に向つた人達の血汐と同じであつた。国民は一斉にその血汐に向つて暗涙を呑んだ。(五十三章)

花袋は『東京の三十年』の「明治天皇の崩御」で、明治天皇の崩御を聞いて次のように書いている。

いろいろなことが胸に一緒にごたごたと集つて来た。西南の役、そこから私の父親が戦死した。つゞいて日清の役、日露の役には、私は写真班の一員として従軍して、八紘にかゞやく御稜威の凜とした光景を眼の

あたりに見て来た。(中略)
私は思想としてはfree thinkerであるけれども、魂から言えば、矢張大日本主義の一人である。私は明治天皇の御稜威を崇拝せずにはゐられなかつた。
明治天皇の崩御と乃木大将の死で花袋は、功業のある「人勝利者の悲哀」と「勇者の寂寞」を感じた。(『東京の三十年』)

明治天皇の崩御と乃木大将の死に、日清日露の戦で血を流して死んだ兵士と従軍により見て来た兵士、西南の役に死んだ父方の死を重ねて見る花袋らしいきわめて感傷的な意識だと思われる。
おかねの通夜の明け方、人々は彗星を見る。

真弓が先に立つて、あとから重雄が続いた。入口の雨戸を一枚明けると、爽やかな黎明近い空気は、夜人の呼吸やら煙草の煙やら線香の臭ひやらで満された一間へと流るゝやうに入つて来た。くつきり晴れた暗碧の空には、明方の光が何処からともなく雑つて、星が燦爛として天上の美しい荘厳な世界を語るやうに輝いてゐる。永久にかけず崩れず滅びない穹窿は、幾億年前から少しも変わらないやうに広く地上に垂れ下つてゐた。(中略)
悠久な感に撲たれた真弓は、そのまゝ黙つて立つて、深くその彗星へと眺め入つた。頭脳が何か力強いものに引緊められて、キウと緊縮して行くやうに感ぜられた。今上天皇の死、乃木大将の死、叔母の死、つゞいて大きく人間の死といふことがはつきりとかれの眼の前に映つて見えた。(五十三章)

「今上天皇、乃木大将、奥方、叔母」と、四つの連なる死から、「時の流れ」の前にすべての人間の死は平等であるとする花袋の確信が窺える。だから、叔母おかねのモデルである横田まさの死は、実は明治44年11月9日だったが、一年延ばして描いたのである。

移り滅びていく人間史の上に荘厳な輝きで彗星は宇宙を流れている。人間の繰り返えされる生死離合を包んで流れていく「時」に対して無限に広がる宇宙があるのである。

おかねまでも死んで、一人になった良太の日々は変わることなく過ぎていく。新しい時代になっても、やはり草鞋を穿いて毎日、奥の旦那の邸にいく。

> もう広い地面もなく、畠もなく、あたりはすつかり家作になつて了つたけれども、それでも、壊れた垣を繕つたり、散らかつてゐる庭の掃除をしたり、旦那の話相手になつたりして　(五十六章)

日々が過ぎていく。

四

出版に先立って大正5年9月号の「文章世界」には、『時は過ぎ行く』の広告がでている。「人生」というものは「生死離合」の繰り返しであり、「無窮」な人生のどんな場合でも、貫かれていることは「時」ということである。だから、個々の大きな問題も深く問題にしていない、つまり、「悲劇」も「喜劇」も「時」から見れば同じことである。

『時は過ぎ行く』の中で死は、老衰死より、志半ばに、失意のうちで、病気での死、士族の没落、急激な生活の変化、生活苦、夭折など、さまざまに考えられる。残っている者と死んだ者の一人一人の夢と喪失を、「悠悠とした人生」の歩みで、花袋は淡々と描いている。

時流に乗れず失意に死んだ実、志半ばに倒れた父親、不平不満の中で死んだ母親、時流に乗りひたすらに歩み続け名を成し地位を得た花袋自身、そして、黙々とその生をただ誠実に生きた良太。しかしながら「悠々とした人生」の歩みのもとでは、すなわち、大自然の「時」のもとでは、すべての人生は等しく虚しいのではないだろうか。

『時は過ぎ行く』は、二重の構造を持つ「時」として描かれていると思う。生きている人々の現実の「時」と、そして、それらを包んで流れていく大自然の「時」の二重構造である。『時は過ぎ行く』において人間が刻む「生死離合」の「時」は大自然の「時」に包まれて流れていくのである。それはもとより深い洞察や知性によるものではないが、花袋の情緒的な直感的な認識による「時」の哲学だと思える。『時は過ぎ行く』は「時」がすべてを解決し、癒してくれるという花袋の「時」への信頼と哲学の一方法として、新たな文学への出発となった作品である。

『時は過ぎ行く』はそのまま『東京の三十年』(大正6年 博文館)に連なっていく。一族の歴史を描いた『時は過ぎ行く』に対し『東京の三十年』には花袋自身の歴史が語られるのであるが、この二作を書き終えた時、花袋の「四十の峠」の混迷は一応終わる。花袋の作家活動の中で文字通りの折り返し点に置かれた作品であった。

第四節
『ある僧の奇蹟』論
－「西洋と東洋の対立」からの脱出 －

一

「人生上の行き詰まりからきた苦悩と、芸術上の不振からきた絶望」を語った「四十の峠」から、新しい方法を求めて、花袋は「低迷と模索」の時代を過ごした。その後、花袋は「人生の危機」から「人生の転機」を意識して記述した評論と随筆を書き継いだが、これらには大抵仏教への傾斜が見られる。小説としての展開は、大正6年9月『ある僧の奇蹟』(『太陽』)、『残雪』(「東京朝日新聞」大正6年11月17日～大正7年3月4日、百五回連載)、大正7年10月『山上の雷死』(『中央公論』後『山上の震死』)などとして見られる。

特に、『ある僧の奇蹟』について、松波治郎は『花袋全集』九巻の巻末の「解説」で

> 人生不惑の域を超して正に六年、倦まず弛まず瞶めて来た人生生活の奥から、花袋は胸奥に確たる力を把握して居た。
> その歳一月に「一兵卒の銃殺」を発表した花袋は新涼九月、四十六歳を期して、新しく自然主義の殻を破つて出て来たのである。それが即ち「ある僧の奇蹟」であつた。作者は、作者自身にこの作が「一転機」を劃するものであり、人間の心の不壊を摘発して示したものだと云つて居る。

松波は、『ある僧の奇蹟』を、花袋の「一転機」を画する作であり、「人間の心の不壊」を示した作と考え、自然主義からの転換の契機を作っていると

いう見解を示すが、的確な評価だと思う。

第四節では、仏教的な意味を持っている『ある僧の奇蹟』の位置付けと、「ある僧」慈海の「覚醒」と「奇蹟」はどのように考えるべきなのかを探って行きながら、「自然主義」からの転換の意味を考察する。

二

大正六年、宗教小説で「一転機」を迎える花袋の心境の変化を辿って見よう。

「拈華」(大正6年1月25日)の『日あたりの縁』では、

> 人間は根底に誰でも深いところを持つてゐるのであるけれど ― この大きな自然と同じ法則とリズムと内容とを持つてゐるのであるけれど、普通それに触れずに、又は触れてもそれと気が附かずに過ぎて行つて了ふものが多い。(中略)
>
> 人間の根底に横つてゐるものは、社会ではない。又世間でもない。利己一点張りの箇人でもない。そこに横つてゐるものは自然 ― 自他を融合し、利害を超越し、この宇宙の軸と相連関して、そして生命の無窮のリズムを刻んで進んで行く自然である。これを考へると、我は唯一箇の我でない。無数の他と共通して、猶且つ無限大に宇宙に迫らうとする我である。利害とか、世間とか、虚栄とか、さういふものにのみ捉へられて、営々促々としてゐられないではないか。

人間の持っている「自然」、「自他融合」は、「社会」でも「個人」でもない、それらを超越した所にあるものに到達することだという、この頃の花袋の持論を言っている。それを花袋は「根底」にふれることであり、「大きな自然と同じ法則とリズム」を知ることであると考えているわけである。日常の、利害や虚栄にとらわれることなく、自由な生活を送ることが出来るというのであって、「捉われない」ことを主張しているのである。

続いて

> 世間の波に漂うて生活するのは楽である。しかしそれにのみ満足してゐられないのを我々は到る処で感ずる。其処にも此処にも、自然のあらはれがその姿を隠見させて、いつの間にか、我々にその深い暗示を与へる。つとめてその暗示を受けいれるやうに我々はしなければならない。そして自己を透して自然の中に滲入して行くやうに心がけなければならない。これが即ち宗教又芸術の根本義である。

というのであって、これは、第一節の一部を言っているわけで、「自然」と一体になることが、「宗教」であり、「芸術」であるというわけである。

したがって、これを受けて、

> 言葉の不完全から出発して例の流動哲学を説いたベルグソン、沈黙の三昧境を開いてあの運命劇をつくつたメイテルリンク、実際言葉はまだ社会的のものである。この普通の世間ではその言葉で間に合ふが、深く入つて行けば行くほど、言これ示す能はず、語これを言ふ能はざる深い境がある。沈黙と孤独と静座とにあらざれば、それを体感することが出来ないやうな境がある。そこに大きな自然が黙して横つてゐることを我々は考へなければならない。・・・・・・・・・・仏教の価値が説教にあらずして、苦行にあるのもそのためである。

と「沈黙」の考えにメーテルリンクがあり、「生命の躍動」にベルグソンがあることをあきらかにしているわけである。そして、花袋は、メーテルリンクの「言葉」の不完全への思考、メーテルリンクの「沈黙」さえもまだ「社会」に捉われているとして、もっと徹底した「沈黙と孤独と静座」を言っているわけである。そうすることは、つまり、「自然」と一体になることであり、それは、又、「仏教」のみよくするところであることに言及している。

最早、ここでは、花袋は、いわゆる「自然主義」の立場を超越しようとしているのである。この仏教への接近は、一層深化して行って芸術の「自他融合」論に至る。

大正6年1月から7月まで「青年文壇」に連載した『新小説作法』(後『小説新論』)の三章の「自然と言ふこと」では、

> 『自然らしさ』『自然に迫る』『真に迫る』かういふ以外に、芸術は何物をも持つてゐないと言つて好い。
> 「自然と言ふこと」

と「芸術」は「自然」でなければ「真に迫る」ことはないといい、その「自然」は、人間の外部だけでなく内部にもあると言っている。ゆえに、自他の融合が重要だと言っているのである。その点で芸術と宗教とは似ている。

> 自己(作者)の『自然』をもつて、他(実際人物乃至作中人物)の『自然』を探し出し、握りだし、そしてそれを描くといふことである。自己の『自然』を以て他の『自然』を発見するのが、芸術の根本の第一歩であるといふことである。(「自然と言ふこと」)

自と他の「自然」の融合が出来るか出来ないか、あるいは、その「度合」が問題になるわけである。それを行うことは「傍観的気分」に浸ることでもあり、そこに「芸術的気分」が生れるとも言っている。

この「自然といふこと」の中でさらに注意すべきことは次の様な記述のあることである。

> そして意味のない涙がよく流れた。悲しいとか口惜しいとか思ひのまゝにならないとか、そういふ涙ではなしに、唯々物を見て涙が流れた。

広い空や星なんか見ても涙が流れた。又一面悲哀の快感などゝ言ふことを味ふことが好きだった。世間的のことには、いつも顔を背けてゐた。さういふところがあつた。それが『自然らしさ』を失ふまいとする無意識的行為であつたと言ふことが、今考えて見ると、よく分る。

「自伝的」なものの中に組み入れるべき要素を持っているが、彼の「自然さしさ」がフランスあたりの科学的自然主義と違うことが歴然としている。だから、花袋は、ゾラに対して、

何うも、その特色に、一種社会を相手にしたやうな反抗的な不純な分子が多かったので、最後には、破綻百出、破産しなければならないやうな形になつた。ゾラの態度などは殊にさうである。(「自然と言ふこと」)

とか、「そこに例のゾラの試験的小説の欠陥がある」と言って、「経験」よりも「試験」的なところには、「自然らしさ」がない、科学的実験では小説にならないことを言っているのであって、花袋独自の「自然主義」における「自然」の考え方が打ち出されているのである。もともと彼は「世間」を問題にしたりしないし、物質や金に支配されることもない。だから、物欲のために、涙を流したり、口惜しがったりしたことはないのである。周知のセンチメンタルは、世間的不満、不遇から来ているのでなく、ただ「自然」の「悲哀」に同調した時起きるものだと言っているのである。

『新小説作法』は、『小説作法』をもう少し分かり易く書き直して拡大し、省略するものは省略しながら、「自然らしさ」ということを問いつめた上で、「主客合一」という、既に『小説作法』に立ちあらわれていたものを、「四十の峠」を越えて到達した「自他融合」の上に立って問いなおし、統一を与えようとしたものということが出来る。

続いて問題になる随筆は、大正6年4月「文章世界」(十二巻四号)の『晴れた日の午前』である。これは「春季特別号」に寄せたもので、「ある友に」とい

う副題がついている書簡形式のものである。そこでは、

> 洪水、大きな洪水の中に流れて行く種々なものを安全と土手の上で見てゐる人に私をたとへた批評家がありましたが、何うして！何うして！私はそんな傍観者ではありません。私も矢張押し流されて行つてゐる人間です。溺れないために、一握の藁でも握らずには居られないあはれな漂流者です。いく度溺れかけたか知れません。又幾度自ら溺れやうとしたかも知れません。

と言っている。明治38年以後の彼の態度を「傍観者」と言って来た評論家に対して、「傍観者」ではない、「傍観者」になろうとしても、どうしても成り切れなかった姿、それをむしろ追いつづけたのだと言っているのである。また、

> 傍観、観照と言ふことは、実に単にその傾きの程度を言つた言葉で、神でない以上、人間は到底完全な傍観、観照の位置に達せられないものだらうと私は思ふ。ですから傍観とか、観照とか言へば、すぐ思ひ上つたやうに、又は世外に超脱したり思つたりするのは、無論、その批評家の偏見と言はなければなりません。

と「傍観」「観照」についてふれ、神でない以上完全な「傍観」「観照」は成立しない。つまり「純客観」のないことを主張するのである。従来の「自然主義」全盛期の考え方とはかなり違って来ている。「傍観」とか「観照」は傾斜程度の差でしかないから「世外超脱」などは不可能というのである。つまり、これも「自他融合」しかないという考え方のひとつの傍証である。だから、

> 此頃では、種々世相を達して、奥に深く『箇』をつゝんだ『全』の潜んでゐることを見わけることが出来るやうになりました。今でも、想像したものよりも体感したものゝ方がすぐれて芸術の用に立つと言ふことは信じてをりますけれども、想像でも、かなりのところまで肉薄して行けるやう

になつて来ました。これは矢張『時』のお陰だらうと思ひます。世の中には、経験といふことを馬鹿にするものがありますが、それはその頭の聡明でないことを、裏書きしてゐるやうなものだとおもいました。

と、「想像」で作品を書いても肉薄出来るようになったと言っていることも、自然主義全盛期とは全く違った見解である。全盛期のころは、先の「傍観」と共に「想像」の排斥を絶対なものにしていた花袋が、「想像」でも立派な芸術的作品を完成することが出来るのだと言っているわけである。この辺に大きな変化がある。「『箇』をつゝんだ『全』」という言い方は、この頃の花袋のしばしば使う言葉であり、「主客合一」「自他融合」のあらわれで、「個」と「全」の一体化なのである。

大正6年5月の「太陽」の『最近に読んだ小説』(後『自他の融合』)では、「自他融合」について、もっとはっきりした見解を示している。

まず、「自他の融合と言ふことに就いて、文壇には猶ほ考へなければならない」ものとし、「芸術の標準を上げる上に於て、最も必要なこと」を前提にしながら「自他融合」への意志を文壇に発信している。

私の創作の小さな経験で言つて見ても、努力と精進との、又は懊悩と煩悩との中心は、矢張この主客の融合乃至即不即と言つたやうな箇処に存してゐたことを思はずにはゐられない。一方は主観から、自己から行つた逼真の可能と、一方は客観から、他から行つた逼真の不可能と、それと相対して、客観せなければ何うしても渾然として宇宙に浮び上るやうな作品を得ることの出来ないやうな事実、これを学問とか実際世間とかに持つて行けば、欲を離れなければ、自己を離れなければ、公平な客観化が出来ないといふ事実、さういふものが、いつも、作をするに際して、深いある『あらはれ』を見せて来ることを私は常に感じた。そして主観を押しつめれば客観性を生じ、客観を抽象すれば主観性を生じて来るといふことを私は思つた。私は今でも、矢張その二つのものゝ間に、右したり左したり迷つてゐるものであるが、尠くとも、作者は勿論、評論家はこの深い微妙な交錯に十分な注意を払はなければならない。

作の上の「自他融合」ということは、結局「自」を「他」の中に発見し、そしてまた逆に「自」の中に「他」を発見することなのである。これは「観察」にも通じることである。対象から伝わって来るものを自分自身で「体感」する。その「体感」したものをもう一度「対象」に当てはめるか、「自己」の「経験」したものを対象の中にその「経験」が存在するかを感じ取るかして、「体感」するのである。「個」と「全」の融合と花袋はそれを言っているのであり、「主観」と「客観」の融合の問題を提示している。「融合」された形では、自己を没却しなければならないがなかなか出来ない。だから、「自他融合」になると、「自然主義」とか「社会主義」とか「人道主義」とか言ったイズムの問題では、どうにもならない。イズムは、あくまで「主観」であり、捉われすぎているのである。「主客合一」「主客即不即」の捉われない「自由」の境地において、「自己」を、つまり「個」の本質を取り戻さなければならない。

こうした境地から「観察」し、「創作」しようとしたのが、花袋の始めての宗教小説『ある僧の奇蹟』である。

三

H村の長昌院と言えば、田地も持っているし、境内も広く、徳川時代からの格式のある寺であったが、先住の兄弟子慈雲が借金をこしらえて出て行ってから九年、無主になって荒れ果てていた。そこへ、慈海が現れる。かつて、先々代の老僧が、慈海の恋していた「目のやさしい」老僧の娘を、兄弟子の慈雲に嫁がせたために、慈海は寺を捨て東京に出て、デカダンの群れに入った。そして台湾や満州へと放浪の旅をつづけるうち、外国から帰って来る船の中で、社会主義に身を投じた時の仲間が検挙されたことを知った。慈海は一度捨てた長昌院に戻る。

長い間訪れることもないうちにすっかり荒廃した寺をみて慈海は、老僧の権威を振るっていた時代を思い、兄弟子の「無残な行為」「女戒を破った形」から、老僧自体の女犯のシーン、それに自分自身の体験した二十五年前の「二つの心」、二人の女に恋し、恋されながら「涼しい目」より「やさしい目」の老僧の娘を思い出したりしている。すべて、「女」に関する「愛欲」の姿なのである。そうした事柄を、花袋は相変わらず、

> 瞬間も『址』をつくらずに置かない『時』が恐ろしいやうな気がした。そしてその『址』唯『址』として埋められては了はずに、いつかそれの再び蘇つて来ずには置かないやうな気がした。(三)

と「時」とルインとしてとらえている。老僧、兄弟子、自分自身をも含めて逃がれることの出来なかった女犯の址を址として考えているのであるが、さらに、この「再び蘇つて来る」という「恐怖」に襲われているのである。

こうした「愛欲」の問題と共にもう一つ、慈海にへばりついて悩ませるものがある。

> 自分ももう少しであの『恐ろしい群』の一人になるところではなかつたか。あの時もし東京にゐたならば ― 。(中略)
> その意志の実行は、果たして死を価値してゐたか否か。翻つて考えて見なければならない余地はないか否か。かれ等は少くとも犬死ではなかつたか。すぐれた芽を蒔いたには相違なかつた。しかしその芽を蒔かなければならないほどの必要をかれ等の魂は感じつゝあつたのであらうか。(四)

と書いた、「幸徳秋水」事件である。この「大逆事件」に対して、「すぐれた芽を蒔いた」ことは認めている。そして、そこに生れている「自由」の考え方にも賛同しているが、果して、それが「死」に値いするものであったかどう

かを疑っているのである。「社会」より「個」の問題に重点をおく花袋としては、こうした批判になっているのである。

「愛欲」の問題と「個」に対する「全」の対立、こうした二つの問題を超越する世界に出ようと慈海は煩悩している。

慈海は、自分のあらゆる思想、自分のやって来たすべてのことが不自然なことだと思った。

> 意志と魂との区別も、もつと深く静かに考へて見なければならなかつた。それには、田舎の山の中の寺、廃寺、何の束縛もないのが好いと思つた。余りに多く世に染まりすぎた。世間と人間とに捉はれすぎた。静かに休息させて下さるなら・・・・・・・(四)

と考えて、一度捨てた長昌院に戻る。

これは花袋の「低迷と模索」の「四十の峠」の心境であり、『一握の藁』の龍太が「心の動揺と、転換期の危機感に決着をつける気持」で日光の医王院に出かけていく場面と重なっている。慈海は放浪生活の果てに辿りついた「無一物」の考え方を実行し、「社会」も「自分」も一切を捨てようと、「廃寺」に戻る。

> かれはあらゆるものを捨てゝ、着物を入れた行李一つを携へて、そしてこの故郷の寺へと来た。(四)

これは、仏教でいういわゆる「無一物」の考え方の導入である。「無一物」が「成仏」につながるのであり、「法身」になることが出来ると言われている。確かに、常識的な解釈の所はあるが、汎仏教的な色彩を持っており、仏説の核心はとらえているのではないか。

かれは郊外の或る家に置いた自分の書籍 — かれやかれの『群』が一生懸命に読んだ書籍、パンの問題、精神の問題、自由意志の問題、さういふことを書いた沢山の書籍をある日古本屋を呼んで売つた。(四)

これまで信じた「パンの問題、精神の問題、自由意志の問題」を廃棄するのである。それは大きく言えば、西洋と東洋の対立から脱出しようとする意志である。

大正7年11月の「文化運動」に書いた『一室の牢獄』(大正11年12月18日の「近代名著文庫」の『百日紅』に入っていた時は、単に『牢獄』となっている)で、この問題はもう一度取り上げられている。

劫視し、牢獄視し、桎梏視することは、劫視せず、牢獄視せず、桎梏せず、といふことと同一ではないか。小の中に大を有し、大の中に小を包み、箇の中に全を有し、全の中に箇を包み、六尺の身にして猶ほ大宇宙の形を備へてゐると言ふのはそれを言つてゐるのではないか。美にあらず、醜にあらず、善にあらず不善にあらず、生にあらず、滅にあらず、小にして大、大にして小、さうした中に心の虚妄を通過し去つた更に大きな自由な心があるではないか。かう思つたかれには、阿難に対して世尊が説いた虚妄のまことの意味の次第に点頭けて来るやうなのを感じた。
(『一室の牢獄』)

正に、仏教の応用であり、世尊が阿難に説いた「虚妄のまこと」を知るに至ったのである。つまり、それは、「すべてを捨て去る」ことなのである。

かれは捨てゝ、捨てゝ、すべてを捨て去る気になつた。一番先にかれは自分に身に纏綿して来る羈絆を捨てた。次に半生かゝつて一生懸命に築き上げて来た自己の声名を捨てた。次にかれは身にからまつて来る桎梏を捨てた。次にかれは自分の崇拝してゐる、またはそのためにいろいろなことを教へられた外国の所謂文豪なるものをすてにかゝつた。かれは一番先にいやにしつこくからみついて来るゾラの真実主義の幽霊を捨てた。
(『一室の牢獄』)

ゾラも、イプセンもトルストイもストリンドベリーも、そしてモーパッサンさえもすべてが「虚妄」と見て、捨てる境地になる。西洋と東洋の対立から脱出したのである。

つまり、こうしたものから一切離れることを決意し、「劫」のすべてをから脱却しようとしたのが「覚醒」の世界である。しかし、そう考えて田舎の廃寺に戻って来たが、田舎の人の変遷と、不変の両面を見て、

これが世の中の変遷である。しかし、さういふことが、さういふ表面の漣が、どれだけの意味を持つてゐるのであろうか。(五)

と思い、又、一方では、

それは人生ではないか。それが本当の人生ではないか。自分のやつて来た生と死、恋愛、個人と自由、さういふことは、余り深く自己に執着しすぎたためではないか。(五)

とも考えるのである。これは、「現象」よりも「本質」の関わる考え方であり、これを考えることが根本的に人間を自然を考えることだと「覚醒」している。この「現象」というのは、花袋が辿ってきた「四十の峠」を越えてから辿って来た事柄で、すべての「執着」を捨てることによって「本質」を探すことが出来るというのである。

例えば、同じ大正6年9月の『文章世界』の『樹の蔭』(後『孤独と法身』)では、

> 法身といふことである。傍観生活といふことはそれと同じである。人間は箇にして全である。人間には必ず法がある。所謂法とは自然である。生命である。生命の力である。如来である。ところが、大抵の人はこの法を、自然を、生命を、枢軸を、生命の力をおろそかにして、寧ろ意識せずして、我にのみ着してゐる。我欲にのみ着してゐる。愛憎にのみ着してゐる。そしてその中身を法が、自然が金剛不壊の力を以て流れてゐることを夢にも知らない。

と、「大航涅盤経」の中に出て来る「法身」なのである。この辺の考え方が『ある僧の奇蹟』に流れている。

鉄縁の強度の眼鏡をかけ、伸び放題の五分刈り頭になっている慈海は、もう四十三歳である。次第に慈海は、部屋に閉じこもる日が多くなり、世話をしてくれる婆さんとも口をきかなくなり、米のない時は、米がないまま水を飲んで過ごし、経も読まず、物も書かず、ひたすら机の前に座って、禅の修業をしていると思われるような瞑想の日々を送っていた。なかなか「法身成仏」出来ない姿である。

生まれて一月しか経たない男の子の葬式で経を読みながら、かつて愛した女が、子を抱いて井戸に身投げしたことを考えていた。「自己」は「自己」だと考えても、救われない人間というものを考えた。社会も駄目、自己も駄目なのである。幼い子供の葬式に経をあげるという具体的な仕事をしながら、

> 仏は人間のことのすべてを知つてゐる。人間の犯した過去の罪を総て知つてゐる。(六)

という境地に落ち着こうとしながら、一方、井戸に身を投げた女のことを考え、

自己は自己である。愛した女だとて、自己の総てを占領することは出来ない。それが出来ない為に死んだとて、恨を他に投げかけて死んだとて、それが誰の責任になるであらう。占領させせなかつたこの自己がわるいのか。それとも又それを嘆いて子を抱いて死んだ女がわるいであらうか。

（六）

と考えてもいる。つまり、「愛」と「自己」の問題である。もっと言えば、「愛」とエゴイズムの問題である。こうしたヨーロッパ的思考と、先の仏教的思考とを対立させ、それの融合を図ろうとした。だから『ある僧の奇蹟』は、仏教的思考とヨーロッパ的合理主義をどう融和させるかということに対する花袋の考え方を具体的に作品化しようとしたものと言ってもよい。

慈海が「渡船小屋」の所に来て目撃したシーン、投身自殺した若い女の姿を見て、ただ、「個」の問題に、仏教的考え方を対立させ、

二つにわけられた心と二つに突き詰めた心と、この心は実は一つである。わけられる心も突詰める心も同じ心である。その区別は唯境遇に由るのである。その時の存在の形によるのである。一と一とぴたり合つたものは幸福である。一と二と合つたものは不幸である。しかし幸福と言ひ、不幸と言つても、それは外形であつて、もう少し深く考えると、幸福なもの必ずしも幸福でなく、不幸なもの必ずしも不幸でない。何の故に? 一つ一つと合つたものも矢張もとは二つのもので、永久に一つであることはできないが故に —— 。一つ二つと合つたものも、遂には一に帰さなければならないが故に —— 。（七）

一即多、多即一の考えの中に、人間界のもの、たとえば「幸」「不幸」や、「失恋」「得恋」の「恋」の問題をおき、すべて一つのものの両面であることを言っているのである。

しかし、

　文明は虚偽を生んだ。デカダンを生んだ。勝者の権利を生んだ。『自己』を生んだ。現にかれなどはそれを真向に振翳してこれまでの人生を渡つて来た。智慧を戦はして勝たんことを欲した。自己の欲するまゝにあらゆるものを得んことを欲した。そのために、かれには富んだもの栄えたもの主権を把持したものがその対象となつた。山と丘も平野も一緒に平にならなければならないと思つた。(七)

という考え方は、ヨーロッパ的思考方法に少なくとも立っているものである。そして、具体的には「恐ろしい群」の姿でもある、「大逆事件」に加担した思想、「自我」の目覚めによる「社会主義」「人間平等」「階級意識の排除」といったものであり、「自我」を中心にして、「権威」と「自由」の対立の中から「人間」を取り戻そうとする考え方である。

　彼はこれまで信じた科学の絶対性を否定し、「偶然」の価値を認めて行く。

　その『偶然』を考へる処に、あらゆるものを『無意味』にして了ふところに、一種微妙な科学の権威があつた。また肯定された科学の不思議があつた。敢て深く入つて行かないところに、勇ましい男らしさと誤りのない精確さとがあつた。知らないものは知らないものとしてこれから研究しよう、報告しよう。知らないものを知り得ると考へるやうな危険な直覚は成るたけ避けよう。かう考へたところに、『偶然』の価値があるのであつた。(七)

　このようにして、科学の権威から脱出し、彼が辿りついたのは、大正6年1月「拈華」の『日あたりの縁』で言った、「自然」は「宗教又芸術の根本義」であるという非合理的な精神主義中に「滲入して行く心がけ」であった。

　染まるべからざるものに染つて行く可能性を賦与した自然は? 絶対に自己のものにする事の出来ないものを自己のものとなし得る可能性を賦

> 与した自然は? 満たされたる心の飽満から生ずる倦怠、餓やされたる心の寂寥から起つて来る憧憬、これは実は一つであるのではないか。同じことではないか。しかし満されざる心と餓やされたる心とは同じでない、飽満と寂寥とは同じでない。倦怠と憧憬とは同じでない。それでゐてこれが同じであると言はなければならなくなるのは何の故であらう。死にまで深く染着した心は美しくはないか。勇ましくはないか。雄しくはないか。また優しく悲しくはないか。これが人間の最初の『詩』であり且つ『宗教』ではないか。(七)

とも言っている。これも結局、仏教でいわれていることを基にしているものであり、一即多、多即一の考え方の変形である。「倦怠」は「飽満」から生れるものであり、「憧憬」は「寂寥」から求められるものであるというのも、「充足」と「欠陥」という自然現象であり、満ちるというのは、花袋に言わせると「三寒四温」の自然現象であり、「生滅の心理」でもあり、それが「自然のリズム」なのである。

これは大正6年7月「青年文壇」の『新小説作法』で「『自然らしさ』『自然に迫る』『真に迫る』かういふ以外に、芸術は何物をも持つてゐない」と述べた言葉と一脈相通ずるものがある。この「自然」を彼はまた、「金剛不壊」とも言っている。そして、その「宗教」観を描き表すのが「最後の詩」である。つまり、それが「文学」の仕事であると見ているのである。だから、『ある僧の奇蹟』は、「宗教又芸術の根本義」へのアプローチなのである。

四

そんなある日、凄まじい風雨が訪れ、荒廃した寺は、本堂も居間も、所きらわず、雨洩りし始めた。慈海は、大破して、洪水のように雨が落ちて来る本堂の如来仏の前で手をあわせていた。贖罪が行われ、慈海は「覚醒」

したのである。恐怖、寂寞、孤独、倦怠といったものすべてが「個」に執していたことを悟った。

その時仏は、広い空間をもって慈海に語りかけ、近付いて来たのである。この「覚醒」があってから、

> 寂然として端座してゐる如来像、それはもう昔なる如来像ではなかつた。ある時ある人の手で鋳られたブロンズの仏像では猶更なかつた。かれは其の端麗な顔に、人間の慈愛を発見し、その威厳を保つた表情に人性の根本に横つた金剛の相を発見した。そしてまたその寂滅の姿には、着したものを拭ひ去つたあとの不動不壊の相の名残なくあらはれてゐるのを発見した。今まで広い空間に孤独を嘆き、自然の無関心を慨いた自己は、杳かに遠い過去に没し去つた。今はその如来の像はかれに向つて話し懸けた。又かれに向つて微妙不思議の心理を示した。（九）

と、ブロンズの「如来像」にこのような心境をいだく様になった慈海の心は、要するに「自他の融合」なのである。「覚醒」とは「自他融合」であったと言える。「自他融合」は、「法身」でもあり、「自然」でもあった。

慈海の読経の中味に大きな変化を来している様を、

> どんな貧乏なものでも、乃至は富豪でも、同じやうな古い僧衣を着て、袈裟をかけて、そして長い長い経を誦した。そしてその声も初めに比べて、次第にその声量を増し、威厳を増し、熱意を増して来るのを誰も認めた。淋しい大破した本堂の中に漲り渡る寂滅の気分は、女や子供、乃至は真面目に考へる人達の心を動かさずには置かなかつた。他の寺の僧達の誦した読経ではとても味ふことの出来ない微妙な深遠な感じに人々は撲たれた。（十）

と書いている。自分の「覚醒」は、最早、「覚醒」であるが故に、自分のものだけではなくなった。そして、さらに慈海は、平和に見える農村の生活も裏

を返せば日々苦渋に満ちていることを知り、具体的な行動として「浄乞食」になって村々を歩いた。外形は「平和」に見える田舎町の内部にある「争闘」「瞋恚」「嫉妬」「執着」「道ならぬ恋の執着」「乾くことなき我欲の罪悪」「他を陥れなければ止まらない猜疑心」「泥土に蹂躪せられた慈悲」「深く執着をわるいと思はない心」等々の立ちのぼる家々の前に、自然に慈海は立ち留まって経を読む。

寺を出て托鉢にあけくれ、「オ、オ、オー、オー。」と熱した光った眼で、鈴を鳴らす慈海に対し、

> 女は高掌して涙を流してゐる。そしてその前にゐる一人の乞食坊主 —汚い坊主が神か仏であるやうに、それに向つて随喜渇仰してゐる。(十二)

と言った光景を多く見るようになったのである。

> 苦しい辛い罪悪がある家の前に行くと、きつと立ち留つて長くお経を読んでゐる。きつとそれが中る。そのお経の声がじつとその人の胸にこたへる。・・・・・
>
> 生きた仏に逢つて、この苦悩を救はれました。(十二)

という人々の数が次第に増えて行ったのである。

乞食坊主と追い払っていた人たちも、いつの間にか寺に集まり、寄進をし、読経に耳を傾けるようになって行った。かつて恋した先々代の「目のやさしい」娘も、村の金持ちでインテリの娘も、お寺参りなどしたことのない鍛治屋の五十がらみの岩乗な男も、大学で心理学を専攻している学生も、山師だと言ってけなした人たちもいつの間にか寺に集まるようになって、寺は自然に修復された。まさに、奇蹟がおきたのである。

大抵の先行論文の批評が、この「奇蹟」の描写の部分に集まっている。吉田精一は「自然主義の研究」下巻(東京堂 昭和33年1月)で、

> 「ある僧の奇蹟」は大逆事件に危ふく死を免れた青年僧が、仏の功を徳讃するために手を合はせた末、本尊と共にあり、本尊と共に歩くやうになつた経緯であつて、それは花袋自ら私の心の転換期に立つた時の作である。ゾラの晩年の大作「ルールド」(Lourdes)やユイスマンの「ルールドの群衆」(Les foules Lourdes)に比すべき意味があるにせよ、奇蹟の肯定があまりかんたんになされてゐて、物足りないふしがある。

と評している。『ある僧の奇蹟』は、吉田精一によれば、「個人主義の懊悩、孤独、絶望等、孤独な魂の行きついた果ての虚無を凝視した種類」のものの代表とみている。批判の観点は、「奇蹟」後の描き方が不足している点である。

笹淵友一の見解も『明治大正文学の分析』(明治書院 昭和45年11月)で「ある僧の到達した信の世界が果して彼の前半生の解決の結果であるか疑問である」と、やはり、僧の「信の世界」の実態に疑問を投げかける見解を示している。続いて、

> かつて主人公が小僧をしていたことのある廃寺に住職として帰って来た彼は、ある嵐の夜新しい魂の覚醒を経験する。それは魂の「不思議な顛倒」である。それ以来彼は仏徳讃仰の敬虔な仏弟子となり、人々の魂に奇蹟を来らせ、生仏と尊敬されるようになる。たゞ「残雪」同様この作の致命的弱みは僧の回心がどうして起こったかということについて、読者を納得させる描写を殆どもたないことである。彼の回心は暴風雨の夜に起こった。ではそういう異常な自然体験そのものが彼を回心に導いたのか、という疑問がおこる程、彼の回心は無内容なのである。

と評している。やはり、「回心」の実態の描写の不十分さ、説明的かつ表面

的で描写的になっていない点、「主体的実感化」の欠除を指摘し、「思想性」の乏しさを強調している。そのために、笹淵友一は、駄作ではないにしても良作とは見ていない。ただ「愛欲」の問題を「宗教」によって解決しようとしている指向性が「晩年の文学成立の重要な契機」になっていることを認めている程度である。

勝本清一郎は岩波書店の『座談会 明治文学史』(岩波書店 昭和36年6月)の「花袋と秋声」の中で、

> 「ある僧の奇蹟」における奇蹟は、必らずしも純粋の非合理の奇蹟じゃなくて、明治十年に日本でキリスト教のリバイバルの現状ですね。だから仏教の場でありながら、リバイバル的なものを奇蹟として導入しているということで、キリスト教的なものがそこへ入って来ているんです。

といい、また

> キリスト教の贖罪観には、パウロやルターの古典型、カトリックのラテン型、心理的な見方の近代型、とあるのですが、花袋のは主観的・心理的贖罪観で、やはり近代型なんですね。ということは、結局ユイスマンと花袋とのあいだには根本的なちがいがあるということですね。

と指摘をしている。『ある僧の奇蹟』は、キリスト教のリバイバル的現状の導入であり、その「奇蹟」も古典型やラテン型でなく、合理的、近代的で主観的である。したがって、ユイスマンの影響というがユイスマンはカトリックであり、花袋は近代的、つまり、新教としてのプロテスタントに近いので基本的に立場の違うことを言っている。

また「神秘性」も常識の域を脱しておらず、「性欲」も現世肯定の親鸞的なものであり、同時に、仏教の上から言っても真言・天台の密教的立場で、浄土宗でも禅宗でもないというのである。いろいろ疑問は残るが、『ある僧の奇蹟』の「奇蹟」や「贖罪」を一応、勝本は、このように分析しているのである。

ただ、花袋のカトリック教に対する知識は柳田泉が指摘しているようにカトリックもプロテスタントも区別がつかないといった程度であり、というより、仏教もキリスト教も細かいことはどうでもいいのであって、いわゆる宗教性というものを芸術性に絡ませようとしたのである。一つの宗教、一つの教理で押し通そうとしたのではなかったと考えられるのである。

「覚醒」後に行なった「奇蹟」が、当時花袋が考えていた「心の虚妄」からの脱出と言ったようなものをあわせて、そこに、一つの世界を現出する。「愛欲」の問題と、「個」と「全」の問題、つまり、合理の「社会主義思想」と非合理の「仏教」の対立、即ち、西洋の科学と東洋の精神の対立の「融合」の問題であったわけである。それは、やはり、すべての束縛から解放された「自由」の世界への到達であった。仏教的に言えば、「法身」の体得であり、「金剛不壊」の世界の実現なのである。

五

大逆事件という「社会」に目を向けた問題を一方に置き、一方には「個人」の問題として「愛欲」を置き、その中間にいて花袋は苦しんでいる。その時、ユイスマンにならって廃寺の生活をおくり、仏教の真意に近づいた時に「四十の峠」を過ぎた人間の「孤独」「不安」「死」といった「心の虚妄」にかかわりあいながら、見つけ出した境地が、主人公・「慈海」の「覚醒」であり、そこから生まれて来る「奇蹟」は、彼の願いであった。

一切を捨て、「出世間」、「無一物」の状態に立ち入った時、「一即他」「他即一」の「法身」に到達でき、「金剛不壊」の境地に立つことが出来たのである。そのため、「仏教」と「社会主義思想」と際立った対立を同時にいだいていた慈海が、結局、仏教の「無一物」に救われ、それがややキリスト的な「覚醒」に流れ込み、常識的ではあるが、東洋と西洋の持つ、「奇蹟」と従来から持ちつづけていた「神秘性」の問題に取り組んで、「自然主義」的な立場から脱出しようとしたのである。

花袋は『ある僧の奇蹟』の中で「自然」を「人間の最初の『詩』であり且つ『宗教』ではないか」といい、書き込んでいる。この時、「自然」は「自他融合」であり、「法身」でもあったのである。つまり、『ある僧の奇蹟』は「文学」と「宗教」の融合を図ったものであり、「自他」を「融合」させ、「主客合一」を図り、「自他融合」の形で描き上げようとしたのである。

ヨーロッパ的思考と科学の権威から脱出し、「宗教又芸術の根本義」であるという「自然」の非合理的な精神主義中に「滲入して行く心がけ」であった。極端に言えば、西洋と東洋の対立からの脱出であった。

しかし、『ある僧の奇蹟』にしても、「融合」はあったが、以後の作品形成にどう関わったかまでは、まだはっきり見えていなかった。

第五節
『再び草の野に』論
― 西洋文学の否定としての花袋の自然観 ―

一

『再び草の野に』は、大正8年1月に書き下ろしで春陽堂から出版された長編小説である。

Tの大河が溶々と流れ、冬は遠い山の雪が美しく見える寺のあるH町に近い村の河べりに、煉瓦を焼く小さな工場が出来た。その掘立小屋の近くまで鉄道が敷かれ、終端駅が開設された。車夫や船頭は忙しくなり、料理屋が開かれて行った。酌婦のお玉が話題になり、「死の勝利」などに読みふける車掌見習いや寺に来ているハイカラな娘のことが取り沙汰された。Kとお袖の情事、お袖の死。T町有力者益田によって沈流亭が建てられると、そこで文学者夫婦が遊んだり、東京の有名な歌舞伎役者が女を連れて来たり、そこでDとS子の心中があったりして、様々な人間模様が賑やかに展開される。学校の先生なども子供を連れては、よくこの駅の付近の土手を歩いていた。その繁華も束の間、河に鉄橋がかかり駅がなくなると、たちまち廃墟と化し、すべてはルインになってしまったのである。

こんなあらましの長編なのであるが、地名はイニシャルで表している。Hは羽生、Tは館林、ASは足利、T河は利根川、Kは川俣とその地名は、はっきりしている。

『再び草の野に』は、花袋の周辺に働いていた人々や事柄を次々と投げ入れて、そうしたものがすべて過ぎ去って行き、址として、ルイン(廃墟)としてしか姿をとどめないのであり、悠久なものの中に吸収されてしまうという花袋の晩年のモチーフである「廃墟」と「時」、「愛欲」の問題を花袋独特の自然観から描かれている作品である。

花袋における芸術の根幹を説明する言葉である「自然」の実体とは何か。

第五節では、『再び草の野に』における沼のイメージを中心とした「自然の力」を辿り見ながら、花袋の狙いを探ってゆく。

二

『再び草の野に』において最大なモチーフである「鉄道の開通」については次のように触れている。

> 驚くべき光景がそこにあつた。
> 何も彼も皆な躍動した。生気を帯びて来た。人は多くそこに集まつて行つた。それは丁度文化の大きな波が、また都会の忙しく息つく空気が、あらゆる原始的の状態を破壊せずには置かないといふメカニカルフオオスが、更にまたその当時国を賭しての戦争の勝利に夢中になつてゐる国民の国運の振興に対する思潮が、一時にこの狭いさびしい昔の野の一角にまで押寄せて来たやうに見えた。出来る出来るといふ声は数年前から耳にしながら容易にやつて来なかつた汽車が、K駅の交叉点を突破してから、坦々として高抵のない闊い平野を一直線に容易に進んで、W駅、K駅の二つの停留場を置き、更にH駅の停留場が大きな寺の森を後にして準備された。田舎の人達は皆な目を争つてその怪物のやうな汽缶車の単独の動いて来るのを見た。(その二の「三」)

この「鉄道の開通」というのは東武鉄道である。北千住・久喜間が開通したのは明治32年8月27日であり、加須までのびたのは明治35年9月6日、川俣に達したのは明治36年4月23日であったから、『再び草の野に』のW駅は「鷺の宮」駅、K駅は「加須」駅、H駅は「羽生」駅であるが、岩永も言っているようにW・H・K駅は、日露「戦争の勝利に夢中になつてゐる国民の国運の振興に対する」期待とは違う。それよりも三年も早い時期のことを日露戦争の勝利に合わしているのは、『田舎教師』の林清三が遼陽陥落の戦勝の日に死んだようにしている発想と全く同じであると言える。

『再び草の野に』は、鉄道が「川俣」まで引かれた明治36年から、「足利」へと延長される40年8月27日にまでの足掛け五年間のできごとを見聞し、踏査した結果、創作されたものと言える。鉄道が上州・野州の地に延びたことによって、41年10月26日に五百三十万円が倍額の増資され、「伊勢崎」までの全線開通となるのであるが、路線は、日川俣・足利(40年8月27)、足利・太田間(42年2月27日)、太田・新伊勢崎間(43年3月27日)という順で造られて行ったのである[2]。

開かれた野には、日露戦争後の社会を反映、あるいは象徴するように、それまでではあまり力を入れていなかった鉄道が、最初の開通後五乃至十年ほどの年月を経過した時点から、政治力と資本力を背景にして急速に延びて行き、いわゆる「文明」の力というものが、すべてを変えて行くことを物語っているのである。「文明」の一つの象徴である「鉄道開通」、それによって、人が集まり、草薮が村になる。だが、利根川に鉄橋がかかり駅がなくなると、すべてはルインになってしまって、再び草の野に帰るのである。

岩永胖は『自然主義文学に於ける虚構の可能性』(昭和43年10月25日桜楓社)で、まず、ルインという「歴史観」は「抽象的な観念による現実の解釈」によって「事実の歪曲」をし、「自我の確立に対する要求の強さ」は、最早消滅しているのであるから、「実生活に於ける要求の自覚とその実現のための条件追及の力との分裂」であるときめつけている。この作に、「事実」と

2) 昭和四十七年十月「鉄道図書刊行会」刊の「鉄道百年略史」による。

して「鉄道開設」の社会的問題を土台にしながら、それを人間の根本問題になし得ないところに花袋の致命的限界があり、「個」の「愛欲」問題などは「もっともはかない一時的な可能性の上に築かれた自我の充足的世界に過ぎぬことを」知りつくしていたのにと、花袋の罪を指摘している。こうした批判は当然のことであるが、花袋自身に引きつけて考えれば、そうした「社会」を問題にするより、「個」の問題に徹しなければならないのが、花袋のこの頃の自然観なのである。

上司小剣は「草の野薔薇」(「読売新聞」大正8年2月9日)で、

> 自然といふ大きな織物に、人生の小さな刺繍が或は赤く、或は、青く、或は白くボツボツと浮き出しては、消えて行きます。草亡木卒するさまざまの人間が、作者の見たままに、淡く流れて行くのに言い知れぬ痛ましさを感じます。一寸した機運が草の野に小市街の繁華を作り、それがまた少し重い事情の為に跡方もなく消え去って、もとの草は果敢ないルウインとも何とも人には語ることなしに、徒に繁つてゐるといふ夢のやうな感じが、爛熟を通り越して、殆ど枯淡の境に入つた作者の筆(まゝ若すぎるほど若々しい文句はあつても)に載つて現はされてゐます。例によつて毒々しい人間の愛欲や、ある巷の特殊な女性の噂なぞが、寧ろ得意気に描かれてゐますけれど、私はこの一編の小説から一種の悟道味とか涅盤性(?)とかいふやうなものを見出しました。それは巧いが上にも巧くなり切つた作者の筆が前にも言つたやうに、軽い枯淡な味ひを齎らして来た為めでもありませうか。

と、「自然」という大きな織物に「人生」という小さな刺繍が、浮かんだり、消えたりしているような作とまず評し、「枯淡」な味が出ており、一種の「悟道境」、あるいは「涅盤性」といったものをあらわしている作と見ている。小剣の特色は、この作を「悟道」「枯淡」といった言葉であり、仏教的な雰囲気を感じさせるものと考えている点である。

小林一郎も「『田山花袋研究』「危機意識」克服の時代(二)」(桜楓社 昭和57年)で、『再び草の野に』に対して、

> 人生や、歴史のルインを強調しながら、返って、其所に「悟道」「涅槃」的な救い、「永遠」というものにつながる芽をみせ、それを知ることがむしろ必要であることを語ってみせた作と言えるのである。支離滅裂なもの、あるいは次元の違うものこそ人生であり、人間であり、実生活である。それにどう対応し、それをどう考えて行くかを言っているのであり、どう考えてもすべて「無」に帰することを知ることが生きることにつながるという、やはり、仏教的考え方の提示であった。性急な手法や構成に未熟な、幾多の破綻は確かに認められるとしても、社会主義的リアリズムでない形で、自然主義本期の形を深めようとしている姿勢は十分うかがえるのである。

と述べているのは、花袋の自然主義全盛期にもあったことで、花袋における芸術の根幹を説明する言葉である「自然」と仏教的な考え方の「自他の融合」への一つの試みをしたものであると言える。

花袋は人生を描き続ける作家であった。つまり、男女間の物語を仕立てつつ「自然」の問題に還元してゆく人生派の作家である、ということであった。

だから花袋は晩年にも「華厳教」を読んだ時の想念を、発展させて思想化した「くつは虫」と題する文章を残した。

> 客観(普賢)があらはれて来て、人間は人間の大きさを、単なる物ではないことを、宇宙のリズムに合致していることを、自分は自分ばかりでないことを、人間であると同時に宇宙の存在であることを知るやうになる。つまり自己を始めて空間に置いて見るといふことになる。そこに行つて、始めて自己がわかり、他の存在がわかる。即ち自己を他の中に発見し、また他を自己の中に発見するといふ心の心境である。さうなればも

はや盲目も人生の河に泳いでいるものではなくなる。この功徳は取りも直さず普賢菩薩の賜であると言つて然るべきであらう。

(『不同調』大正14年10月)

花袋自身の内側に流れている、いくつもの思想の脈絡を組み合わせて構成した内容であることが知れる。また、大正14年というと、『花袋随筆』掲載と同時期のものである。まず、「華厳教」に着想を得た考えなので、仏教色が強いのは当然である。「普賢菩薩の賜」は、その最たる典型である。むろん、このことだけでは意味をなさない。まず、「自己がわかり、他の存在がわかる。即ち自己を他の中に発見し、また他を自己の中に発見するといふ心の心境」について言う。そして、次にこの「心の境」の内容が、「自他の融合」の中で言う「自他の融合と言ふ事」であることは、たやすく推察できることである。以下のような縷述がある。

自己の心理をいかに他に発見し、又他の心理をいかに自己に発見するかといふことは、芸術の標準を上げる上に於て、最も必要なことである。一度自分で体感したものを、もう一度他にひつくりかへして見るといふこと、自己の経験を他の中に発見するといふこと、またこれを大きくひろめて言へば、自然と自己とをいかに一致させるかといふこと、「箇」と「全」とをいかに融合させるかといふこと、この大問題は文壇ではまだいくらも考へられていないやうに私には思われた。(「自他の融合」)

逆に、この「自他の融合」中に、「自己の経験を他の中に発見する」ということは、「心の境」のことである。「くつは虫」の「自他の融合」との差異は、「自然」でなく「宇宙のリズム」のなかに人間をおき、その説明をあらわした点であった。

その上、最後は「盲目の人生の河に泳いでいるものではなくなる」ということを、人生の問題にしているところは、花袋のすべての特徴を物語っているのである。つまり、言えることはこうである。作家が実践した人生の営為は、仏教経典を読む過程で前後の矛盾を矛盾とはしない、一つの思想体験としての壮大な「宇宙のリズム」の物語に吸収されていったのではなかったか、ということである。そうでなかったとすれば、最後は人生の不合理ゆえに人生たり得るという逆説を語る、救済の物語以外、他に語るものは何もなかったと。「盲目の人生の河」— あえて言えば、この表現ぐらい人間を言述する芸術の徒であることを物語る言葉はないのである。

吉田精一は『自然主義の研究』下で、一特定の個人とか、事件とかに関係なく、純粋な「址」そのものへの詠嘆を歌ったのが、叙事詩的なこの作品であると、先ず触れ、

> 作品はこの一時栄えた停車場附近を中心に、その賑はひや新しい工業、さては心中事件などを書くとともに、彼の「蒲団」のヒロインの姿もここに点じれば、「田舎教師」のモデルをも散歩させた。かくして自分の熟知した自然の背景に、虚実とりまぜた散文の叙事詩を歌ひあげた。人生の変遷を、一時期に短縮したかに見える「自然の力」の前に、詠歎と感傷の情をほしいままにしたのである。

と評している。また、

> だがさうした人間社会の栄枯盛衰は、この場合は実は直接の原因が別にあった。それは「自然の無関心ならぬ、東武鉄道会社という資本の経営の利害のために起こつたといふ事実である。これについては花袋は何等思ひをよせず、自然の変遷と同じ眼で見てゐる。永遠の流転の生に漂ふ一泡沫として、彼は社会現象をも一つの「自然」の循環に帰したのである。

と言っている。東武鉄道の産業資本的経営のことをやはり「自然の循環」と

花袋が考えていたという指摘は正しいと思う。ただ「自然の無関心」への理解において、花袋はもう少し深い所まで下りているのである。

沢豊彦は『田山花袋の詩と評論』(沖積舎 平成4年2月)で、「花袋の言語表現は曖昧さを非難される一方、言語の表象機能を生かしたうえで、実は非合理な人間の内側をメタファ化する言説を得意としている点」は、「そもそも花袋の用いる「自然」観は最大の効果を発揮している」のであると言っている。

花袋は「自然」のもつ価値を次のように説明している。

> 「自然」といふことは、何処まで行つたつて大切だ。これを外にしては、人間には何もないと言つても好いくらゐだ。「自然」のやうに沈黙であること、また「自然」のやうに大胆であること、また「自然」のやうに端倪すべからざること、これさへわかれば、これさへ飲み込めれば、何事でも凝滞するところなしに押して行くことが出来た。他の心をも看破することができれば、自己をもつとはつきりと知ることが出来る。それに「自然」はあらゆるものを容れた。思想も容れることが出来れば、描写も容れることができた。宗教も容れることができた。宗教は「自然」を理想的にし、積極的にし、主観的にしたやうなものであるといふことが出来た。
>
> (『夜坐』大正14年4月)

この引用文にしても論の矛盾と言語表現の曖昧さが見える。が、「自然」という言葉の持つ隠喩の効果は、対象が表象する記号内容をあらゆる機会と場所に生かしているという点で、花袋の自然観の手法をあらわしているのである。

「自然」と、その中に点在する人の営為について、花袋はどのように見たかという点の好例が『長編小説の研究』(大正14年6月)にある。杜甫の漢詩の一節「窓含西峯千秋雪(窓には含める西峯千秋の雪)門泊東呉万理舟(門には泊まる東呉万理の舟)」を引き合いに出し、東洋と西洋の相違と芸術の価値を概括し、そのような小説を望み、その解説をしている。

以前は、東洋の文学は個性がないとか、性格がないとか、何うも人生に直接触れてゐないとか、いろいろなことを言つたものだが、— 否、今でもさういふことを言つてゐるものは沢山あるだろうが、今日考えて見ると、西洋より却つて東洋の方が先に行つてゐるのではないか。客観とか、解剖とか、性格とかいふことはとうの昔に通り越して、それで出来て来てゐるのが詩や歌ではないか。個性だの、性格だのにこだはつてゐるのは、まだ作者の内面があるものに捉えられてゐるためではないか。またいくら細かに書いてあつても、確実に書いてあつても、それが却つて作者の内面の好奇を裏切つたに留るやうなことはありはしないか。詩や歌はさういふ意味から言つてもおろそかに取扱ふことは出来ない。

(『長編小説の研究』大正14年6月)

花袋は晩年に西洋文学の否定を伝統的「自然」の観点から行っているのだが、その確固とした立場は晩年の特色に属することであった。一種、超越的感慨によって漢詩を肯定するやり方は、「自然」受容の方法と同じであった。反実証的論理、つまりは自然主義が標榜した科学主義、客観主義とは相容れない点で、その文章表現は花袋流儀を極めた観があり、花袋が象徴性から成り立つ漢詩の世界を西洋文学と対置させることによって獲得した世界であった。

さらに、『花袋随筆』の中の「私の考へてゐる事」にも、以下のとおりある。

私などにしても、翻つて考へて見ると、随分いろいろ形を取つて来た。決して大道ばかりを歩いてはゐなかつた。時には行詰まりになつてゐるやうな小道にも入り込んだ。わざとわき道にもそれて行つた。イズムというやうな穽にも入つて行けば、型といふやうな無活動な心の境にも入つた。しかし私は幸にしてさうふところに入りきりになつてゐなかつた。そこに坐りきりになつて了ふやうな心の位置をつくらなかつた。それは何ういふ工夫かと言へば、皆な自然を師としたためのお陰である。私はいけぬとなると、すぐそれをバラバラに打壊して自然に趨つた。そしてそれを手本にして再びそこから出直して来た。自然からは、いくら汲んでも汲んでも尽きない新しい泉が滾々として常に流れ出して来てゐた。

(『花袋随筆』昭和3年5月)

花袋が「自然」をどのようなものとして捉えているかは、この一文にもよく出ている。「イズム」とか「型」を、「「大道」ではなく「小道」だとする認識は、過去の文学思想に対する自己否定を伴ってのことに違いない。つまり、花袋にとって「自然」は「芸術の師」であろう。

三

『再び草の野に』では、愛欲の世界と廃墟の空気の交錯しあう背後に絶えず明滅するのが自然の「沼」だった。では、沼のイメージ[3]を中心として、「芸術の師」としての「自然の力」に注目して、花袋の狙いを探って見よう。

花袋は生まれ故郷の群馬県館林にある「城沼」に強い影響をうけた。最初花袋が文学表現をしたのは漢詩であり、それをまとめたものが花袋が十五歳時の『城沼四時雑詠』[4](明治18年5月 稿本)である。

---

3) 水のイーメジとしての「沼」は「川」「湖」「池」とはそれぞれ違う意味を持って、その差を比べると次のようになる。

川—雨などの自然の水が集まり、陸上のくぼみを傾斜に沿って流れ下る水路。

湖—周囲を陸地で囲まれたくぼ地に水をたたえる水域。池や沼よりは大きく、沿岸植物の侵入できない深さのもので、普通最深部が五メートル以上をいう。

沼—湖より浅い水域。水深は五メトルー以内で、フサモクモロなどの水中植物が繁茂する。

池—くぼ地に自然に水がたまった所。また、地面を掘って水をためた所。ふつう湖沼より小さいものをいう。

4) 明治18年5月26日刊の稿本、漢詩集。序(漢文)、七言律詩二首、五言絶句二

この『城沼四時雑詠』の分類法について、平沢禎二は「田山花袋記念館紀要」第三号(平成3年)に、「館林の少年詩人田山汲吉とその周辺覚書 ―『城沼四時雑詠』(稿本)を中心として ―」を書き、その中で、

> 中国の唐詩や宋詩などの分類方法を《ママ》よらないで、日本の古典、和歌集などの分類方法とにた方法をとっている。

と言っており、文学表現の出発は漢詩であるが、その内容は日本の和歌だということが分かる。この『城沼四時雑詠』の中で、「城沼」に触れているものとしては、

> 城沼眺望　能見堤眺望　城沼春月　舟過能見堤　城沼眺望　(春)
> 城沼眺望　城沼晩帰　城沼舟行　沼辺晩歩　城沼納涼　(夏)
> 城沼眺望　同　城沼秋月　城沼覚月　同晩歩　(秋)
> 城沼落雁　沼中群鷺　城沼舟行　渡沼暮雪　(冬)

をあげることができる。これらに対して、詳細な検討を加えているのは、柳田泉の『田山花袋の文学 ― 少年花袋の文学 ― 』(春秋社 昭和33年9月)であり、柳田泉はこれらを先ず大きく「自然美」と「人間的分子」に分けている。

天地関係としては、「日」「月」「星」「雲」「露」「霞」「霹」を詠じていることを指摘した上で、

> 四季とも殆んど皆落日、夕陽、夕照、斜陽、晩晴となっているのが注意される。落ち際の赤い太陽がいかに少年のセンチメンタルな心を動かしたことがわかる。詩題にも、晩歩、晩帰、晩望など、晩のものが多い

首、七言絶句五十九首を収める。

ところにその好みが見えている。

と「落日」と「晩」に心を寄せる花袋という見方をしている。

「土地」に関するものとしては「沼の水」「水の変化」に対応するものが多いとして、「湖水平」「湖平」そして「沼水如湧」「沼光」「水色」「沼色紅」「水明」「水波」「細波」などをあげている。

沼光靄々失西東　　近浦遠村到処同
漁老転蒿衡煙去　　水禽飛起夕陽中　(同　城沼晩望)

などはその一例である。

「自然」そして「人事」を通して柳田泉は、

> 殆んど自然美の写景的な分子が大部分で、人事も形式的表面的なつながりで、事実は自然美の点景的添物といってよく、人生観を自然観の中に托するなどという複雑な歌い方のものは一つも出ていないけれども、ただ素直に自然に、いわゆる大自然の美に接している。そうしてその大自然のうちに人間一切、自分も他人も無意識に託して安心しているといった趣があり、漠としたものながら、後々の花袋文学の発展も変化もやがてそこから出てくるのだという印象をうけるのである。
> (『田山花袋の文学 ― 少年花袋の文学 ―』)

と花袋が『城沼四時雑詠』を通して「沼」「城沼」というものを文学的にどう捉えていたかを端的にまとめている。『城沼四時雑詠』に見せた「沼」つまり「城沼」に対する考え方は、明治32年9月の『ふる郷』(新声社)になると、かなりはっきりした様相を呈して来る。花袋も十五歳から二十九歳になり、その間約十五年の歳月が経過し、結婚もしている視点からのものであるから同然のことである。「芦原に遮られて見えさりし広きく沼の、はつとわが前にあらわれし時いかに我は驚きけん」と、未知の自然が突如として立ちあらわれ、「沼の色は飽くまで深碧に、日の光深く射入りて、下には恐ろしき龍なんぞ住むらんやうに思はれたるに、われは身も世もなく、頼りになきつつ母を呼びぬ」と詩的世界の中に酔いしれた「沼」「自然」が逆に生命にかかわる恐怖の存在であったことを思い知らされる姿として描き込んで行く。その結果「かくだにせばいかにか為らんと、幼心の危しともしらず、そのままざんぶと泥深き沼の中へと飛び込みたる」というふうに、そこに存在するものは「死」の世界だった。この「沼」の水は最初、「詩」の世界でもなく「死」に誘い込む水であったのである。

『城沼四時雑詠』で見せた「夕暮れ」と「月」の中にある「暗い水」としての「沼」、「幽」の世界に潜むものは、この『ふる郷』で見せた、内部に棲む「死」の教訓を秘めていたのである。

『城沼四時雑詠』と『ふる郷』に見せた「城沼」に対する思いが底流になって書きあらわされたものが『再び草の野に』だと思う。その実態を辿ってみよう。

「その一」は三章、「その二」は三十章、「その三」は八章なので、やはり、「その二」が『再び草の野に』の中心であると言えよう。「その一「一」」は「麦の畠や水田や村落」が出来る前の初めの野の描写から始まり、花袋自身を想像させる文学者夫婦がその野にある沼の畔に引っ越して来る。

> 彼等は何編そこを一刻も早く切り上げて都会に帰りたいと思つたか知れなかつた。否、もし他にかれ等慰める沼のラスチツクな眺めと、T川の涼しい夜風と、美しいお伽噺の中の姫を思はせるやうな水あほひや川骨や旨い廉い鰻や川鰕や、さうしたものがなかつたならば、とてもさう長くはそこに落附いてゐることは出来なかつたに相違なかつた。(その一「四」)

間借り生活をしていた貧しい文学者夫婦において、精神を癒す自然を

「沼」「川」、すなわち水を通して語り描いている。開かれた野には人為的な「文明」の象徴である「鉄道開通」があり、それによって、人が集まり、草薮が村になり、春の風景までも変わって行く。

　派手な蝙蝠傘の日に美しく光る春は再び来た。田圃の麦畠の中に男女づれの群の衣裳の隠見する春、ダヤや金の指輪やステツキや中折帽の縺れ合ふやうな春、分福茶釜の寺の和尚のにこくする春、お玉やお常やお政のてんてこ舞ひをする春、沼の入込んだ蘆荻の間に小さな舟の往来する春、蓴菜の土産の瓶を今年は誰も彼も拵へて、其処にも其処にも並べて置くやうな春は来た。（その二「二十二」）

だが、「蘆荻の間に小さな舟の往来する春」の沼の風景は変わらなかった。

駐車場前は町になろうとする気配を見せる。人間の営む、あらゆる職業の人が、次々とあらわれて来る様子を、パノラマのように、横の広がりとして、拡げてみせている。人の集まる所、人のいる所に必ず、男と女との問題がある。「その二「二」」の勝という野州生まれの男の、女との関係のもつれによる投身自殺か他殺か分からない突然の死が沼で起こった。

　ところが、半月ほど経つたある寒い日に、沼に注ぐ小川の畔で、綱を携へて日振りをしに行つた一人の男は、自分の腿まで入つて行つてゐる泥深い、蘆荻の縦横に折れ伏した中に、ふと人の頭見たいなものゝ浮んでゐるのを見て、ギョツとして二足三足後退りをした。（その二「二」）

ここでの沼のイメージは、『ふる郷』の「死」に誘い込む「暗い水」としての沼である。

M屋の酌婦のお玉、隣りのY屋の上さん、お玉の相手であるS「七」、寺に泊まるハイカラ女性と彼女の男「十」、Y屋の主人と上さんとお常という女との争い「十二」、益田というT町の財産家の所へ来た東京の女のこと

「十四」、K車掌とY屋の酌婦お袖との関係、そのお袖の死「十六」、T川の畔に出来た「沈流亭」に泊まった歌舞伎役者Mと柳橋のS屋の抱妓歌子との情事「二十六・二十七」、Dと音楽家Sとの心中「二十八」、新しくT川にかけられた鉄橋を渡った虎と熊が上さんのことで争い、虎が熊を殺してしまった事件「二十九」などがパノラマのように流れている。

このような人間の営む究極にあるものとして、此処でもやはり「個」を考え、その「個」の中心に「愛欲」の問題を置いている。花袋はそれと離れてそのまま眺めているだけである。だから、「その二」の二十八章では、

> どんな豪い人間でも、また何なに世間に名誉のある人達でも、学問のある人達でも、愛欲の深い試みに逢つては、到底かうした悲劇に逢はなければならないことを思つた。

と書いているのである。「文明」の底に流れているものとして「愛欲」を置いているわけで、様々な、個々ばらばらな、人間の営みを点綴させながらも、それを統一しているものとしてやはり、「沼」の抱く「平和」「神秘」の世界、世俗を離れた静寂と神秘に心惹かれ、人の世に対する姿勢というものを朧げに保持し、安らぎを求めていた。

車掌Kの「愛欲」を見た車掌見習は、自分の読んでいる小説の中の人生と現実の愛欲との絡みについて考える。しかし、「錆びた沼」は人間の愛欲の問題とか人事とは関係なく、いつもの場所で明るい「余光」を帯びている。

> 次第に上つて行くにつれて、月の光は益々広くなつて行つた。しんとした土手下の人家も、停車場の黒い建物も、寺のこんもりとした森も、何も彼も明るい月光を帯びるやうになつた。後には蘆萩の一面に生えたその錆びた沼にまでその余光は及んで行つた。蛙の声は湧くやうにきこえた。
>
> （その二「八」）

続いて、ハイカラな女性と彼女の男が逃げて行く道と、M屋の酌婦お常と主人と上さんの愛欲の問題で起こす大騒ぎの後の描写で、それらと自然の平和とを対比している。

> 大騒ぎで、かれ等は森の中の草薮の中をわけて、別にしきりといふしきりもない境内を田圃の方へ出て来た。午後四時すぎの日影は明るく静かに野を照した。沼に出てゐる舟も一二隻そのキラキラする日影の中に黒く見えた。（その「十」）

> やがて人々は散じた。
> 月は静かに照した。物の影がすべて黒くはつきりとあざやかに見えた。若い車掌見習は余り月が好いので、土手の上まで行つて、川などを眺めて暫くして戻つて来る、とあたりはもうしんとして、今し方さうした悲喜劇があつたとは思はれぬばかりに、Y屋の灯のさびしく静かについてゐるのが覗かれた。主人も板場の男ももう其処にゐなかつた。お玉が唯一人ぽつねんと白い顔を其処に見せてゐた。
> 月はいよいよ冴え渡つた。（その二「十二」）

また沼は時の流れとしても描かれている。

> 沼の畔りの家をその文学者が去つてから、一二年は既に経過してゐた。（その二「一」）

> H町の停車場の開業式の日、町の料理屋での賑やかな宴会が続いて、群衆と乗客の賑やかな雰囲気とはかまわなく、相変わらず、沼に時間の流れがあった。（その二「四」）

> 雪は何編となく来ては、その野添ひの新しい墓を埋めた。一月は二月になり二月は三月になつた。沼に添つた路には新しい草が萌え、青々とした麦畠の隅の早咲の梅が白く咲くのが見えた。雲雀の高く囀る声が空

に聞こえた。（その二「十六」）

「時」の推移と「自然」の変化とが並行しながら、草の野は変わっていくが、沼だけが昔のままであると、T町の躑躅を見に来る人々の中で文学者夫婦は回想する。

沼の見えるあたりまで行つて、種々とその時分のことを話の種にしてかれ等は、
『それでも沼は変りませんね。』
『さうだね、ここは昔のまゝだ。』
剖葦はまだ鳴き初めなかつたけれども、ツンツン芽を出した藺の新芽や、若い緑の気持よく揃つてゐる蘆荻や、藻や水草の叢生した沼の上に浮んだ小さな舟や、沼の向うに平に連つてゐるやう黄く色の附いた丸味を持つた麦畠や、闊く打渡された平野の遠い地平線などか、かれ等を楽しませた。かれ等の半年滞在してゐた藁葺の家屋には、午後の日影が朗かにさし渡つてゐた。（その二「二十五」）

「その三」は、「愛欲」の問題の種々相を描いてみせながら、結局、「愛欲」という、実際生活に投入して行った人間のすべてが、悲劇に終わって、T川に鉄道が出来、

T町の停車場を大きくして、行く行くは、S町の方へ支線を出す計畫らしいから。（その三「一」）

という結果として、当然、

しかもいつの間にか、繁華の渦はT町の方へと全く移つてゐた。鉄橋の開通式と言つても、此処は形ばかりで、賑かな儀式や宴会やは、T町の停車場でやることになつてゐた。（その三「二」）

というふうに、駅は、いつの間にか「滅亡」と「凋落」の波に洗われていたのである。駅長以下、駅の付近の家や店や人々が次々と姿を消し、たった三年の間の繁栄であった姿をみて、鉄橋を列車で通過して行く乗客は、

『本当だ・・・・。忽ちルウインになつちやうんね。色々な人達が考へたり、思つたり、泣いたり、怒つたりしたことが、すつかりあとになつて了ふんだね。ロウマや、奈良や、ブルウジだつて、これに違ひやしないね。』(その三「六」)

と語っているのである。

いつも、人間と自然との関係を考えていた小学校先生の日記の一節である。

六月一日、晴れ、

予は驚愕と悲哀とを抱いてそこを過ぎたりき。否、悲哀なしに、何人かこゝを過ぎ去るを得ん。これ、単なる一光景にあらず。単なる田園の一出来事、または一消長にあらず。これ皆すべて、われ等の人生に、歴史に常にをりく起り来る一大光景ならずや。否、人生の歴史とのみにはあらじ、われ等の心のシインの中にも、常に日毎に起伏し来れる大なる光景ならずとは誰か言ひ得ん。栄枯盛衰の理、否々、単に栄枯盛衰の跡として一過視去るには、余りに予には生々しく且つあまり重大なり。・・・・更にまた今日のこの荒涼たるルウインは、いかに一層深き人生を暗視しつゝあるぞや。予は一二時間そこを去ること能はざりし。予はロオマの廃址をさまよふ詩人以上なりき。奈良、ブルウジの廃墟と雖も、いかでかくのごとき生々とした印象を予の心に与へ得べきや。予は涕泗の横流し、悲哀の胸を塞ぐを留め得ず。現に今、これを記するに当りてすら、滂沱として涙流る。何となれば、これ人生なればなり。人間の運命なればなり。また予もつひに赴ざる人生の帰趣なればなり・・・・・・・(その三「三」)

すべて、自然も人間も社会も、生活も、人生もルインと化してしまうのである。吉田精一の言うように、すべては「自然」なのである。そして、それは、「無関心」の「自然」の姿なのである。

土手の上からは矢張美しいT川の流が見えて、冬は遠山の雪が金属のやうに閃々と輝きわたつた。春はその草路の中のさゝやかな赤い花に露が置いて、天上の星の光が夜毎に来ては接吻した。雲雀はその変らない恋の唄を高く空にうたつた。(その三「八」)

というのが、その終末である。かなり美文的センチメンタルな描写であり、反実証的な言語表現である。

四

『再び草の野に』には、発表同時からかなり多くの論評がよせられている。その先行論文などを探ってみると「永遠」と無に帰ることにつながる仏教の考え方、あるいは、社会主義リアリズムとは反対側の立場、「詩」「叙事詩」的な描写などがあった。これらが花袋の晩年のモチーフではないかと思われる。

『再び草の野に』「文明」の一つの象徴である「鉄道」、その開通によって、人が集まり、草薮が村になり、町になろうとする気配を見せる。人間の営む、あらゆる職業の人が、次々とあらわれて来る様子を、パノラマ状に、横の広がりとして、拡げて見せたのである。

人間の死、癒しの場、「時」の流れ、平和、永遠のイメージとして描かれている沼は、人間にはどうすることもできない「自然」の超越的なイメージであると言えよう。脈絡も結末もない人生は、すべて過ぎて行き、址として、ルインとしてしか姿をとどめることなく、悠久な自然の中に吸収されてしまうことを語っているのである。そこに人生というもの、人間の生といったようなものを見せようとしたところが、花袋の狙いである。

つまり、「社会」の問題としての「文明」の姿も、「個」の問題としての「愛欲」の問題も、すべて、·「自然」の器に包含して、ルインと化してしまうというのが『再び草の野に』の狙いであり、「時」の推移と「自然」の変化とが並行しながら廃墟となって行く、人間にはどうすることも出来ない超越的な「自然の力」というものが、『再び草の野に』では描かれていると言えよう。

色々な表現を、しかも人間の「愛欲」を中心にした事柄を、一つの織物のように織りなして、そこに人生というもの、人間の「生」と言ったようなものをみせようとしたところは、狙いはよいとしても、少々薄手になってしまっていることも否定できない事実である。

しかし『再び草の野に』は、花袋晩年の西洋文学の否定を伝統的「自然」の確固とした立場と、このような「自然」受容の方法として書かれた作品として、意味の大きい作品だと言えよう。

つまり、花袋にとって「自然」は、「いくら汲んでも汲んでも尽きない新しい泉が滾々として常に流れ出して来てゐた」「芸術の師」のようなものであった。

第六節
『廃駅』論
– 花袋の晩年にいたる過渡期の視点から –

一

宗教的気分に過ぎぬか、信仰に近かったかは問わないが、「人生の危機」を通り過ぎて生じた転機後に、花袋は仏教教典に影響を受けた文芸観、人生観を自らの主張としていたことは間違いない。

ところが、『定本花袋全集』(臨川書店 平成5年12月)の年譜によると、花袋は大正8年、四十九歳で肺尖カタルを病み、好きだった酒と煙草をやめた。大正9年11月23日、「田山花袋．徳田秋声誕生五十年祝賀会」が帝国ホテルで開催されて、午後、有楽座で記念講演や余興、夕方から築地「精養軒」で晩餐会があった。それが後年、花袋の文壇退場告別式と評された会であった。記念出版として、新潮社より『現代小説選集』が出版され、その印税が二人に贈られた。

同年、12月1日、花袋の三十代から四十代にかけて編集に心血を注ぎ、退いた後も客員として毎号巻頭文を書き続けた雑誌『文章世界』が第十五巻十二号で終刊になった。花袋は、最後の拠点を失ったのである。孤独感、生きることの根源にまで向き合わなくてはやむを得ない寂しさと苦悩、不安に花袋は追い詰められた。

大正13年1月1日『福岡日日新聞』に発表した文章で、大正8年から13年までの花袋の挫折と心境を描いている。ここで花袋が「地上の子」(『天と地と』太平洋 明治35年3月)であるのは仕方ないこととして、「人間は個にして全である」(『孤独と法身』)とか、「善いが善いではない、わるいがわるいでないと言ふこと」(『脱却の工夫』)とある自らの非合理的言動をつうじて一種の超越的存在に触れてみせたことにはなるまいか。少なくともある種の挑発を必要としていた筈である。

花袋は「法華経は驚くべき書だ。あんな本は世界には又とあるまい。」(『谷合の碧い空』)とか「批評も傍観的、法身的でなければならないのである。まことなもの、すぐれたものは、竟に金剛不壊である。」(『孤独と法身』)と言い切っている。その時の自己検証は、単純な形で別の「思想」に乗り換えることでは解決しなかったと思ったことであろう。

> 私は病気になつて始めて死といふものと相対した。今までにも死とは度々面したと思つてゐるが、それは空想で、本当の死といふものはそんなものではないといふことが始めて分つた。それはあらゆる悲哀、あらゆる慟哭、あらゆる祈禱、あらゆる焦燥を以てしても何うすることも出来ないほどそれほど暗い、冷たいもので、私はそれに触れてひやりとした。何も彼も失つて了つた。しつかり握つたつもりの法華経の真剣などは、いつか何処かに落として了つてゐた。(『心の階段』)

余りに簡単すぎる宗教の否定は、花袋内部での構築性をさえ疑うが、ただ花袋にとって宗教の問題が「心の階段」で決着したのではなく、実は大正14年9月の『不同調』でも「仏教」教典を援用しながら、人生解読の機会を持っていた。例によって主客の問題、自他融合の問題、そして仏教教典の理解を同一平面で構造化しようとする構想は、思想形象に複雑な契機が生まれていた事情によるのである。

前の『ある僧の奇蹟』論で触れた『一室の牢獄』(大正7年11月「文化運動」)でも、花袋の脆い宗教的な土壌を窺うことが出来る。「虚妄のまこと」を知るに至った主人公・花袋は「すべてを捨て去る」ことになる。劫を脱却しようとする花袋は、西洋文学の書籍と一緒に「長押」にかけてあるあらゆる額、机、手帳、手紙、反古と言ったものを全部屑屋に持って行かせた。ただ一つ残しているのは、ブルージェの廃市の絵のみである。一番大事にしていた女の肖像画さえも捨て去ったのである。妻が「随分ありますね。N子さんから来た手紙が? 」と言っているが、おそらく、岡田ミチヨのものであらう。先の肖像画は飯田代子である。こうしたものから一切離れることを決意し、「劫」のすべてから脱却しようとしたのである。

　一室に縛りつけられた劫は、しかし、まだ決してかれを見捨てなかつた。以前のやうには烈しく煩く世間が襲つて来なかつたけれども、それでも、生活は猶ほかれの周囲にあつた。一日二日経つた、かれは矢張書くやうな気分になるために、一つ残つた机を室の彼方の隅、此方の隅などに持つて行つて懊悩した。≪馬鹿！そんなものより心を捨てなければならない、心を、本当の心を・・・・。心さへ捨てれば、そんなものはわざわざ大騒ぎして捨てなくつても好いんだ。あつたツて好かつたんだ≫心の底の何処かではかう言つてかれを罵る声がした。(『一室の牢獄』)

と最後を書いている。結局、形式的に、外部のものだけを捨て去っても、懊悩は懊悩として依然として続いているのである。そんなものは、むしろ捨てなくってもよかった。本当に「劫」を脱却するには、そうしたものを支えている「心」がすべてから「自由」にならなければならないのである。外部から室に入って来るものや、また、部屋の中にある己れ以外のものをいくら捨て去っても、その室の中にいる己れ自身の内部にいる「心」が、すべての「執着」、すべての「囚われ」から解き放たれない限り、苦悩は苦悩として依然として続き、残っているのである。そうしたことを「劫」の脱却という釈尊の言葉として十分に知りながら、まだ、本当に分っていない自分自身を投げ出している。つまり、西洋と東洋の対立から脱出するために捨てようとした書籍と一緒に愛欲も彼の心に流れているのである。

　花袋は「心の階段」の中で、「描写という心の境」を

> 此の境からもう一度飛上る一階段は、それまで経て来た多くの階段の中でもことにむづかしいものであるやうに私には経験された。(略)私はそこで飛上ろうとして、失敗して、今まで持つてゐたものをバラバラにすっかり壊して了つたひとりのやうな心持がした。しかし情ないと思つて思ひ崩折れてはゐられなかつた。更に初めから出立して、再びそこに行くことを心懸けねばならなかつた。

と、数年間にわたる内省の経緯を確認したのである。作家は現に、愛人と家人の間に立って「愛欲小説」を拓き、存亡のときに巡りあって「歴史小説」を拓き、最後までこの二大モチーフを書き継いだのだった。

花袋は、「本当の心と人生とが一つになつた芸術」、「描写といふ心の境」をもう一段高めた芸術を標榜することを芸術の目標として大正期を生きていたのである。

この時期、大正8年から十年にかけての花袋は新聞小説をたて続けに執筆しており、それには『しのゝめ』(『中央新聞』12月1日～翌10年4月17日、百五回連載)、『静江のあやまち』(『中外商業新報』1月1日～5月13日、百三十回連載)、『浅い春』(『国民新聞』2月10日～6月9日、百四十五回連載)、『くろ髪』(『やまと新聞』5月23日～9月16日、百五回連載)、『銀盤』(『読売新聞』7月25日～翌11年1月20日、百七十二回)『廃駅』(『福岡日日新聞』11月9日～翌11年3月21日、百二十六回連載)があり、おおむねが通俗的な恋物語であった。

文壇は、大正10年2月に『種蒔く人』が創刊されたりして、次第にプロレタリア文学が台頭し始めた。11月4日、東京駅頭で中岡艮一に刺殺された原敬の死は社会的に大きな問題を投げかけたが、この月から花袋は「福岡日日新聞」に、長編『廃駅』の連載を開始した。

芸術と愛欲とが、花袋の晩年であった。だから、『廃駅』を、「人生の転機」と晩年の『百夜』(昭和2年)とを結ぶ線上にある作品として読み取ろうとするのである。

二

大正10年11月9日から、百二十六回にわたって「福岡日日新聞」に連載された『廃駅』もまた、旅なくしては、書かれなかった作品である。大正7年8月、花袋は二人の息子を連れて、東北の旅に出る。『葡萄峠を渡る』(大正8年8月『文章世界』)と『葡萄の宿』(大正8年1月『新公論』)は、この時の紀行文である。『葡萄の宿』では、宿の女将から大きな寂れた旅館のこれまでの事情を聞く。

この家のかつての主人は、村長をしていた時分からの十年来の馴染みの村上の芸者に入れ揚げ、身代も何も彼も滅茶滅茶にしてしまったという。女学校に通う娘を頭に四人も子供のある分別盛りの四十先の身だった。そして、田地も山も何も彼も売り、借金の整理をし、今では総領の娘と次の娘とを連れて、村上の芸者の主人として長火鉢の向こう側に納まっているという。

> Kにはその廃駅の旅舎の主人のLove Affairは、決して単なる物語ではなかつた。かれはその話の中にかれ自身を発見した。またさうした無数の恋の陥穽を発見した。HとS子の物語なども矢張それと同じものではなかつたであろうか。(『葡萄の宿』)

HとS子が、島村抱月、松井須磨子であることは言うまでもない。大正7年11月の抱月の死、12月の須磨子の後追い自殺を通し、二人の恋が、この文を書くにあたって鮮やかに浮かんだのであろう。島村抱月と松井須磨子に対する花袋の見解は、世間一般の「男女の問題」とは差異があった。

> 私の考では、抱月氏が須磨子に赴いた前後乃至其後の夫人の態度には親切といふことが欠けていたやうに思ふ。夫人はもう少し抱月氏のことを考えてやるべきであったと思ふ。須磨子のことも本当に考へてやるべきであつたと思ふ。それが自然に酬ひられて来たのが、合葬を要求した須磨子の遺書である。(『黒猫』)「須磨子の死」)

早稲田大学の教授だった抱月が、芸術座の女優須磨子に走ったことを認めることは、抱月夫人にかぎらず世間の常識にはない。スペイン風邪をこじらせ落命した抱月と「合葬を要求した須磨子」の希望にたいして、遺書を宛てた坪内逍遥、井原青々園は花袋のような好意を抱かず、この件に同意しなかったのである。宿の女将の語る話に、花袋は島村抱月と松井須磨子の恋を投影し、旅館の主人に自分自身を重ねる。

女将の話は続く。しかも主人の四十二になる妻は、ついこの間までこの村の巡査をしていた三十五、六の男と通じ、子を捨てて再縁したため、父親が残した二人の子供は親戚の世話になっているという。

> Kには曾て栄へて衰へた廃駅の大きな旧家の滅びて行く空気をまざまざと嗅ぐやうな気がした。入つて来たところにある大きな囲炉裏。さつきちよつと下りて行つた薄汚い厠、それにつづいてゐる侘しい風呂場、さうしたものにもその巡査と元の上さんとの恋の汚ない空気が漂つてゐるやうなのをKは感じた。降り頻る雪の中に、主人の留守を幸ひに、その二人がいちやついていて戯れてゐるさまもそれを歴々と眼に映つて見えた。(『葡萄の峠』)

花袋と世間一般の「男女の問題」にたいする「愛欲の紋様」は鮮明に差異がある。島村抱月に対する松井須磨子の恋には好意を持った花袋であるが、同じく中年の恋でありながら、妻への同情が主人の恋への同情に比べて稀薄である。両性の葛藤を言い、一夫一妻制を問題にしながらも、花袋の「妻」という観念はきわめて通俗的であり、皮相にとどまったといわなくてはならない。

この花袋の「男女の問題」は、昭和2年の『百夜』のお銀と島田の世界へに収斂される。だから、この時期、発表している通俗的な恋物語の長編新聞小説は、「人生の転機」以後、晩年の歴史小説や愛欲小説にいたる過度期の作品で、明治45年の『髪』にはじまる愛欲もののなかにある点を『百夜』の発表まで、抑えておかねばならないのである。

『廃駅』の書かれた大正10年から11年は、やがて大震災後の代子との新しい「恋の殿堂」が築かれるまでの、いわば小休止の時代であった。

花袋は葡萄峠の旅を終え東京に戻った時、すでに『廃駅』の構想がまとまっていたが、実際に作品が書かれたのは四年後だった。旅から帰った年の暮に起きた抱月の急逝と須磨子の自殺とは、花袋にますます恋の悲劇という観念を強く抱かせたにちがいない。須磨子との恋に苦しむ抱月に、花袋は同じような自分自身を見ていたのだろう。抱月と須磨子の悲劇は、あるいはあり得たかもしれない花袋自身の悲劇でもあった。

丸山幸子は『愛と苦悩の人・田山花袋』(昭和55年 教育出版センタ)で、葡萄峠の旅から聞いた、事実の話と『廃駅』との関連性について、

> 花袋はモデルに対する関心よりも、男と女が存在する限り、このような事件はどこにでも起きるものだなあという感慨の方が強かったと言える。それ故、事実を尊重することよりも、結末にはもっとも印象的「死」をもって来たのではないか。

と、花袋のこの事実に寄せる同情の意味を言っている。

三

北中の、かつては殿様も泊まったという旅宿太田屋の主人長兵衛は、寂しい家庭生活から逃げるように村の政治に手を出し、山中に鉄道を敷くために奔走するが失敗。村は寂れ、ただ雪に埋もれ、財産を減らした長兵衛は失意のままに、村上の芸者に身も捉われ、抜き差しならなくなる。ますます暗く淀んでいく家庭。そうした夫の心を何一つ理解しようとしないまま、自分自身も家に出入りする村の巡査との愛欲に溺れていく妻。二人の子供の、特に父親を慕う娘の悲しみなどを描きながら、物語は破局に向かって進んでゆく。

『廃駅』は、三部に分れている。第一部の「その一」(一～二十)は、大雪の中「葡萄峠」を越えて危なく遭難しそうになった二十代の収税吏の加藤が、太田屋の二階に閉じ込められている話で、彼の目を通して主人公の長兵衛を描く。

加藤は、村上の女のことと、入江巡査と長兵衛一家の在り方を察知する。さらに、長兵衛の娘が泣きじゃくって加藤の前にあらわれた時に、こう感慨している。

> それは何処の家でも、さう思つて見れば、さう平和に睦まじくばかりしてゐるものではないが、こゝでも矢張主人夫婦は余り仲が好い方だとは言はれなかつた。それに、性質も丸で違つてゐた。主人の燃えるやうな気持と上さんの沈滞し切つた気分とでは、それは丁度水と油のやうで、とても一緒に交ることは出来さうには思えなかつた。(「その一」の十)

と書いているが、これは「一旅客の観察」であると花袋は、加藤に言わせているのである。

「その一」に出された問題は、「北中」を花袋が訪問した時に、直接見聞した事柄を土台にする。さらに、具体的に「愛欲」と「社会」の問題として展開するのは「その二」である。

第二部の「その二」(一～七十一)は、村人の目を交えながら、山深い高原の自然を背景にして起こった「愛欲」の模様を描いている。

> 上さん達は何も言はなかつたけれど、皆なその小づくりな上さんに同情した。それはその上さんばかりのことではなかつた。自分達の上にもあつた。自分達の亭主も、矢張同じやうに自転車を駛らせて温海なり村上なりの色街に出懸けて行くのであつた。従つて上さん達は、その色の生白い、白粉をべたべたつけた、髪をいつも綺麗に結つてゐる女を、またさういふ女を囲つて置く家を、お世辞を言つて金を巻き上げる算段ばかりをしてゐる女将を、目のかたきのやうに呪つたけれども、しかしそれを何うすることも出来なかつた。(「その二」の二)

男と女が存在する限り、何処でもいつでも「悲劇」があるという花袋の「愛欲図絵」は、この村でも展開されているのである。また、長兵衛の悲劇は長兵衛からも雪深い山中から離れ、古今東西変わることない悲劇となる。

> 「何処にも此処にも男と女の仲ばかりであった。誰も彼も皆そのために苦しんだ」(「その二」の三十五)

これは、「根強い、根本的な、人間の力では何うすることも出来ない両性の悲劇」(「その二」六十)であると強調するのである。四十代半ばを過ぎた長兵衛の心に広がる愛欲の渦と、底なしの絶望、そして娘の悲しみが、さびれた山中の崩壊するしかない旧家に流れる。

第三部の「その三」(一～三十三)は、その一からおよそ二十年後、上京し今では農務省の高官として出世した、かつての収税吏加藤が再び「葡萄」を訪ね、視点の大半は加藤に移る。

野心に燃えた二十代から三十代、苦悩にのたうった四十代、そして五十代を迎えて花袋の内に込み上げてきた感懐がこの作品を書かせたのだろう。

雪に閉じ込められた青年加藤は言うまでもなく若き日の花袋であり、愛欲と家庭と思うにまかせぬ事業に苦しむ長兵衛は「四十の峠」の花袋である。そして、髪半ば白く、功なり名とげて若き日の跡を辿る高官加藤は、五十代を迎えた花袋に他ならない。

実際、世間は綱渡りであつた。その綱が切れれば、否、その綱が切れなくともその細い綱から足を滑らせれば、忽ち深い深い谷底に墜ちて了はなければならないのであつた。かれは静かに歩きながら思った。(よくそれでも自分は此処までやつて来た。墜ちもせずにやつて来た。もうその綱の三分の二は何うやら彼うやらわたつて来た。あとは一分だけしか残つてゐない。それに、この残つた一分は前の二分よりももつとぐつと渡り好い。もうわけなく渡れるであらう。無難にわたれるであらう?)こんなことを考えながらかれは歩いた。

(たとへて見れば、今は人生の行路にちよつと立つて休んでゐるやうなものだ・・・・。暫しそのつらい世間、混雑した世間、脅威の多い世間、危険の多い世間から離れた。それは丁度川の水がしばし淀んでそしてさゝやかな音をたてゝゐるやうなものである・・・・・。そのさゝやかな音の静けさ!美しさ!)それは自分の脚の下に美しい谷川の日に輝いて流れてゐるのを目にした。(「その三」の四)

加藤のこうした述懐はそのまま花袋のものであったろう。学歴もなく頼るべきものもなく、ただ自分の力と野心だけで文壇にのしあがり、世間を歩いた花袋の正直な思いだった。

一つの作品の中に青年時代、中年時代、現在の花袋自身を投影してフィクションとして取り組んだところに、五十代を迎えた花袋の文学の試みへの意欲が窺える。

『定本花袋全集』第十一巻に書かれた加能作次郎の解説では、次のような一節がある。

> 私はこの作中に、始め主人公の太田屋の長兵衛になつて、烈しい愛欲の葛藤に血みどろに喘ぎ苦しんでゐる田山さんと、あとに官吏の加藤さんになつて、その痛ましい己が犠牲の姿と、惨憺たる人生荒廃の有様とを、静かにぢつと凝視めながら、無限の哀愁の涙を注いでゐる田山さんと、この二人の田山さんとを見出して、今更の如く追慕の念を新たにした。

当時、文壇はプロレタリア文学運動が起こり、新感覚派を始め、若い世代の作家たちが次々と華やかに登場する中で、大正9年11月の「生誕五十年記念」は、いわゆる引退花道に相違なかった。が、花袋は文壇の変化があり、発表の舞台が中央紙ではなくなったにもかかわらず、自分自身の文学をひたすら書き続けたのである。

雪に閉じ込められた若き日を懐かしみ、加藤はかつての地を訪ねるのだが、見知った人々がすべて消え去り、出会うのはただ廃墟である。峠の茶屋は草に覆われ、昔を語ってくれる人もいない。わずかに太田屋の悲劇の噂を耳にし、ますますさびれた北中にたった一軒残った宿で、その噂が事実であったことを知る。十三年前の惨事が女たちの口を通して再現される。「根強い、根本的な、人間の力では何うすることも出来ない両性の悲劇」は、人間の営みでありながら、人為を越えて、時の中に吸収されることなくしてはやまない盲目の力を持つ。明治45年の『髪』から始まる飯田代子との交渉の中で苦悩し、放浪し、一時は宗教にまで近付いた花袋の諦観である。

四

山中の、「両性の悲劇」という愛欲の道へ行くために、花袋は、かつての街道の宿駅のような賑わいを、社会的な装置として鉄道誘致を配置させている。鉄道誘致に財産を磨り減らしてまで奔走するが、家庭と村人の無理解から失望するという、失意の中にいる人物として長兵衛を設定する。

> 『汽車が通じないときまつてはもうこんな山の中にゐたツて、しやうがないですよ。腐つて死んで了ふばかりですよ。実に残念だ！』かう言つて長兵衛はまた黙り込んで了つた。かれは何んなにその為めに奔走したか知れなかつた。かれは何うしてもその線路を此方に取らなければならないと思つた。かれは自分が村長であるのを幸ひ、同じ山の中の二三の村落と共同して、郡会から県会、それから鉄道省の方までも運動に運動をかさねた。そのため、かれが使つた金も決して少い額ではなかつた。
>
> (「その一」の三)

人望がなかったとはいえ村長まで努めた旧家の主人の失意と挫折は、花袋自身の「四十の峠」の文学の行き詰まりからくる苦悩と重なり合う、いわば中年の男の苦悩でもあった。

鉄道誘致という命がけの仕事の挫折が、結局、「女」への急速な接近になり、財産処分から、棄郷、そして、「家」の崩壊へと発展して行くのである。

「その二」では、さらに「全」の問題、「社会」の問題として、「その一」になかった鉱山の問題を出し、そのストライキのことを言及している。この鉱山のストライキは『廃駅』の「その二」の中でかなりのウエイトを占めるが、花袋の労使問題への理解度、社会情勢への限界が窺える。当時の一般社会の情勢として「社会主義」運動が、第一次世界大戦争後の不況の中で急激に膨張して来たことに対する対応であった。丸山幸子の『愛と苦悩の人・田山花袋』(昭和55年11月、教育出版センタ)によると、この鉱山のストライキの導入は、花袋のフィクションという。

長兵衛は、このストライキを直接目撃したように書いている。

そこへ、外から事務員が凄じく音を立てゝ入つて来た。
『大変だ！大変だ！前の村長さん遁げねえぢや駄目だ……。西坑の奴等、其処までやつて来ただで……』
『え？』
『Kさんやられた……』
『え？Kさんが……？』
かう言つて窓の方に眼をやつた時には、向うの山の谷合から此方へとかけて、黒山のやうになつて群集が押寄せて来るのを長兵衛は目にした。此方の工場でも、その急報に接したらしく、警笛がけたゝましく長く吼えるやうな響をあたりに震はせた。否、そればかりではなかつた。その急に赴く人達が五人、七人、十人と固まつて飛んで行くのが見えた。鉱山にゐる巡査達も剣を鳴らして走つて行つた。(「その二」の四十一)

長兵衛は連れと共に、村長時代によく出入りした鉱山を訪ね、坑内の緊迫した動きを感じ、やがて坑夫たちが暴動を起こしたことが伝えられる。

長兵衛はじつとして見てゐた。黒い群集の影は続々と山の坑の方から出て来た。かれは辛いやうな、あさましいやうな、人間のどん底を見たやうな気がした。何処に行つてもつらいことばかりだツた。艱難なことばかりだつた。箇人の苦悩がそこにあると共に『群衆』としての苦悩も歴歴とそこに実現されてあるのであつた。さうして苦しんでゐるのは、自分ばかりでないのを痛切にかれは感じた。(「その二」の 四十二)

逃げるようにと促す人々の間で 一人もの思いに沈む長兵衛だけが異質である。長兵衛はかつて目にしたことのある坑内の様子を思い出す。人間が働く所とは思われない、さながら地獄のような光景であった。が、長兵衛はまた、こう思うのである。

かれはさうした人達の悲劇と自分の悲劇との相違を考へた。少くとも自分の悲劇の方が根本の問題ではあつたが、考へ直すと、いくらか贅沢なところがないでもないやうな気がした。かれの眼の前には、曾て見たことのある西坑の内部を奥深く掘り下げられた坑や、坑の手前にある部落や、その部落の中の汚ない乞食小屋のやうな家屋や、壁が落ちて隣とごつちやになつてゐる長屋や — そこに病んで寝てゐる鉱夫や、鉱夫の妻や、子や、さうしたものがはつきりと、浮んで来た。地獄 — たしかにこの世ながらの地獄であつた。(しかし、自分の悲劇も、それと同じではないか。矢張つらいつらい地獄ではないか。そうした群集の苦しみは、それでもまだ金のことである。物質のことである。妥協しやうと思へばいくらでも妥協することが出来る。しかし、自分の心の悲劇は、とてもそれが出来ない。妥協が出来ない。何うすることも出来ない)かう思ひながらかれは眼下に展げられた群集の騒ぎを見た。(「その二」の四十二)

どちらの地獄がより深刻であるかは次元の異なる問題だが、一人、群衆の騒ぎを見詰める長兵衛の姿は孤独である。そしてその背後に、ブルジョア作家としての社会認識の欠如と花袋の孤独な姿が重なる。だからこそ花袋は再び「その三」で、鉱山から離れて老農夫を登場させずにはいられない。働く場と時とを仲間のために犠牲にしなくてはならない組織に素朴な疑問を持って離職した農夫に、加藤は手放しで共鳴する。

『そこまで来なけりや本当でないんだ……。それで始めて、種々な問題が解けるんだ。……』かう言つた加藤の胸には、此頃世の中で問題にしてゐる労資のことなどがはきりと浮かんで来た。つゞいて昔から此の山の中に住んでゐる頽廃した百姓達のことが思ひ出されて来た。人間は時々原始に戻らなければならないのであつた。原始の状態を考へて見て、そして始めて労資の争議も解決することが出来るのであつた。つまりこの百姓などはそれではないか。働くことさへ自由にならない、そしてそのために餓えてゐなければならない……そんな馬鹿な不自然なことはない — さういふ突詰めたところまで行つて、そしてそこから新しい生活が始まつたのではないか。文化といふことも、そこまで行かなければ駄目だ……。そこまで戻つて行かなければ駄目だ……。こんな考へがひとり手に加藤

の胸に上つて来た。百姓は並んで歩きながら、
『それは惨めだ……。ストライキなんてそれは惨めだ。餓えて死んで行くものが沢山あつたでな? それから思ふと、今は極楽だな……。おめいさ、何でも、人間は自分でやんねえぢや駄目だな！』(「その三」の八)

「社会」問題をあくまで「金銭的」「物質的」と見做し、「個人」の内部問題の方が根本問題だという姿勢を花袋は崩しておらず、「何もかもゼロだ、何もかも空だ。何もかも虚無だ……」(「その二」の六十六)と繰り返すのである。さらにこの問題への見解として花袋は働かないでストライキに堪えていなければならない状態に疑問を持ち、「働く」ということに意義を求め、山を脱出、「百姓」になった男を出し、「原始」に戻ることが、すべての解決になるといっている。が、この頃同時に、「小作人」の争議が続出していたのを度外視していると思われる。これは社会問題の本質、核心に触れていくことではなく、そのような問題を自分はどう捉えるかという個人の問題にしていることを証明するものである。これ故、労働問題は原始の状態に戻ることを考えれば解決策も出ると言っているのである。

このような花袋の社会認識の限界は、「社会を個人の風景としか考えなかったことから出てきた認識」であると言える。

五

「愛欲」に苦しむ長兵衛、その「愛欲」に密着している「政治」と「社会」に関する村長の仕事と鉄道誘致の失敗、続く家財の傾き、淋しい家庭生活、村上の女との抜き差しならない関係など、長兵衛一家の悲劇はさまざまな要素が積み重なってついに爆発する。その底を流れるものは長兵衛の心と体とに広がる絶望感である。

かれはもう四十七だ。これまでにもかれはいろいろな境涯を経て来てゐる。本当にいろいろな境涯で、自分でも詳しく思ひ出すことは出来ないくらゐである。そこには辛いこともあれば、あさましいこともあつた。何うして切りぬけて来たかと思ふやうなこともあつた。しかし、昨日まではそれが何等かの意味を持つてかれの前にあらはれて来てゐた。闘争も唯あるがためにするばかりではないと思つて来た。終極のある点に達するためのあるあらはれであると思つて来た。そのため、忍耐も出来た。辛抱も出来た。苦しいのを苦しいと思はずに経過して来ることが出来た。しかし今は最早さう思ふことは出来なくなつた。何も彼もゼロだ。何も彼も虚無だ・・・・・。しかしさうかと言つて、さういふ風に考へたからと言つて、それに対して一種の反抗を感ずるでもなかつた。灰色に似た絶望が全くかれの魂を包んで了つた。(「その二」の六十九)

『一握の藁』の主人公そのままの述懐である。こうした長兵衛の絶望感はいよいよ破局に到るのである。二十代の加藤に上京を勧めた時を回想しながら、自分の流れゆく時に取り返す術もない日々を思い、長兵衛の絶望は深まる。

いつも通される六畳の一室 — そこからは、下に松だの石灯籠だのある中庭が見えてゐたが、不思議にも、さつきの収税吏の加藤のことがまた思ひ出されて来てゐた。あの時もこの一室だつた。ここで一緒に酒など酌み交した。いろいろ戯談などを言つた。今でもはつきりと覚えてゐる — かれはその時、『だつて、君なんかまだ若い。これからだ。世間にはいろいろなことがある。君などはいくら考へて困つたところで、考へきれないことが沢山にある。びつくりするやうなことがある……。人間といふものは、心の持方に由つて、何うなるかわからんもんだでな……本当に何うなるかわからん? 』かう酔つて言つたことを忘れはしなかつた。何も彼も流れた。いち早く流れ去つた。かれは黙然としてそこに坐つた。

(「その二」の七十)

長兵衛にとって「時」の流れは残酷である。『廃駅』はかつて栄えた宿駅の荒びた様であると同時に、人生における荒涼とした「廃墟」でもある。自然とか神とか、あるいは永遠とかに置き換え得る「時」と、その中に小さく包み込まれた人の営みを流れる「時」と、二つの「時」の流れが幾重にも交錯しながら作品を貫く。人間の営みが続く限り、長兵衛の苦悩や悲劇は哀しみで存在するのである。

長兵衛は愛欲の悲劇から、脱出しようとする努力をする。勝木のお寺の評判の高い僧を訪ねたのである。

『いや、遁世ぢやない……。まアきかつしやい。兎に角ひとりになるぢや。本当に自分ひとりになるぢや。私のやうに頭顱を丸めなくつても好いからひとりになる。そして考へて見る。三年も経てばひとり手に自分の行く路がわかつて来る……。しかし、これはお前の境涯を打壊すについて唯一の上策ぢや。これが出来れば、一番好いが、これは恐らくは出来まい。余程しつかりした人間でも、これは容易には出来ないぢやで―。』(「その二」の六十二)

重要なことは「覚醒」ということである。『ある僧の奇蹟』にしても、この辺の数年、「覚醒」という言葉を花袋はしきりに使用しているのであるが、前の『ある僧の奇蹟』で触れたように、『廃駅』に至っては、その意味の重大さを十分承知していながら、「観念」の範囲内から脱却出来ないのである。「実行」に移せない、人間の弱さというものを、むしろ、如実に示したのが『廃駅』であると考えられる。

敗滅必至の「北中」の村と、運命を共にしたくないと思いながら、その点がなかなか決着がつかないわけである。僧は、その迷いは「劫」から来るものであり、長兵衛自身の「心」にあると言い、そのためにどうするかということを三つに分けて話しているのである。

第一は、「上策」であり、「遁世」のような状態で、自分一人になって、すべてを破壊してしまうこと。第二は、「中策」で、村上の女なら女にという風に一つに決めることである。つづいて、長兵衛は三番目の策を訊く。

> 『それは下策ぢや。つまり、今の境涯のまゝにして、進みもせず、退きもせずにゐることぢや。自滅を待つてゐることぢや。これが一番下策ぢや。しかしこれが一番楽には楽ぢや。世間には、さういふ下策に甘んじて、自分で自分の身を、魂を亡して行つてゐるものはいくらもある。情けないことぢや。悲しいことぢや。しかし何うもならんなアー』かう僧は溜息をついたが、『もう、これで、わかつたらう? 何うぢや? 』
>
> (「その二」の六十二)

第三番目、「下策」で、それは「自滅」し、「自分自身」で、自分の身と魂を亡くしてしまうことである。つまり、長兵衛の心にすべてがあると言っているわけである。

「覚醒」も出来なければ「遁世」も出来なかった長兵衛の先は、「自滅」だけが展開されるのである。子供のために、一時は夫婦手を取り合つて、もう一度やり直そうと契ったりもするのだが、中年の身に染みた愛欲から抜け出すこともできず、長兵衛は結局、娘を連れて、世話をしている村上の芸者屋に入いり込むことを思う。が、女にも断られ絶望的になり家に戻ると、主人の留守をよいことに巡査と妻とが戯れている。逆上し二人を刺し殺した長兵衛は、学校から戻った子供たちを手にかけて殺し、自害するのである。

長兵衛は本当の人間として生きる道として、消極的のようでもっとも「上策」である「遁世」は出来なかったのであり、「覚醒」もなかったわけである。

これは花袋自体、この「遁世」と「覚醒」を「自他融合」の姿として、「本当の生活」志向として持っていたのであるが、そこへなかなか到達出来ない自分自身を、長兵衛に投影しているのである。

二十年後、加藤が再び登場する「その三」の初めの場面である。

今はおそらく、以前の葡萄のさまはいくらも残つてゐないであらう。葡萄の駅舎も、北中の村落もすつかり零落して了つたから。もう、もとの面影は見たくも見られなくなつて了つたから ― 夫に、あの同盟罷業で喧しかつたあのS鉱山が、すつかり廃滅して了つたことがこの近所での大きな事実だ。つまり資本家側も労働者側も互に鎬を削りすぎたので、それで共倒れになつて了つたのであつた。今はそこに行く路すらもなくなつて了つた。すつかりもとの草薮になつて了つた。(「その三」の一)

加藤をしてわざわざ「廃墟」となった「北中」を訪れさせ、花袋自身の願いを書き込んでいるわけである。

その間に既に二十年の月日が経たうとは? さうした希望も恋も功名も何も彼もなくなつて、頭髪は半ばは白く、かうしてこゝに立つてゐやうとは? かれは刹那即ち永遠 ― 刹那といふ気持をまざまざとそこに見出したやうな気がした。(「その三」の六)

「永遠即刹那、刹那即永遠」の仏教的考え方の中で「原始的生活、それと相対してあの騒がしい都会の集団の生活」を比べ、どちらに本当の生活があるかと加藤は考えている。

昔の古いものは日に日に破壊されて行きつゝあるのである。そして人はその新しく建てられたものにのみ目を注いで、古く壊れて行くものには目を呉れやうともしないのである。そして恋も、事業も、名誉も、富貴も、皆その人生の大波の中に没却されて行つて了ふのである。そして忽ちにしてその姿も見えなくなつて了ふのである。(さう思へば、その太田屋の悲劇だとて、それほど悲しむには当らない。女の児にしても、可哀相ではあるが、これとてそれだけの命と思へば、もつと早く、生れて一年も経たないのに死んで行つて了ふものもないではない。かうして此処にゐる自分だつて、いつこの世の中から亡くなつて了ふかわからない……)こんな想像がそれからそれへと湧き出して来て、容易に尽きやうとはしなか

つた。(「その三」の二十四)

人間生滅、「無常」を、本当の「無常」として体験し、「死」の「永遠」というものを志向しているのである。最後の章を花袋は「加藤が帰つて行つてから、また年月が経つた」とし、すべてが野に帰ってしまった後には、凧上げに興じる子供たちの歓声が響く。そして、

全く寂莫があたりを領した。やがて夜の帳が空を蔽ふと、今度は天上の星 — いつまで経つてもその歓楽とその光彩とを失はない星と月とが、燦爛としてその饗宴をそこに展げて来るのであつた。と、下界では、山の裾を繞つた渓流が、さながらそれを羨むやうに — その変らないいつもの饗宴を羨むやうに、微に音を立てて流れて行つた。(「その三」の三十三)

と結ぶ。『重右衛門の最後』でも『時は過ぎ行く』でも『再び草の野に』でも、殆ど同じように書かれている、花袋特有の「自然の不変性」の感慨の終結である。

すべてが「廃墟」になる「自然」に対して、加能は「定本花袋全集」第十一巻の「解説」で、次のように述べている。

それからもう一つ、人生のすべての事は、恋も、欲も、富も、営誉も、悲哀も、努力も、争闘も、善も、悪も、生も、死も悉く、結局は「時」といふ強い大きな自然の中に巻き込まれて、跡方もなく空しく消え行き滅び去つて了ふといふ、一種詠嘆的な虚無感である。

「時」の過ぎ去ったあとに残るもの、つまり、ルインに注目する花袋をやはり考え、その花袋の考え方を一種の「虚無感」の上に立つものと見ているわけである。

長兵衛もその妻も、子供たちも、加藤も、そして村人も、いつしか自然

の中の点となり、その点から時という流れの中に呑み込まれてゆく。にもかかわらず、愛欲や孤独、悲しみ、野心といった人間の業は絶えることなく第二、第三の長兵衛や妻たちに受け継がれ、悲劇は人間が存在する限り繰り返されていくのである。

六

花袋が恐ろしい倦怠と不安に襲われ、生活の平凡と単調を呪って再び修業の必要性を意識したのは所謂「四十の峠」の時期である。以降、宗教的理解によって「人生の転機」を迎えた花袋に再び挫折があった。大正8年、肺尖カタルを病み、大正9年、文壇退場告別式と評された「誕生五十年祝賀会」があり、三十代(明治39年創刊)から四十代にかけて編集に心血を注ぎ、退いた(明治45年)後も客員として毎号巻頭文を書き続けた雑誌「文章世界」が終刊となり、「新小説」と改題されたのである。

同じ頃、大正8年から十年にかけての花袋は新聞小説をたて続けに執筆しており、それには『しのゝめ』『静江のあやまち』『浅い春』『くろ髪』『銀盤』『廃駅』があり、おおむねが通俗的な恋物語であった。

この時期、花袋は、「本当の心と人生とが一つになつた芸術」、「描写といふ心の境」をもう一段高めた芸術を標榜する。花袋は『最近に読んだ小説』(大正6年5月の「太陽」)で、問題提起をする。まず、「自他の融合と言ふことに就いて、文壇には猶ほ深く考へなければならないことが多い」と、彼は考えている。そして、書くものと書かれるものの関係を、「主客の融合乃至即不即と言ったやう」に描出することが「自他の融合」であって、この「主観、客観の論議は、随分昔から続いて来たものだ」ったし、「人生のある間、芸術のある間、無限に続いて行かなければならないもの」とするのである。これは、非合理的な精神主義の「伝統」観念とも言えるモチーフが作家を支配していたことによる。それは「宗教小説」やら「愛欲小説」として実現されて、『廃駅』の中でも流れている。

男と女が存在する限りどこでも起こる愛欲の苦悩と人間史の悲劇の事件も、茫漠と流れる時の力に跡かたもなく悲しく消えて「廃墟」になったという花袋の思いは、それらを取り巻く時代や社会への認識とも、さらには作品を通して追究させるべき論理や理想とも無縁であると思われる。愛欲や孤独、悲しみ、野心といった人間の業は、絶えることなく受け継がれ、悲劇は人間の存在する限り繰り返されていくのである。

愛欲も苦悩も失意も僅かばかりの成功も野心もあらゆる人間の営みを呑んで、時は流れていく。男女の愛欲とその葛藤は「根強い、根本的な、人間の力では何うすることも出来ない両性の悲劇」であるからこそ、それは自然に繋る。それは人間の営みでありながら人為を超えて、すべては過ぎ去り流れていく時の中に吸収されることなくしてはやまない東洋伝統の「無常」であり、情緒であり、花袋の感慨である。

だから、自然と時の流れの背後にある長兵衛の悲劇は、長兵衛だけではなく人間の変わることのない悲劇となる。

この作品の主題である、男と女の愛欲と 時は過ぎゆくといった東洋的諦観は、花袋の晩年の『源義朝』と『百夜』に受け継がれるのである。

第三章
伝統的な自然観への帰着

第七節
『満鮮の行楽』論
― 歴史小説と紀行文学との接点 ―

一

花袋は若い時から大変な旅行家であり、明治大正を通じて最も多数の紀行文集の著書をもったルポルタージュ作家ないし紀行文家であった。

大正13年11月15日、大阪屋号書店から出版された『満鮮の行楽』は、花袋が南満州鉄道株式会社の招待に応じ、大正12年4月27日から6月16日まで満州・北京・朝鮮などを旅行した紀行文である。満州は、花袋が明治37年、第二軍写真班として日露戦争従軍の経験のある地域であり、九年後、文壇での地位を得て、まったく別の立場で日本の帝国主義的進出の最前線地帯を視察するようになった花袋の感激は並々ならぬものであったに違いない。

このときの旅で得たと思われる材料や感興が非常に多く見られる『満鮮の行楽』は、花袋の紀行文の流れ、社会意識、晩年の主たるテーマであった「時」と「廃墟」といった様々な問題を、旅をしながら直接経験したことによって書かれた作品であると言えよう。特に「時」・「址」という「時の流れ」に対する深い興味は、同じ空間的な体験であった『第二軍従征日記』では見られなかったものである。

花袋は大正12年6月16日帰国したが、大正12年9月1日関東大震災があったため、実際『満鮮の行楽』が出版されたのは、一年五ヶ月後の大正13年11月15日のことであった。関東大震災の経験が『満鮮の行楽』に何らかの形で投影されているのではないか。この問題は『満鮮の行楽』の以後、歴史小説の『源義朝』(大正13年1月～8月連載「名古屋新聞」)における敗滅のリズムの中に認められる。自己を歴史の人物の中に発見すべく、「歴史上のシーンを捜すためによくあちらこちらと旅行した」(「半日の閑話」)という花袋は、その間に『源義朝』への契機を得ているのである。

しかし、『満鮮の行楽』については、これまで作品論的に全くと言っていいほど論じられたことがなかったものである。この『満鮮の行楽』論では、花袋にとっての紀行文の意味と、いわゆる時空間の前に佇立する「廃墟」の文学が、歴史小説へと移行する過程としてこの作品があるということを明らかにしていきたい。

二

花袋は「旅」について『東京の三十年』の「私と旅」のところで、

> 私の旅行癖は随分昔からである。私は十八の時に、母や伯父・叔母から貰つた小遣いを貯めて置いて、二円十銭ばかりの金で、故郷の姉の家から日光に遊んだ。それが最初の旅行であつた。

と書いている。「旅行」の理由については、更に、

> 私には孤独を好む癖が昔からあつた。いろいろな懊悩、いろいろな煩悶、さういふものに苦しめられると、私はいつもそれを振切つて旅に出た。それにしても旅はどんなに私に生々としたもの、新しいもの、自由なもの、まことなものを与へたであろうか。旅に出さへすると、私はいつも本当の私となつた。
>
> 百姓・土方・樵夫・老婆・少女、さういふものはすべて私の師となり

友となつた。私は美しい世間を見た。又つらい世の中を見た。人間と人間との交際をも早く知ることが出来た。(『東京の三十年』「私と旅」)

とふれている。このように花袋にとっては「本当」の自分をみつめるのが「旅」である。心の煩悶・懊悩を慰め、生命力を与え、自由を与えてくれるもの、そして「人生」というもの「社会」というものが、どんなものかを教えてくれるものでもあったことから、小説を構成させて行く根源に旅をおいたのである。

明治32年9月、博文館に入社した花袋は、『大日本地誌』の編輯の仕事を明治36年から始めた。

山崎直方君佐藤伝蔵君が主任で、私と他に若い文学士一名、理学士一名が手伝つた。私は山崎君、佐藤君から地理に対する科学的研究の方法を教へられたことを感謝せずには居られない。

(「地理の編纂」『東京の三十年』)

博文館で「地誌」の編纂をするようになり、「科学的研究の方法」を教えられたことによって、「自然」は勿論「人文社会」の科学的な観察法を自然に植えつけられたのである。やがて、「科学的研究の方法」は創作の前に「踏査」をするようになる。

踏査 — 私はこの踏査といふを地理学から学んだ。

日記よりも手紙よりも踏査の肝要なのを私は感じた。

歴史地理といふ学問は面白い学問である。私は小説地理といふことを『田舎教師』に由つて考へた。

私が小説製作上実在を尊ぶのは、決して消極的ではない、積極的である。史家が古城址をさぐり、地理学者が山獄を踏査するのと同じ位に思つてゐる。(『インキ壷』明治42年11月 左久良書房)

踏査によって、花袋の「事実性」とか「傍観的態度」の平面描写が生まれて来るのである。

桂園派の歌人でもある花袋は、好んで旅を題に短歌を詠んでいたが、その時に地理学の方法を学んだことは大変象徴的な出来事といえ、詩情を秘めた紀行文家の誕生となる。花袋は若き日、紀行作者として認められた自分を振り返って

「一時、紀行文は山水とか風景とかを主に書くことが流行しました。天下の絶勝を探つて、それを書かなければ駄目だと思つた。それは天下の絶勝をすぐれた筆で描くことは結構なことですが、平凡な土地でも何でも筆に上せて好いと思ひます。田舎の一村落にしても、無名の山水にしても、それを巧に詳しく描きさえすれば、立派な紀行文が出来る。つまり、写生的分子を大に加へなければならんと思う。立派なもの、すぐれたもの、美しいもののみを書かうといふ考えから、在来の紀行文家は、小さいもの、平凡なものを書くことを避けたらしい。従つて、其土地土地の物産とか俗謡とか風俗とかには、重きを置かなかつたやうです。これは描写上、甚だ好くないことであろうと思ひます。紀行を書く人は無論、其土地土地の物産、風俗、言語などには充分に注意して、これを活してこれを遣はなければなりません。」

と言っている。また、「新しき紀行文」では、

直覚的印象と理解的印象との好い塩梅に調和されて、実際のロオカルがその句と句との間に出て、そして批評と感興とに富んだやうなものが出来たなら、さぞすぐれた旅行記が出来るであらうと思ふが、単なる理想に過ぎないかも知れない。

つまり新しい紀行文は地図の精確と絵畫の妙味とを持つたものでなくてはならない。(『インキ壷』「新しき紀行文」明治42年 11月)

と、時代が要求する「新しい文芸」の一つとして紀行文を認識している。

自然主義文学運動の陣頭に立って来た彼は、「天下の絶勝」だけでなく、在来の紀行文がさけてきた「小さいもの、平凡なもの」を捉えることを説く。あるがまま現実を写すという自然主義作家として当然の話だが、鋭敏な直覚と豊富な知識とに支えられる必要を説くわけで、つまりは、「地図の精確と絵畫の妙味とを持つたものでなくてはならない。」というのである。

花袋は大正6年9月アルス発行の『趣味の紀行文』の中では、「紀行文」に対して、

> 勿論、小説とは根本に於て約束が違ふところがあるが、しかし元に「日記」と「歌謡」とからはじまつた区別であつて、異つてゐる中に同じところのあるものであるから・・・・

と言っているような見解を示すに至るのであって、「紀行文」と「小説」の結合点を指摘し、「小説が人生を主としてゐるのに比べて」小説は「自然を主としてゐるといふ相違がある位のものである」とも言って重点の置き方の差に過ぎず、本質は両者同じなのだと言っている。だから、花袋の紀行文は単なる「感想」「詠嘆」或いは「記録」ではなかったのである。

花袋の紀行文に対する評価として、正宗白鳥は次のように語っている。

> 花袋は紀行文家であり小説家でもあつたが、紀行記を書く時は普通の旅行記を書き、小説を書く時には、例の愛する芸者との同行の有様を描写するのであつた。紀行と小説とでは、使ひ分けしてゐるのがよく分かつてゐた。(「藤村論」昭和29年・2～4月「文学界」)

と言い、ただの見聞記に過ぎないと批判的に見ていた。

しかし、小林一郎は『田山花袋研究』(— 館林時代 — 桜楓社 昭和51年)で全然違う示唆的な見解を提示している。

そこには日常性をはらんでいるところの「日記性」と、庶民的拡りを持つ、紐帯感としての「実感性」、ローカル性を基本にして国土愛につながる「歌謡性」と言ったものの上に立つところの「紀行文学」の手法と創作態度とは、「小説」との限界を保ちつつも、ヨーロッパ文学の受け入れをヴェールにし、あらゆる意味あいをこめて多年積み上げげた来た「旅」への、のめり込みの中から得た「紀行文」創作の態度、姿勢をつかみ、そのつかみ得たものが、「事実性」「傍観的態度」、或は「実行と芸術」の問題、「平面描写」「時」「ルイン」等々、花袋文学を構成しているあらゆる要素の始源になっていることを認めねばならぬし、又それぞれの限定の仕方もここから今一度考えねばならなぬのである。

つまり、花袋文学の一つの接点として「紀行文学」を認めている。

花袋の紀行文はたしかに変わっていったと思う。

旅行案内記を思わせるような「地図の精確」も、山襞の夕方をとらえる「絵畫の秒味」も、そして歴史や風俗の知識も、「小さいもの、平凡のもの」への目も、ともかくもそこには生きている。「天下の絶景」を抒情的に嘆賞するにとどまっていない。しかもそうした紀行作家としての花袋の成長は、小説の中にも当然及んで作品の陰翳を深めていった。なかんずく『田舎教師』(明治42年10月)における自然描写として、やがて『時は過ぎ行く』(大正5年9月)『再び草の野に』(大正8年1月)等々に投影された「時」や「廃墟」を思う心に織り込まれて、そしてまた『源義朝』(大正13年1月～8月「名古屋新聞」)における敗滅のリズムの中に、それは認められる。自己を歴史の人物の中に発見すべく、「歴史上のシーンを捜すためによくあちらこちらと旅行した」(「半日の閑話」)、その間に花袋は『源義朝』への契機を得ている。それはまさに、「叙事文と抒情文とを束ねたやうな」(『小説作法』)作品と言えよう。すくなくとも紀行作家としての花袋を無視しては花袋の作品を語れないのである。

では、『満鮮の行楽』の構造を探りながら、歴史小説への移行の課程をみてみよう。

三

『満鮮の行楽』には日付が付けられていないし、各項目も旅の順番通りではなく、この満州・朝鮮方面を旅した体験に題材を求めた作品もたくさんあるので、その実態を明示すると次のようになる。

旅の月日	主な事柄.作品の関連性	『満鮮の行楽』の項目
4月27日	夜行列車で東京を出発、 下関に向かう	
28日	夜、下関に出港	
29日	釜山港に着く 列車で奉天(瀋陽)に向かう	
30日	奉天で大連行きの列車に乗る	
5月 1日	大連に着き、6日まで滞在する ＊「小岡子の一室」は『一室』と改題して『アカシア』に収録、初出未詳	「満州の交通機関」p.4、「支那人の生活」p.8、「大連の市街」p.11、「埠頭」p.13、「油房見物」p.18、「地質研究所」p.12、「二つの訪問」p.22、「ある会話」p.22、「沙河口工場」p.27、「星ヶ浦」p.29、「旅舎と女中と」p.32、「大連の芸者」p.37、「露天市場」p.38、「小岡子の一室」p.42「老虎灘」p.47、「クリスタル硝子」p.49、「大連の三公園」p.51、「夏家河子の海水浴」p.52
	日露戦争の戦跡を訪ねる 「南関嶺ー大房身」から「得利寺戦の私の日記」までは花袋の従軍体験地である	「旅順へ」p.53、「馬車で見物」p.57「二〇三高地へ」p.62、「二〇三高地の戦闘」p.64、「案内者との会話」p.66、「表忠搭へ上る」p.69、「ゴンドラチェンコの墓」p.73、「松樹山堡塁」p.77、「南関嶺ー大房身」p.79、「金州南山」p.83、「金州南門外の追憶」p.86、「金州の城内」p.88、「金州北門外の天斉廟」p.89、「普蘭店ー瓦房店」p.92、「得利寺戦の私の日記」 p.95、「大石橋の娘々廟」p.109
6日	大連港から天津港に向けて出港	
7日	天津に滞在	

8日	天津から鉄道で北京に到着 12日まで滞在 ＊「北京ゆき一～十」は『犬』『婦人公論』9年9号(大正13年8月)、『アカシア』に収録(大正12年11月) ＊「満州日日新聞」夕刊に「北京へ」という題で連載(大正12年5月15日～30日)『海を越えて』に収録(昭和2)	「北京ゆき一～十」p.204
12日	夜行列車で奉天へ出発 ＊「奉天の二日」は『アカシアの花』東京創刊号(大正13年9月)、『アカシア』に収録(大正14年11月)	「奉天の二日」p.107
13日	山海関を通って奉天に到着	「奉天の市街」p.151
14日	「撫順見物」(二度見物)	「撫順一瞥」p.222
15日	南満州鉄道所属の画家・真山孝治が来て帰国前まで案内する。北陵見物	「北陵」p.152
16日	東陵見物	「東陵」p.159
17日	夜行列車でハルピンに移り20日まで滞在 ＊「ロシア避難民の部落」と「ロシアの小学生徒」は『一少女』「令女界」5巻3号(大正15年3月) ＊「ハルピンの狭斜」は『時子』「現代」6巻1号(大正14年1月)と『恋の珠玉』「北海タイムズ」に(大正14年1月、『時子』の続編)、どちらも『アカシア』収録(大正14年11月)	「東支線の夜行」p.165、「ハルピンの最初の感じ」p.166、「志士の碑の前で」p.167、「夜、ハルピンの町を散歩す」p.170、「松花江」p.172、「ロシア避難民の部落」p.174、「ハダカ踊」p.176、「ハルピンの狭斜」p.178、「土門嶺の蕨」p.180、「ロシアの小学生徒」p.182
20日	夜行列車でハルピンを出発	
21日	長春を経由して吉林に行く	「吉林ゆき」p.184
22日	公主嶺を経て四平街へ到着	「公主嶺ー農事試験所」p.189、「蒙古の話」p.190
23日	夜、鉄嶺に移る	「蒙古瞥見」p.19、「鉄嶺の一夜」p.195、「馬蜂溝」p.199、「鉄嶺の祭礼」p.201、「龍首山公園」p.202
25日	湯崗子温泉に泊まる	「湯崗子温泉の一夜」p.112
26日	雨のため千山行きをやめる。大連に行き、30日まで滞在	「湯崗子温泉の設備」p.123
30日	千山に行くため、夜行で大連を出発	

31日	熊岳城温泉に泊まる 夜、湯岡子温泉に行く ＊「熊岳城温泉の一日」は『アカシアの花』東京創刊号(大正13年 9 月)『アカシア』に収録(大正14年11月)	「熊岳城温泉の一日」p.104
6月 1日	早朝、千山の五仏頂に登る ＊「無量観」は『草道』で『アカシア』収録(大正14년11月)初出未詳	「千山へ」p.124、「千山の渓谷」p.131、「千山五仏頂」p126、「無量観」p.133、「ある車路」p.137「峠の上で」p.140、「上石橋子のトコロ」p.142、「鞍山の鉄鉱」p.145
2日	夜、安東(丹東)行きの汽車に乗り、翌日到着	「安東へ」.p224、「五龍背の園遊会」p.227、「安東で」p.232
4日	朝鮮の平壌に行く	「平壌」p.236、「平壌瞥見」p.238
5日	朝、京城(ソウル)に到着7日まで滞在	「妓生の舞踊」p.241、「ホテルの庭の牡丹」p.243、「私の俳句」p.246「宮殿と秘苑」p.247、「ある話(京城の旅舍の女)」p.248、「京城雑感」p.253
7日	元山行きの汽車と自動車を乗り継いで、金剛山に行き、11日まで滞在する。 ＊「金剛山一～十」は『金剛山』「読売新聞」に三十回連載(大正7月15日～8月24日) ＊『ホテルの一室』は「サンデー毎日」5年1号(大正15年1月)と『海をこえて』で「山のホテル」という題で収録(昭和5年)	「金剛山一～十」p.254
11日	元山から汽車で京城に向かう	
12日	午後、大邱に行く	
13日	大邱から慶州に赴く ＊「石窟庵」は『石窟』として『アカシア』に収録(大正14年)初出未詳	「慶州見物」p.320、「仏国寺ホテルで」p.324、「石窟庵」p.326
14日	蔚山に行き、東莱温泉に泊まる	「帰国」p.330
15日	夜、釜山から連絡船に乗る ＊『海を渡る』「週刊朝日」7巻15号(大正14年4月)『アカシア』に収録(大正14年11月)	
16日	下関港に到着 ＊『停車場の時計』「東京」2巻2号 ＊『あひびき』、初出未詳、『アカシア』(大正14年2月)	

この旅で得たような体験とか材料がそのまま作品になったものは、大抵『アカシア』と『海をこえて』に収録されていた。

全部で十四編からなる短編集の『アカシア』(大正14年11月・聚芳閣)の中では「犬」(5月6日のこと)・「一室」(「小崗子の一室」)・「アカシアの花」(「熊岳城温泉の一日」「奉天の二日」)・「草道」(「ある車路」)・「時子」(「ハルピンの狭斜」)・「アンナ・パブロオナ」「石窟」(「石窟庵」)・「海をわたる」(5月6日のこと)などの八編が収録されていた。

大正11年から昭和2年にかけて発表された随筆や紀行の二十編からなる『海をこえて』(昭和2年11月 博文館)の内では、「海をこえて」(「北京ゆき一～十」)・「満鮮の春から夏」(「金剛山一～十」、初出は大正12年5月29日から、7月1日にかけて二十七回にわたって「東京朝日新聞」に連載された。初出の題は、5月29日から6月3日までが「満鮮の春」、6月5日以後は「満鮮の春から夏」となっている。)・「北京の一夜」(「北京ゆき一～十」、初出未詳)・「山のホテル」(「金剛山一～十」、初出未詳)・「思ひ出して」(大正12年9月「中央公論」初出題目「満鮮の一周」)・「北京から」(「北京ゆき一～十」、大正12年6月2日から27日にかけて十回にわたって「満州日日新聞」夕刊に連載された)などの六編が収録されていた。このようにたくさんの作品が書かれたからも、感興が非常に多かった旅であったことが窺える。

『満鮮の行楽』の紀行年表に沿って行くと、大正12年4月28日下関を出発し釜山に到着、その後列車で中国の大連・旅順・北京・瀋陽(奉天)・ハルピン・朝鮮の京城(ソウル)・金剛山・慶州などを旅し、6月16日下関に戻るおおよそ二ヶ月の旅行であった。旅の日程を見ると、大連は九泊、北京と金剛山にはそれぞれ五泊ずつしているが、他の場所はソウルは二泊・慶州は一泊などといった駆け足の見物であり、満鉄側がお膳立てしてくれた大連の視察と、新聞に連載するための北京・金剛山などでの取材を主目的とした旅であることが分かる。

1. 花袋の紀行文の流れ

花袋の紀行文の流れでふれたように、花袋の初めの紀行文は「天下の絶勝」であった。次は、『満鮮の行楽』での「天下の絶勝」を抒情的に嘆賞している処である。

> 玉流洞のあの瀟洒な谷、その見事な岩石、またあの眼もさめるばかりな碧い綺麗な水……そこはその瀑から岩角をひとつぐるりと廻つた様なところにあつた、私達はその絵も及ばぬやうな美しい渓谷を眼の前にして、此方の岸から向うの岸のあたり、更にその岸を縫つてゐる嶮しい崖道を伝つて、次第に下から上へのその谷を見て行つた。と、急に凄じく大きな絶壁が私達の行く手を塞ぐやうにした。(「金剛山」)

これは、『満鮮の行楽』中でも、一項に最も多くのスペースを割いている「金剛山」における玉流洞の天下の絶勝の描写である。一から三十まで分けている「金剛山」は、単純に他の項目との分量と比率を比較してみても、少なくとも十数倍になる。芥川龍之介の言ったように、「感傷的な風景画家」としての花袋の姿だと言える。

次は、花袋の紀行文の流れの一つで、「山水とか、勝地とか言ふよりも、その土地土地の特色、空気、人情などに興味などを有つやうになつた」ので、「小さいなもの、平凡なもの」のあるがままの現実を描いているところである。

> それに、あゝいふものを見て、始めて支那の人民の愛すべきを知りましたよ。あゝなると、日本人とか支那人とか言ふ区別はないつていふ気がしますね —。あなたの仰しやる通り、衛生的にはなつても、あゝいふものが亡くなるといふことは、支那の人民には堪へられないことでせうね? え、それはさうですとも……。さういふことは無論盛んに行はれてゐ

るんですとも……。それ、万葉か何かにありましたね。筑波の耀歌の庭!! あれですよ。あれがそれですよ。ですから、全体の感じとしても、詩であると同時に、非常に原始的ですよ。私ですら、一晩中たうとうそこらをほうつき歩いて、宿屋に帰つて行かなかつたくらゐですからね。このごろでは、日本人にも、大分そのおもしろいのがわかつたと見えて、大連あたりからも、その日にはわざわざ出かけて行くものがあるくらゐですよ……。(「大石橋の娘々廟」)

これは、花袋自身が直接、体験したことではなく、B君からきいた「大石橋の娘々廟」の話である。一種「文明批判」になっている。中国は不衛生で、不潔な処もあって、中国人と一緒に長い間生活するということは、ある意味では生命がけのところがあるかもしれないが、文明に毒された処がなく、「自然」の形で伝統を守りながら生活している処に、強い関心を持っているのである。「大石橋の娘々廟」という賑やかな祭礼を通して、「日本人とか支那人とか言ふ区別はないつていふ気」がしたり、日本との同質感を感じたりすることで、その土地を理解している。

次は、「地図の精確と絵畫の秒味とを持つた」ような旅行案内としての紀行文である。

公園には西公園、電気遊園、北公園、この三つがある。中で、一番広く樹木の多いのは西公園である。丁度市の西になつてゐて、中央の広場から西広場を通つて常磐橋手前から左に折れて行つたところにある。市の唯一の川であるダルニイ川がその公園の樹木の中を半ば池になつて流れてゐる。

この公園には曾て虎を飼つて置いたことがあるので、一に虎公園と言はれてゐる。楊柳が多く、胡藤が多く、桜桃がその間を彩つてゐる。春から夏にかけては散歩などに持つて来いのところである。音楽堂がある。運動場がある。料理屋には、西園亭、六花園、南花園等がある。背後に小さな松山があつて、そこにのぼると、大連の市街が一目に見える。

(「大連の三公園」)

花袋の満鮮の旅のうちで一番長く留まった大連の市街の描写である。

2.「愛欲」の問題

創作家としての花袋がとりあげた晩年のモチーフが、一つは歴史小説にありもう一つは愛欲小説にあるとはあまりに有名なところである。歴史小説は花袋固有の「廃墟」、または「時」の問題が発端となっており、愛欲小説は愛人飯田代子との関係が直接の動機になっていた。

『満鮮の行楽』でも例の花袋の「愛欲」の問題にふれている。芥川龍之介は「あの頃の自分の事」(『中央公論』大正8年1月)の中で次のように言っている。

> 成程小説家としての氏や思想家としての氏は本質的なものだとは思はなかつたが、それらに先立つて我々は、紀行文家としての田山氏を認めてゐる。Sentimentallandscape -painter — これが同時の自分が、田山氏へ冠らせてゐた渾名だつた。実際氏は、小説や評論を書く合ひ間に根気よく紀行文を書いてゐた。いや少し誇張して云へば、小説の多くも紀行文で、Venus Libentinaの信者たる男女を点出したものに過ぎなかった。(大正7年12月「新思潮」)

芥川龍之介は、花袋の本質は小説家より「感傷的な風景画家」であると断言し、花袋の小説が紀行文のなかに男女の性欲をはめ込んだだけであるとするのは、また一つ際立った辛口評である。全くそのとおりであろう。この時期、大正8年1月の『再び草の野に』や、同じ月から始まった新聞連載小説『河ぞひの春』は、作者の意図としてもそのまま、芥川の言うとおりなのである。

花袋は満鮮の旅で、地域別に芸者と遊里を比較する。それが花袋の旅の風流であり、粋であった。しかし、花袋の愛欲の根源は代子であった。

『さうでないツていふんですか。それはしかし外形でせう。本当はもつと先きでせう。実行以上でせう? 何故ツて、かうしてゐても、かうして諸君と坐つてゐても、僕の傍にはかの女がかの女が坐つてゐるんですもの――』
『始終思つてゐる女があるからツていふわけですね? 』
G君は一種皮肉らしい表情をして突込んで言つた。
『さうです。かの女のために、他の女をなつかしむことはするが、手は出さないといふことでせうな。』(「ハルピンの狭斜」)

長い旅の旅情というか、花袋らしく、代子を思う心を率直にうたっているわけである。花袋は満鮮の旅の帰途、下関に代子を呼んだ。その後、長門峡、松江、隠岐、三朝、京都と代子との情事の旅を続けることになる花袋の気持があふれている。愛と性が、花袋の晩年に到る一つのテーマであった。

3. 南満鉄の招きに応じた旅行

花袋は南満州鉄道株式会社の招待に応じ、大正12年4月27日から6月16日まで、日本の帝国主義的進出の最前線地帯を視察しながら満州・北京・朝鮮などを旅行する。

花袋を招いた南満州鉄道株式会社は、明治38年9月、日露両国がアメリカの斡旋でポーツマス講和条約を結び、一年六ヶ月にわたった「満州」での利権争いの末に、設立された会社である。ポーツマス講和条約によって日本は日清戦争後の三国干渉で手放さざるをえなかった南満州の権益の一部を、十年後、多大な犠牲を払いながらももう一度手に入れることができた。それは具体的には、ロシアが持っていた関東州租借権と長春・旅順口間の鉄道及びその付属利権などで、実際には鉄道を中心とした諸施設に限られていたのであるが、戦勝気分に乗った朝野には、そんなことにはまったく頓着しなく、あたかも南満州を新たな植民地として獲得したかのような雰囲気が漲っていたという。現にその後のいわゆる「満州経営」の方策を見ても、まさに「陽に鉄道経営の仮面を装い、陰に百般の施設を実行する」(児玉源太郎「満州経営策梗概」『満鉄』岩波新書、昭和56)という、どこまでも満鉄を「満州版東印度会社」として、さらには「満州」を新「領土」として経営していく姿勢を取っているのである。

つまり、日本政府が得た東支鉄道(長春～旅順間およびその支線)とそれに付属する権利、その他の特権、財産ならびに炭坑を基盤にして、明治39年表面的には半官半民によって設立された「南満州鉄道株式会社」は、その後四十年にわたる日本の満州支配に大きな役割をはたすことになったのである。

朝鮮に対しては明治39年7月日本統監府をおき、伊藤博文が統監となって駐留し、明治40年保護条約を結んである。明治42年伊藤博文は安重根によって殺され、翌43年朝鮮は日本の植民地となる。しかし、大正8年、朝鮮の三・一独立運動が起き、大韓民国臨時政府が樹立された。同年、中国でも、朝鮮での三・一独立運動に刺激され、日本の侵略性に対する「抗日」「反日」運動として「五・四運動」が拡がりを見せた。その前年には、日本でも米騒動が発生しており、日本国内の政情も不安定な時期であった。

花袋が満鮮を旅した大正12年は、ソウルの鐘路署に金相玉の投弾があり、全国的には農民の反乱があった。しかし、日本の軍国主義政策による満州への侵略と朝鮮併合を肯定する花袋は、根本的な疑念を差し挟んだわけではなかった。

南満州鉄道株式会社は、日本本土の有力人士を招き、南満州鉄道株式会社側で組まれた視察をさせて、日本の満州支配に対する広報を行った。

次は、南満州鉄道株式会社側のによる視察の一つで、大連の「埠頭」の描写である。「地図の精確」として、大規模で先進化された満鉄と満州の政策に対する広報をしているわけである。

防波堤は東、北、西の三つにわかれて、その長さ総計一里一町余に及んでゐる。港口は東北に向いて開け、それを東港口(これが主港である)北港口(帆航及小蒸汽用)西港口(同前)の三つにわけてゐる。繋船岸壁は第一埠頭が二五二五尺、第二埠頭が四四二四尺、第三埠頭が四四〇〇尺を有してゐる。水深は最干潮時に三〇尺を示してゐる。その他陸上設備には、給水設備、給炭設備、荷役設備、倉庫及び上屋等があつて、他に野積保管場十二万坪を持つてゐる。荷役労働者は概して支那苦力であるが、平均一日の出勤数が六千人乃至八千人である。そしてそれ等の苦力は、福昌公司が一手にそれを引受けて、要求のあり次第いくらでも出すことになつてゐる。そこでは一万二三千人の苦力を収容する寄宿舎を持つてゐるといふことである。大正十一年に於て埠頭に著した船舶は、七二九万九〇九噸、輸出入貨物は四七九万九〇四七噸、鉄道発着総貨物は五五八万七六〇〇噸を算してゐる。これでもその港のいかに大きいかが窺はれる。・・・・・・私にはそこに立つてゐただけで、その遠い満蒙の平野に産出される産物(石炭や大豆や)の汽車で搬び出されて船につまれて行くさまをはつきりと眼の前に浮べることが出来るやうな気がした。私は満州の野のひろさと大きさを想像した。またさうした世界的産物が日夜海外に搬び出されて行くさまを想像した。(「埠頭」)

花袋が、南満州鉄道株式会社の政策と経営について懸念を抱くこともなく、先進祖国の姿としてプライドを感じた描写だと思う。同時に花袋の現実認識が窺えるところだと言えよう。中国は「国家もなければ社会もない」利己主義であるとして、「さうだ、あまりに物質すぎる国民」であり、「感情とか意気とか犠牲とかいふやうなものは容易に認められないやうな国民」性の変な国である。朝鮮は「成ほどこれでは朝鮮は亡国になるわけだといふ気がする」と、朝鮮の植民地化を当然のこととして考えている。

大抵、当時の日本人はアジア、特に朝鮮と中国に対して優越感を持っていたと思われるが、花袋においても、やはり花袋らしいごく感傷的な視野として当時のアジアを理解していることが分かる。

> 京城は決して晴々してゐなかつた。場合に由つては、暗いとさへも言ふことが出来た。それに全体から受ける感じが単純ではなかつた。何んな秘密が蔵されてあるか知れないやうな気がした。
> またいつ何処から何んな危険が襲つて来るか知れないやうな気もした。何処となく落附いてゐられなかつた。
> あの清正が持つて来やうとして止したといふ塔のある何とかいふ公園にも行つて見たし、例の慶会楼にも行つて見たし、博物館にも行つて見たし、郊外の清涼里の林の中までも行つて見たけれども、しかも私の心を惹いたものは何もなかつた。いろいろな気分 — 朝鮮と日本とのごつちやになつたやうな気分がわるく私の心を濁らせた。
> 単に朝鮮といふ感じを味ふ上から言つたら、此処よりも平壌の方が何れほど純でるか知れなかつた。何れほど濁らされてゐないか知れなかつた。京城は私を失望させた。(「京城の雑感」)

> 次第に私は心細くなつて来た。何か事がありはしないか。向うから異種族の人間が何か言つて突かゝつて来はしないか。忽ち胸のところにピストルを当てゝ金を出せと言はれはしないか。さういふ目には逢はないにしても、来た路を忘れて、帰つて行けなくなりはしないか。さういふ風に考へて来ると、何となく心さびしくなつて来て、むしろさうして出て来た自分が大胆のやうに思はれて、そのまゝそこから引退して来ることにした。(「夜、ハルピンの町を散歩す」)

「京城は決して晴々してゐなかつた」という気持と、「夜、ハルピンの町を散歩す」で覚えた恐怖感と孤独感とは何であろうか。このようにさびしく心細い思いをしているのは、朝鮮を理不尽に植民地化したことや、満州で侵略政策を進んでいることに対する後ろめたさが少しでも潜在意識として働いた結果であろうか。

4.「時」と「址」の問題

次は花袋の日露戦争の従軍体験地の旅として、『第二軍従征日記』の一部の「得利寺戦の私の日記」を再び引用したものである。

> 暑い、暑い日で、陰の無い河原の砂は丸で火のやうに焼けて居る。自分等は其間を辛うじて進んだが、五六町も行くと、美しい楊樹の林が欝然として茂つて居る。砲声は依然として盛、小銃の音も随分聞えて居るけれども、兎に角小陰が余り涼しいので、思はず知らず休む気になつて、其下に身を横へたのである。と見ると、傍に美しい撫子の花が一本咲いて居るではないか。それを見て、自分は何んな感に撲たれたであらう、この修羅の巷にこの美しい平和の色!!
>
> これが人生ではあるまいかと思つた。
> 記念の為め摘採つて、手帖に入れて持つて帰つた。
> 何時か詩に歌ひ度いと思ふ。(「得利寺戦の私の日記」)

『第二軍従征日記』の中で花袋の感傷的な旅人としての目は傍観者としてのリアリステックな目に変わっていく。「自然の平和」と「戦争の悲惨」という対立が同時に存在するのが現実であり、人生であることを痛感しているわけである。ここで花袋は「人生は生死を繰り返していく」のだという「時の流れ」を言いたかったのだと思う。

花袋は終始一貫して「時の流れ」の虚しさを描き、「自然」の底に伏流する「時の力」の無限性を凝視していた作家であった。すべては過ぎ去り流れていくのだという思いは、花袋の時代だといっても過言ではない明治四十年代の自然主義全盛期では問題にならなかった。が、自然主義の以降になると、そこには作品に対する自負と自身に対する不安が垣間見られる。

花袋にとってもっとも重大な体験は従軍だった。人の生の無惨と醜悪を、ただ見詰めるしかない状況の中で、花袋は目に見える現実が想像を絶することを知る。その現実を書き連ねていくことが花袋の平面描写を生み出す基盤になったのである。

それは旅を愛し、過ぎ去る光景を、ああここにも人生があると感動して紀行文に書き綴る花袋の紀行作家としての目と一つになって、その自然主義を作る。人間の生死と無関係に流れていく「自然の無関心」をはっきり意識したのも、この従軍時であろう。自然の「時」と置き換えてもよい。人々が次々と目の前で死んでいくという従軍体験の中で、花袋は彼らを包んでしかも確実に流れる「時」に出会ったのである。それはもとより哲学的な思考とか知性によるものではない。情緒的な直感的な認識に過ぎなかったが、花袋の一種得意なやがて、それを主義とし、手法として定着させた。

その後、『時は過ぎ行く』『一兵卒の銃殺』『残雪』『再び草の野に』『廃駅』『源義明』『百夜』と、旺盛な意欲で次々と大作を仕上げていく。とか知性によるものではない。情緒的な直感的な認識にそれらの作品に「時」はますます色濃い。が、その「時」の意識もまた微妙に変わっていく。『東京の三十年』(大正6年6月)から六年後に書かれた『近代の小説』(大正12年2月)で、花袋は「時」の全容が見え出してきた頃であった。そこで見回して、始めに見たのは感嘆的な回想の「時」だった。

文壇における花袋の不安感が窺えるが、花袋のいわゆる「四十の峠」であった。

『つまり、自分のやつてゐたことの真相がはつきりと自分の眼にも見えて来たのだね? そして盲目的に自身のやつたことを好いと思ふことが出

> 来なくなつたのだね。つまり、長い「時」の中の一つの点見たいにしかみえてこなくなつたんだね。だから、あの時分に書いたものには、さうしたことを慨いたやうなものが多かつたよ。「時」といふことが非常に問題になつたよ。『時は過ぎ行く』なども其の時分に出来たんだからね? 』・・・・時ということから考えて見ると、人間なんて小さなもんだな・・・・大騒ぎで、夢中になつてやつたことでも何でも「時の流れ」から見ると小さいな、何でもないもんだからな。(『近代の小説』)

『近代の小説』は内容的には『東京の三十年』に重なる、花袋の作家論、作品論であるが、底を流れているのは、流れ去っていった「時」への尽きることない感嘆であると思う。

次は日露戦争の戦跡を案内する案内者と花袋の会話である。

> 『さうですな』案内者はいくらか笑ひかけて、
> 『私のやうなものでも楽みはあるにはありますよ。……私は釣魚が大好きです。……』
> 『釣魚がね? 』
> 私は意想外な気がした。・・・・・・私はかうして旅順のやうな、曾ては人間争闘の活劇の場となり、今は世間から全く外れて衰へた港となつて了つたやうなところに、かうした案内者が釣魚を唯一の楽みにして住んでゐるといふことは、一種不思議な感じを私に起させずには置かなかつた。私達は黙つて了つた。馬車は頻りに坦々とした路を走つて行つた。(「案内者との会話」)

明治39年11月の満鉄設立後、「満州」を新「領土」として経営していく政策によって、その沿線地域に対する意識的な支配権拡張があり、多くの人が職を求めて「満州」に渡った。花袋が従軍した時とは違う「廃墟」の現実の無常観を感じる。「満州」が、日本本土で物質的あるいは精神的に追い詰められた人々の格好の逃避郷として、あるいはいわゆる「満州浪人」が、内地人にはない冒険と悲哀の交じり合ったロマンチシズムの持ち主として、言説化しているのである。

『第二軍従征日記』では「人生は生死を繰り返していく」のだという「時の流れ」を描写したのに対し、『時は過ぎ行く』にはどこか情緒的な感嘆があり、ここに至って哀惜と虚しさもあったと言えよう。

ところで『満鮮の行楽』では「時」の問題と一緒に「廃墟」の問題にも触れている。花袋は日露戦争地が「廃墟」の風物に変わっているので、孤独と虚無を感じている。次は「廃墟」の描写について見てみよう。

何んなに恐ろしい。何んなに悲惨な、また何んなにむごたらしいことでも、一度『址』になつて了つては、『話』になつて了つては、その本当な感じを切実に味ふことは出来ないのであつた。誰も彼も皆な面白半分に笑ひさゞめきながら、その堡塁の中を通つて行つた。

(「ゴンドラチェンコの墓」)

『感慨無量ですね? 』
私は思はず言つた。
『本当ですな……』
『時の過ぎ去るといふことはおかしなことですな ― 此処なんかも、もう荒廃して行く跡といふものゝ第一歩といふやうな気がしますな……。これでも、五月二十六日の記念日には賑やかですか? 』
『いや、もう駄目でせう。』
『もう二三十年も経つと、すつかり廃墟になつて了ひますね? 』
『今だつて、もう廃墟になつてゐますよ。ほら、見給へ。この石碑なんか、ところどころに穴が開いてゐる。―』(「金州南山」)

(『跡』といふものは悲しいもんだな? しかしそれもその筈か。兎に角、『跡』といふものは、人間の意図のあらはれた名残りだからね。人間の意志の遂げられなかつた悲しみがそこに残つてゐるわけだからな)一緒に並んで腰をかけてゐる案内者がもう少し口をきく男であつたならば、わからずなりにも調子を合せるやうな男であつたならば、私もそれを何とか言つて話し出したであらうけれども、しかもそれはつひに独語に終はらなければならない運命を持つた。(「馬車で見物」)

いずれも『第二軍従征日記』では見られなかった「廃墟」の風物に、花袋は虚無と哀惜の心で「悠々とした人生が顧みられるだけではないか」としみじみと思う。花袋は『東京震災記』(大正13年4月)で「『廃墟』といふことは、「もの凄く大きな自然のリズムではないか。何んなものでもいつか一度はやつて来るものではないか。」という独自の宇宙観をよく伝えているように思われる。つまり、花袋の「時」と「廃墟」の意識は情緒的な直感的な認識に過ぎなかったが、花袋の旅と一種特異な情熱は、花袋なりのものとして定着させた。

花袋は中国人に対する優越感を持っても、いずれにしても、「恐怖と憧憬と圧迫」とを同時に感じながら訪れた中国、とりわけ北京を懐かしんでおり、もう一度「徳勝門」のあたりを静かに歩いてみたいし、「門天祥祠」、「謝畳山祠」、そして、十八史略や通鑑綱目などの史書に出て来る「英雄豪傑」の址や長安の「開封」、そして「泰山」に登って東海を眺めてみたいと言っているわけである。つまり、「中国」に対し日本人の一つの原点を探ろうとしている花袋の姿勢を感ずるのである。

さらに、植民地の首都京城と宮殿を訪ねて、日本という現実の「時の流れ」のうちに、花袋独自の宇宙観である「大きな自然のリズム」、いうならば自然界の循環として、植民地に転落した朝鮮の亡国を理解している。

何故なら、私は『廃址』を、廃址であつてまた完全に廃址にならない廃址をそれほどはつきり見たことがないからであつた。また、長い歴史の中の一つの点のところに私が立つてゐるやうな気がしたからであつた。しかし私は今更何をも繰返すまい。何をも言ふまい。その宮殿の中に行はれた悲劇については何をも言ふまい。唯、黙つてそこを通り過ぎるであらう。何の悲哀も、何の感慨もないやうにしてそこを通り過ぎるであらう。しかし、その『廃址』は余りに新し過ぎた。

私は塵埃が千年も積るであらう時を想像した。もはや誰もさうした宮殿があつたことを知らなくなるであらう時を想像した。その時になつたら、今の悲しみなどは何でもないだらう。今の悲劇などは何でもないだらう。ひとつの国がひとつの国を併せたといふ以上に何も心を動かすこともなくなるだらう。私は支那六朝の時代のことを頭に浮べた。歴代の天子が臣子のために弑せられたり何かしたさまを想像した。『忘れても再び天子とは生れて来ない』かう嘆いた帝王のあつたことを繰返した。

(「宮殿と秘苑」)

朝鮮の宮殿では、花袋紀行文の流れの一つであった「その土地の特色、空気、人情などの興味を持たなければならない」という事項は見えない。歪んだ世界観と歴史観を持っていた花袋だけいるのである。

次の「慶州見物」と「仏国寺ホテルで」はいずれも朝鮮の古都の慶州に関する内容である。亡国の朝鮮でこのような輝いた文化とか歴史があったので驚いている。花袋はそこで朝鮮の『東京雑記』と『懐古二十一都詩』を読み、歴史の興亡の跡としての慶州に大変な興味をそそられた。

つまり、満州や京城も「時の流れ」によって、慶州のように廃墟になって、現在の悲劇も渦巻きも何もなくなるようになることではないかと花袋は思ったのである。

慶州は奈良のやうなところとは聞いてゐたけれども、これほどとは思はなかつた。そこで私は千二百年以来のものがそのまゝそつくりと置かれてあるのを見た。半月城の址に立つた時には、私ははつきりと千年前のさまを眼にしたやうな気がした。そこに土手がある。濠がある。廟がある。泉水の一部であつたといふ雁鴨池がある。実際、何処にまたこれほど完全に残されてある昔の『廃墟』があるであらうか。(「慶州見物」)

花袋は満鮮の旅のあと『北京の空気は懐かし』で

> 朝鮮では、金剛山はもう沢山だが、慶州にはもう一度行つて見たかつた。あそこに残つてゐる新羅の遺跡はそのまゝそつと千二三百年を通過したと言つても好いくらゐにそつくり残つてゐる。半月城や雁鴨池邊りは、中でもことにさらにさうした感じは深かつた。
>
> (「サンデー毎日」大正12年7月)

と結んでいる。花袋の気持の中には、慶州のルインというものと歴史に寄せる思いが明確に見られる。

大正13年9月『満鮮の行楽』以降、「半日の閑話」では「自己を歴史の人物の中に発見すべく、歴史上のシーンを捜すためによくあちらこちらを旅行した」と書いている。

では、花袋の単行本の中で紀行文はどのように変化しているか見てみよう。

実際、花袋の単行本の中で紀行文の変化を見てみると次のようになる。

1. 館林紀行　明治20年 7月 <稿本>
2. 南船北馬　明治32年 9月 博文館
3. 続南船北馬　明治34年 7月 博文館
4. 日本名勝地理誌第拾壱編(琉球国之部) 明治34年12月 博文館
5. 草枕　明治38年 7月 博文館
6. 旅すがた　明治39年 6月 隆文館
7. 日本 新漫遊案内　明治39年 8月 服部書店
8. 日本 新漫遊案内　明治40年 8月 服部書店(明39年の増補版)
9. 箱根紀行　明治41年 6月 博文館
10. 伊香保温泉誌　明治41年 8月 伊香保温泉組合取締所

11. 小品文集第壱巻 花袋小品<小品叢書第壱巻> 明治42年 1月 隆文館
12. 日本 新漫遊案内　明治43年 6月 服部書店(明治40年の増補版)
13. 椿<現代小品叢書第一編>　大正 2年 5月 忠誠堂
14. 日本一周 前編(東海・近畿) 大正 3年 4月 博文館
15. 草枕・旅すがた　大正 3年 9月 隆文館
16. 日本一周 中編(中国・九州・四国)大正4年 5月 博文館
17. 東京の近郊　大正 5年 4月 実業之日本社
18. 日本一周 後編(関東・奥羽・中部・北陸・北海)大正5年 8月 博文館
19. 伊香保案内　大正 6年 4月 群馬県伊香保温泉場
伊香保商業組合
20. 旅　大正 6年 4月 博文館
21. 趣味の紀行文<アルス作例叢書>大正 6年 9月 書店アルス
22. 山へ海へ　大正 6年 9月 春陽堂
23. 山水小記　大正 6年12月 富田文陽堂
24. 一日の行楽　大正 7年 2月 博文館
25. 赤い桃　大正 7年 3月 春陽堂
26. 山行水行　大正 7年 7月 富田文陽堂
27. 伊香保案内　大正 7年 7月 群馬県伊香保温泉場
伊香保商業組合(大正6年の初版表記の再版)
28. 山水小記　大正 7年 9月 富田文陽堂(大正六年増訂第四版)
29. 湖のほとり　大正 7年10月 天佑社
30. 温泉のめぐり　大正 7年12月 博文館
31. 山水処々　大正 9年 4月 博文館
32. 一日二日の旅 東京の近郊 大正 9年 6月 磯部甲陽堂
33. 山水小記・山行水行 大正 9年 8月 富田文陽堂
34. 旅と紀行　大正 9年 9月 博文館

35.	水郷めぐり	大正 9年11月	博文館
36.	京都一日の行楽	大正12年 2月	博文館
37.	東京近郊 一日の行楽	大正12年 6月	博文館
38.	満鮮の行楽	大正13年11月	大阪屋号書店
39.	旅の話	大正14年 6月	博文館
40.	史蹟名勝 花袋行脚	大正14年 7月	大日本雄弁会
41.	改訂増補 温泉めぐり	大正15年 4月	博文館
42.	椿	大正15年11月	忠誠堂(大正2年の改装版)
43.	古人の遊跡	昭和 2年 8月	博文館
44.	海をこえて	昭和 2年11月	博文館
45.	山水百記	昭和 5年 4月	博文館

花袋には明治20年7月に漢文で書いた『館林紀行』(稿本)をはじめとして、昭和5年の『山水百記』に至るまで驚くほど多くの紀行文があり、そして出版されている。花袋は若い時から非常な旅行家である。明治36年より「大日本地理誌」十巻の編纂にも従つた。地理や自然の興味はやがてそこに潜む歴史興亡の跡の興味につながりやすい。横とともに縦への回想があるべきであり、独特の「廃墟」と「時」に心惹かれる作家が歴史小説に惹かれるのはむしろ当然であつた。

しかし、大正13年『源義朝』の執筆に至るまでは、歴史に殆ど興味を寄せなかつた。「歴史などは、遠い、遠い」ものだと思ったのである。多数の紀行文の中で歴史的な回想は殆ど絶無であつた。ところが、史蹟名勝と角書した『花袋行脚』(大正14年7月)となると、いよいよ史蹟探訪記であつて、別種のおもむきを帯びて来る。『古人之遊跡』(昭和2年8月)は、題名の示すように、現在よりは過去が主になっている観がある。つまり「満鮮の旅」の『満鮮の行楽』の以後の花袋紀行文の趣向の変化と言えよう。

四

『満鮮の行楽』の構造をここでもう一度整理しておくことで本稿を終わりたい。

構造		『満鮮の行楽』の各項
紀行文の流れ	「天下の絶勝」	「星ケ浦」「老虎灘」「千山へ」「千山五仏頂」「千山の渓谷」「無量観」「金剛山一～十」
	「小さいもの、平凡なもの」	「大石橋の娘々廟」「ある車路」「峠の上で」「上石橋子のトコロ」「ロシアの小学生徒」「蒙古の話」
	「地図の精確と絵畫の秒味とを持つた」ような旅行案内	「クリスタル硝子」「大連の三公園」「夏家河子の海水浴」「二〇三高地へ」「二〇三高地の戦闘」「表忠塔へ上る」「金州北門外の天斉廟」「安東へ」「五龍背の園遊会」「安東で」「平壌瞥見」
	旅行地の文化歴史の知識	「大石橋の娘々廟」「吉林ゆき」「鉄嶺の祭礼」「龍首山公園」「仏国ホテルで」「石窟庵」
「愛欲」の問題	旅と女中	「旅舎と女中と」「湯崗子温泉の一夜」
	芸者と遊里の比較	「大連の芸者」「小崗子の一室」「ハダカ踊」「ハルピンの狭斜」「妓生の舞踊」
	恋人(代子)の思い出と郷愁	「湯崗子温泉の一夜」「奉天の二日」「鉄嶺の一夜」「龍首山公園」「金剛山一～十」
「廃墟」と「時」	日露戦争地	「旅順へ」「馬車で見物」「二〇三高地へ」「二〇三高地の戦闘」「案内者との会話」「ゴンドラチェンコの墓」
	植民地の「址」	「宮殿と秘苑」「慶州見物」
花袋の社会意識	南満鉄側の組んでくれた視察	「大連の市街」「埠頭」「油房見物」「地質研究所」「二つの訪問」「沙河口工場」「クリスタル硝子」「大連の三公園」「無順一瞥」
	中国民衆に対する差別意識	「満州の交通機関」「支那人の生活」「大連の市街」「露天市場」「小崗子の一室」「ハルピンの最初の感じ」「馬蜂溝」
	政治の現実認識の不足	「北陵」「東陵」「志士の碑の前で」「夜、ハルピンの町を散歩す」「平壌」「私の俳句」「宮殿と秘苑」「京城雑感」
	日本人の優越感	「南関嶺——大房身」「金州の城内」「熊岳城温泉の一日」「北陵」「奉天の宮殿」
	恐怖感	「奉天の二日」「夜、ハルピンの町を散歩す」「京城雑感」

このように『満鮮の行楽』には、花袋の紀行文の流れ、社会意識、晩年の大きなテーマであった「愛欲」小説と歴史小説のモチーフがある。同時にこの作品は、単純な土地の案内にとどまらず、花袋晩年の創作の構図による組み立ての絡みを備えている。そこには花袋の晩年の二つのモチーフ、一つは花袋固有の「廃墟」の歴史小説があり、もう一つは愛人飯田代子との関係が直接の動機になっている愛欲小説がある。

花袋は、小説が「人生を主としてゐる」のに比べて、紀行文は「自然を主としてゐる」という相違があるくらいだと言っている。この差というのは重点の置き方の差に過ぎず、本質は両者同じなのだと言っているのである。このように花袋にとって、旅というのは「本当」の自分をみつめることであり、彼の「紀行文」は「小説」を構成させて行く根源であると言えよう。

花袋の紀行文は、彼の自然主義の浮沈のように、たしかに変わっていったと思う。

「天下の絶景」と「絵画の妙味」の抒情的な嘆賞に留まっておらず、「地図の精確」「小さいもの、平凡のもの」に対する「科学的研究の方法」と歴史や風俗への目も、そこには生きている。そうした紀行作家としての花袋の成長は、小説の中にも当然及んで作品の陰翳を深めていった。

つまり、日露戦争の従軍地であった満州、中国の北京、植民地朝鮮のかつての首都京城(ソウル)、古都慶州への旅は、花袋の終始一貫して主張した「時」と「廃墟」を直接体験しながら、満鮮を「時の流れ」のうちに「廃墟の風物」として理解したのであり、このことが歴史小説に取り込む一つのきっかけになったことは確かである。『満鮮の行楽』は、現在よりは過去が主になっている観があるが、花袋の変化を語ってもいる。特に、花袋の最初の歴史小説である『源義朝』は、少なくとも紀行作家花袋を無視しては語れないし、『満鮮の行楽』は歴史小説へと移行する過程における紀行文であると思う。

第八節
『源義朝』論
− 再生としての歴史小説 −

一

『源義朝』は、名古屋新聞に大正13年2月2日から8月15日まで連載された花袋の晩年の作品であり、初めて歴史小説の試みに挑戦した作品である。

『源義朝』の舞台は、いわゆる「保元の乱」(1156年4月27日から1159年4月20日)後、「平治の乱」(1159年)まででである。皇室では皇位継承に関して不満を持つ崇徳上皇と後白河天皇とが、摂関家では藤原頼長と忠通とが対立し、崇徳上皇・藤原頼長側は源為義(義朝の父)・平忠正の軍を招き、後白河天皇・藤原忠通側は源義朝・平清盛の軍を招いて交戦したが、崇徳上皇側が敗れ、上皇は讃岐に流されるのが「保元の乱」である。源義朝はその時、上皇側にいった自分の父為義や弟乙若、亀若を殺すようになる。「保元の乱」後、藤原通憲と結んで勢力を伸ばした平清盛を打倒しようとして、源義朝が藤原右衛門督信頼と結んで挙兵するのが平治の乱である。

『源義朝』は、義朝が「平治の乱」に敗れて平清盛に追われ、息子朝長を自分の手でかけたばかりか頼朝とも離れ離れになるという、運命のいたずらによっておこる人間の悲劇、自分の意志とは関わりのない巨大な何か力に支配され、それに翻弄され続けた義朝の運命を描いた小説である。一時はその大将としての器量で平氏を圧倒したが、運にも見離されて、雪中、東国へ落ちる途中で、肉親を失い、やっと辿りついた安住の地にも、決して落ち着かなかった義朝の姿を描いている。

花袋はここで平治の乱に焦点をあてて『源義朝』を皮切りに、その後保元の乱を題材として『流失』(大正14年7月～9月1日、苦楽。のち10月20日、金星堂より出版)、平家物語に材をとって『通盛の妻』(同年1月1日～12月1日、婦人之友。翌年1月20日、金星堂より出版)、蜻蛉日記を題材にして『愛と恋』(昭和2年1月1日～12月1日、婦人之友。後『道綱の母』と変更)と次々と歴史小説に手を染めていった。

しかし、花袋は、これら歴史小説を書く大正後期に至るまで歴史に殆ど興味をもつことはなかった。花袋は若い時からたいへんな旅行家であり、そして明治36年より「大日本地理誌」十巻の編纂にも従った。地理や自然に対する興味はやがてそこにひそむ歴史の興亡の跡への興味につながりやすい。彼のように「廃墟」に心ひかれる作家が歴史に惹かれるのはむしろ自然であって、大正13年に初めての歴史小説『源義朝』が書かれるに至ったのである。花袋にとって始めての歴史小説『源義朝』はどういう意味をもつものであったか。丁度四ヶ月前に東京大震災が起き、首都東京に未曾有の災害がもたらされている。そうした災害が花袋にどういう影響を与え、この歴史小説の形成にどう関わっているか、それらを有機的かつ統括的に明らかにしたいと思う。

二

まず、『源義朝』の前後の、文壇における花袋の評価を見てみたいと思う。

吉田精一は『自然主義の研究』下(昭和33年1月 東京堂)で、

> 大正九年一月秋声とともに誕生五十年記念を祝はれたが、一方の秋声に全集の挙がなく、花袋に全集(実は選集)十二巻の出版があつたのは、花袋の作者としての仕事がほぼ一段落ついたと世間から見られたた

めではあるまいか。

と評している。いったいに花袋の文学は、語彙が貧弱であり文章のリズムが単調なため、花袋の文学は粗雑で、複雑なものを持っていないと評価されていた。そのために飽きられてしまう。元老として敬されているが、真の意味で、花袋に期待するものは殆どないというのが、大正13年当時の文壇における花袋の境遇であり、文壇的位置づけてあったと言える5)。

『源義朝』を書いた大正13年、花袋はすでに五十四歳である。大正12年4月27日から、6月15までの長い満州・朝鮮の旅の帰途、6月16にから29日まで愛妓飯田代子を伴い山陰地方を旅する。その時、承久の乱(1221年)で流され、元弘の変(1331年)で後醍醐天皇の配流地となった隠岐を訪ね、そこで、あたかも配流されたかのように文壇の中央から片隅へと押しやられる自分の身の上を歴史の流れの中に仮託しようした。そして、問題にしてい

---

5) 大正13年7月「新潮」の「われくは既成文壇を如何に見るか」において、横光利一らの批判、11月の「新潮」の藤森淳三の「新時代意識その他」における花袋への言及、12月の「文芸春秋」での同じ藤森の「文学以上」に書いた花袋への記述、12月の「随筆」によせた加藤武雄の「田山花袋氏」で触れた事柄等々は、大正13年の時点において示した花袋の動きに対し、かなり痛烈なメスを入れているのである。例えば、藤森淳三は「新時代意識その他」(11月「新潮」)で、やはり、この頃の花袋を批判している。

> 当人にしても当然老いぼれをもつて自認しなければならぬ筈の田山花袋は、自分で老いぼれと云はぬのみか、むしろ若い者をも凌ぐくらゐの元気でまたこの頃動き出した。
>
> (中略)
>
> 花袋から、新鮮なる何物かを抽出することが出来るか。刺激さるべき何物かを得ることが出来るかを得ることが出来るか。われわれは、この何物かをこそ求めてゐる。ことに、現在行詰まり且つ混沌たる文壇において、一層その希ひ切なるものがある。ひとりごとめいた、説教おいた、彼の芸談は、われわれをしてなるほどと思はしめる以外、些かの暗視すら期待し得ないのである。花袋のやうな人からは、恐らくその足跡にこそわれわれが考へさせられ、教へられるところがあるのではなからうか。

と言った風に、現在の花袋には、何物を求めることは出来ないし、新しいものは何も望めないというのである。

るルインや「時」、そして自分に近い人たちを題材にした歴史小説を書いてみようと思い立ったのである。

以前から花袋は、南朝の遺跡を訪ね、詳細な調査を行い、様々な感慨をもっていた。この方は、明治43年に『「太平記」と南朝の遺跡』(文章世界)を書いたり、大正6年に『新葉集と宗良親王』(短歌雑誌)に書いたり、源平の戦いについては、やはり、明治43年に『「方丈記」に現れた源平の盛衰』(「文章世界」)などを断片的・断続的に書いているが、まとまったものとはなっていない。そうした中で義朝のみは、とにかく一つの作品とにまとめて世に問うているのである。

榎本隆司において(『軍記物語とその周辺』「田山花袋『源義朝』論」昭和44年3月 早稲田大学出版部刊)、

> 敗滅してゆく義朝に焦点を合わせ、その敗亡の道行をつねに義朝の側に立って追うことことになった。

と指摘がある通り、源義朝の「落ち武者」という点に自己の心情を投影して、その気持ち、考えを作品に書きあらわそうとして見たのである。その執筆の直接の動機としては、大正11年1月の冬休みの間に、先蔵・瑞穂の二人の男の子をつれて花袋の曾遊の地である渥美半島・知多半島を旅し、義朝ゆかりの知多半島の「野間」を訪れたことによる。

その時のことを書いた紀行文を大正11年3月の「電気と文芸」に『野間の義朝』として掲載している。それによると、まず、

> 私の目の前には、遠い昔が浮かんだ。京都を落ちて、美濃の大炊の宿から、ひそかに頼るべからざる人を頼りにして、一行七八人の同勢が、舟で此方へわたつて来たさまが想像された。尠くとも、義朝の悲劇は、暗い心の悲劇として日本の歴史の中に指を屈しても好いと私は思ふ。そ

れに、湯殿で殺されたといふ形が面白い。それに、数年経つて、その子の頼朝がわざくそこにやつて来て、大法会を行ふと共に、長田父子を磔殺した形が面白い。(二)

として、「義朝の悲劇は、暗い心の悲劇」として捉えようとしていることが分かるし、これが、主題でもある。さらに、一種の「因果応報」と言った形に興味を抱いている花袋を知ることも出来るのである。

さらに、花袋は「野間」についてこう書いている。

野間はさびしいところだつた。海岸の漁村にしかすぎなかつた。やがて私はその頼朝のやつて来た時に建てたといふ寺の山門の前に立つた。義朝の首を洗つたといふ血の池には、午後の日影がさしわたつて、いかにも血のような色をしてゐた。未だにその恨みが生きて漂つてゐるやうな心持を私に誘つた。(三)

まず、花袋は、「野間」を「さびしい」所と言っているわけである。「『時』が無限に没却」した跡とここでも「時」の問題、「時間」の問題を出しているわけである。様々な「人間の心」の跡を感じているわけでもあるが、「野間」を荒涼としたものを抱く風土として掴み感じたことが『源義朝』を書かせる動機になっているのであり、歴史と自然とを融合しようとした意図がうかがわれるのである。

そして、四では、もっと直接な形で、次のように言っている。

そこにある探幽の絵は、義朝最後のさまを描いて、立派な芸術であつた。その絵があるがために、その暗い悲劇が始めに浮ばれたやうな気がした。私も車の上でいろくなことを考えた。何うかして、これが書けないか。小説に出来ないか。戯曲にならないか。内海に上陸して、殺されるまでのことを仕組んでも立派なドラマになりはしないか。しかし、それだけでも好いが、もつと跡といふものを附け加へて、つまり私達がかうやつて数百年後に訪ねて行く心持をもつけ加へて、そして作品にすることはできないか。(四)

花袋は狩野探幽が書いた義朝の最後ににじみ出ている悲劇の「暗さ」といったものに、直接には刺激されている。歴史の上にあらわれている、源義朝の最期につながる「暗い悲劇」というものを問題にしたのであり、その「暗さ」というものを書きあらわそうとしたのである。『源義朝』は、こうして、少なくとも、大正11年1月の旅に始まり、2月の始めには殆どその構想がまとまっており、約二年の実地踏査と、「平治物語」の熟読、そして、「有職故実」の研究で仕上がったものである。

『源義朝』の発表以後、大正14年7月15日「大日本雄弁会」で出版した『花袋行脚』の中の「三〇義朝の遁走した路」で花袋の実地踏査のあり様があらわれている。次は、踏査の上で何を感じ、考えているかが分かる部分である。

義朝達はこのさびしい山の中を通つて、今も同じく夕日のさし添つてゐる山脈を仰ぎながら、北国街道から右に入つて、丘陵の起伏した中をそのま々琵琶湖の湖畔へと出て行つたのである。そしてかれ等はその途中でも逆茂木を並べた山徒の襲撃に逢つて、義朝の叔父の義隆はそこに死し、朝長は左の股にひたと矢を立てられたのであつたのである。

『しかし、そこを通つたといふだけで、跡がはつきり残つてゐるといふのではないでせう』

もの足らないといふやうにして、私の話に耳を傾けるゐたSは言つた。

『しかし、それでも好いではないか。兎に角、そのあたりの地形だけはそのまゝなんだから、矢張、あの横川の中堂のあるといふ丸い山の横つ面には、その時も夕日がさしてゐたのだらうし、途中越の向うの葛川谷を塞いでゐる武奈獄に雪が白く積つてゐたのもそのま々だつたらうからね。兎に角、あとを探ぐるといふことは面白いことだよ』

つまり、事実としては何も具体的証拠は得られず、また、その場面を目撃しえるわけではないが、まず、第一に言えるは「地形」は変化していないことである。史実と地形を照合することによって、そこに、作家の想像力が働き、「人間」というものに迫ることが出来るというのである。したがって、

> 自然は人間と共に息づいてゐる。決して無情ではない。また決して無感覚でない。さういふ形から言つて、ひとりの人間がそこに生れて死んだといふことは、非常に大きな意味を持つて来るのである。まして一国の興廃、一時代の盛衰といふことに於てをや。(『花袋行脚』「をはりの言葉」)

と触れているのである。自然と人間との一体化であり、たとえば、「地形」だけを見ても、そこに人間の歴史を、そして、「生死」の問題を感得することが出来るというのが花袋の主張である。

大正13年1月1日「福岡日日新聞」に載せた『心の階段』(大正14年6月20日金星堂『夜座』)で花袋は、

> 幸ひに病気は治つた。それにしても私はこの為に何んなに心を濫費したらう。何んなに心に弱法小者になつて了つたらう。何も彼もそのために引繰り返された。私はその前に、法華経の真剣といふことを持して、むしろそれを十分につかみ得たと信じて、不惜身命などいふことを盛んに口にした。しかしさうしたことは容易に言ふべきことではなかつた。

と言っている。従来までの仏典や仏説の研究、そして、その中心において「法華経」をも乗り越えようとするのである。しかし、それは、決して、仏教や仏典の否定ではなく、ともすれば、それが形式に墜することを警戒として取るべきであろう。が、とにかく、従来までの考え方を批判し、反省していることは、「事実」であり、そうした境地になったのは「病気」から来たものであるとも考えようとしているのである。さらに、「病気」によって「死」に直面

して見ると「しつかり握つたつもりの法華経の真剣などは、いつか何処かに落ちて了つてゐた。」と、今までのものが「空想」の世界のものであったとして、もっと「現実」を直視しなければならないという考えを持つ至ったのである。

三では、この問題をさらに追いつめ、「不惜身命どころか、私に取つては、それほど死が絶望でいやでそして恐ろしかつたのであつた」といい、「恋」と「死」を比べている。「死」の問題の方が「愛欲」の問題よりもつらくて大きいというのである。

しかも、その問題、そうした事柄を「法華経」を信ずることによって解決されたと思っていたのに、「現実」として「病」を得、「死」が直前に横たわって来ると「不惜身命」ではいられず、見事に動揺してしまったことを恥じているのである。だから、今まで真剣に描いて来た「死」にまつわる作品など、全くの「空想」に過ぎないと思うようになった気持を正直に訴えているのである。

四では、そうした動揺から立ち直った時、どうなったか語っている。

> さうした心と体の状態から、やつと浮かび上つて来たやうな心持がしたのは、十年の秋時分からだつた。やつと私は呼吸をついた。私は言つた。『矢張、地上にゐるものはしつかりと地をつかんでゐなくてはいけない。思い上つてはいけない。何も彼もわかつたと思つてはいけない。年を取つて、経験して、いろいろなことがわかつたとか何とか言つたとて、それはほんの纔な、たとへて見れば爪の垢ほどもわかつてはゐないのだ。それだのに、天上にでものぼつたやうな心持を持つからいけないのだ。だから、忽ち地上に落されて了ふ・・・・・・。現に、この私が好い見せしめだ』私はニイチエの言つた言葉の中に、『傷いた獣、それで好い、それで十分だ、創痍の治るまで私は暗い地上に横たはつてゐやう・・・・』かういふ一句のあつたことを思い出した。

まず、立ち直ったのが、大正10年の秋頃だと言っていることが目につく。大正10年の正月、子供をつれて渥美半島から知多半島に出て、「野間」の源義朝の殺された址を見、前から考えていたことが「現実」として眼前に甦って来る様な衝動に駆られて帰宅、この義朝の最期のことが心を離れなかった時期であった。

つまり、「自他融合」を図ろうとしながら、なかなか徹底出来ないプロセスの中にいたことなのである。そして、そう考えることが「観念」であり「空想」であったというのである。だから、『源義朝』は、花袋自身が肺尖カタルで「死」というものを見つめて来た時に立ちあらわれた苦悩、それをそのままぶつけた作であったと思われる。

「天上」から「地上」への志向は、明治35年3月の「太平洋」に書いた『天と地と』においてすでにあらわれていた考え方である。それが、自然主義全盛時代を過ぎると、次第に仏教的な世界に入って行ったことを「また再び天上の楽園を夢みつつあった」と言っているわけである。

「天上」から「地上」への志向と関連して、小林一郎は『花袋研究』の「歴史小説時代より晩年」(昭和59年 桜楓社)で、花袋の晩年の歴史小説『源義朝』は、

> 「自他融合」の出来ない人間の世界を描こうとしたものであるし、「宗教」的世界から「芸術」の世界に立ち戻り「自他融合」や「宗教」の世界を「芸術」と言ったものによって、さらに、はっきりした形でつかむことによって、むしろ「救済」されようとした真剣の試みの上に立った

作品で、これは花袋の西洋受容と伝統継承の「振幅運動」であり、花袋の晩年の東洋伝統への帰着を説明しているのである。

さらに、東洋的な思考への帰着までをもっと辿っていきたいと思う。
花袋は、大正13年7月15日から17日までの三回、「読売新聞」に掲載した『一つの考察』(大正14年6月20日「金星堂」刊『夜座』収録)で、

> 物を素直に具体的に受け入れずに、それを一度頭の中で考へて見て、何等かの意味をつけて、そしてそれを人に話したり物に書いたりするやうな時代があるが、あれは体が疲れてゐるために、その印象が強過ぎ、眩すぎるので、それで、いくらかかはしてでなければ、受取ることが出来ないといふ形になつてゐるのではあるまいか。

と書き出していて、これが『ひとつの考察』のテーマになっているのである。

「つまり、現実」に対した時、その「現実」から反映して来るものが強すぎるので、一度頭で考えなおして、その場で静かに「現実」に対する意味づけをしないではいられない「体」が疲れている時だという「身体」論を出しているわけである。「思想」を重んじたり、「観察」を重要視したりするのは、「体」が疲れる状態に陥っていることを物語っているのであって、これはあくまで「第二義的」なものであるというのである。つまり、「第一義的」というのは、

> だからあらゆるものに支配されずに — 所有などといふものにも心を煩はされずに、天空海闊な一存在として常に生きてゐるといふことが一番必要だと私は思ふ。何でも彼でも素直に受け入れる。誠心を持たずに受け入れる、此方の心の要求のために激したり悲観したり興奮したりすることはよくあるものだが、さういふ理不尽な心を成るたけ持たないやうにする。ひとり手に皮肉になつて行くのは好いにしても、こちらから意識して物を皮肉に見るやうな態度も成るたけ持たないやうにする。つとめて理窟つぽくない心持で物を見る。山をば単なる山として見る、草は単なる草として見る。樹は単なる樹として見る。つまり分析する心持、観察する心持、物を知りたいといふ心持、さういふ心持は第二義的であるから — 物はわかつてもそこには芸術はないから、そこから全然離れて来るといふではないが、兎に角もう少し混沌として最初の心持に戻つて行くことが必要だと私は此頃思つてゐる。

と言っているのである。大切なことは「誠心」を持たないことであり、「素直」

であることであり、「理屈」を捨てることである。意識的に「皮肉」になることを避けることである。つまり、「主観」が強すぎて「現象」を歪曲させたり、「分析」や「解剖」をやたらにして見て、物事の根本を忘れてしまうことを否定しているのである。「芸術」は、むしろ、「現実」の混沌を混沌として受けとる所になることが必要だと言っているわけである。むしろメーテルリンクの言う様に「沈黙」が必要であると、この頃、作品や随筆、評論で言っていることをまとめる様にして言っているわけである。

> 芸術に対して世間が何だらう? 穏健な判断が何だらう? 愛憎のない理解が何だらう? むしろさういふ心を沈滞させこそすれ、決して心の火を活々と燃やす役には立たないではないか。むしろ私は其我侭を、その勝手を、その無遠慮をいつまでも保持すべきではないか。それが本当に芸術を保持するといふ形になりはしないか。

これは「心の火を活々と燃やす役には立たない」という結果に陥るのだと繰り返し言っているわけである。「世間」を知った処で何も出て来ない、活力を失うばかりである。だから、むしろカオスの方が、人間に活力を与えるのである。そうした意味で、混沌を志向するのが、すべての根源に帰ることであり、そこからもう一度出発し直す必要があることを言っているのである。

つまり、『ひとつの考察』とは、すべてのものを振り捨てて、もう一度生まれた時に戻って考えなおして見ようとする、根源志向、カオス思考と言ってよいのである。

このような姿勢で『源義朝』を書いたのではないだろうか。

三

花袋にとって歴史小説とは、いったい何であろうか。

榎本隆司は、『軍記物語とその周辺』「田山花袋『源義朝』論」(昭和44年3月3月 早稲田大学出版部刊)で次のように『源義朝』を評している。

> 義朝の敗北の姿を追うべく花袋は、『平治物語』の作品化を考えた。そこには、しょせん、人間は生まれそして死んでゆく存在でしかない、人間の一生は、「廃墟」を「つくらう」(『残雪』)とする歩みである — という花袋の人生観が根強く息づいており、つまりおのれの存在は、そうした経営をつづけながら、「時」の流れの一点として以上のものではないという歴史観が基底をなしていた。
>
> だからそれは、詠嘆に終わるより仕方がなかった。持ち前の感傷癖を、花袋はここでも払拭し得てない。そしてそのような人間観や歴史観を背景にした歴史小説の中に自己を仮託するということは、花袋の場合、現実の苦悩との闘いからの逃避を意味した。義朝という歴史上の人物に、自己の「暗い心の悲劇」を見ることで、花袋は、一時慰められ、ある意味でのカタルシスを求めたわけである。しかもそこで花袋は、そういう創作主体を十分対象化する余裕をもたなかった。そうした現実的位相のゆえに、作品の結構にアンバランスをもたらし、筆遣いの上で顕著な過疎(精疎)を露呈し、より骨太な歴史小説を構成することができなかった。

「問題意識」の脆弱さゆえに、「武家の論理」への切り込みもなければ、エゴイズムの問題も単に「骨肉の情」に還元してしまいどちらも中途半端な掘り下げ方で終わってしまったという否定的な評である。

一般に戦乱の時代においては、親子・夫婦・師弟・君臣の別なく、そうした秩序を破壊し、骨肉相食むというのが常識であり、「保元の乱」「平治の乱」そして『平治物語』や『太平物語』等、すべて「軍記物」はその辺を物語っているものなのである。父を殺し、兄弟を殺す無秩序な有り様に義朝自分が追い込まれ、最期が感じられて来ると余計にこうした気持になって、取り乱してしまったり、義朝の運命を性欲に結びつけたりすることは、歴史上の人物を歴史の中に生きる人間としても本質的に掘り出すことが出来ない花袋の資質の問題と思う。

しかし、花袋の意図は、「時」の流れの中の一点としてそしてそれはまたルインと化してしまうであろう一点として、義朝をとらえ、花袋自身をその一点に重ねることによって、その連続性、あるいは発展性として見定めようとすることである。また、この『源義朝』に始まる歴史小説の行き着き先として、昭和2年の『百夜』を考えているのである。『残雪』や『新しい芽』で追求した「金剛不壊の愛」を『源義朝』でもまた追いつづけ、そして『百夜』へと受けつがれて行ったのであるが、榎本は、『百夜』に至っても遂にそれが完成されなかったのであると断定し、吉田精一の「芸術家としての自己安住境」を得たという説を退け、「しょせん花袋には、歴史の全貌を、その中に生きる人間を、より的確に、本質的にとらえることはできなかったのである。」と宗教的なものから脱出して、芸術的なものに戻った時に、試みた歴史小説の失敗を指摘している。

この問題について、花袋は『半日の閑談』(大正13年9月12日より14日まで「読売新聞」、昭和3年5月30日発行の『花袋随筆』所収)で次のように語っている。

> 従つて歴史などゝいふものに対する考へ方も以前とは大分変つて来てゐるのを私は感ずる。以前には、歴史などは、遠い、遠い、この身などとは何の関係もないつくり話か何かのやうに思はれたが ― 歴史中の人物も単に英雄とか豪傑とかいふやうにしか思はれなかつたが、今ではもつと密接な関係を私の身邊に持つて来るやうになつた。この身も歴史の堆積の中の一つの点であるといふことなどもはつきりと飲み込めるやうになつて来た。で、その結果として、その宇宙 ― 山川の依然としてもとのまゝであるといふことが常に深い感興を私に齎して来た。(中略)

何うせ現代人が書くのだから、敢て昔のやうにならなくとも好いけれども、それを浮かび上らせるシインは、成るたけ昔の感に近いものであることを私は欲した。私は此頃歴史のシインを捜すためによくあちらこちらへと旅行した。

ここでは花袋の「歴史」に対する考え方に変化が生じて来ている。従来、歴史上の人物は、自分と余り関係のない遠い過去の人物と思っていたが、「この身も歴史の堆積の中の一つの点」と思うようになり、歴史上の人物の活躍していた宇宙・山川は、その当時と、そう大して変化はしていない。だから、歴史を偲ぶことの出来る当時のものがそのまま残っていれば一番好いのであるが、そうしたものが全くなくなっていても、「地名」くらい残っていれば歴史小説は書けるし、歴史上の人物を現在、歴史小説として描くには、どうしても現在の人間の考えた考え方で書くより仕方がないが、その人物の活動した背景になるシーンは、その当時のシーンに成るたけ近付けなければならない。

つまり、歴史上の人物の中に「自己」を発見することが、歴史小説を書く上で最も必要なことであるという主張なのである。

だから、花袋が、『源義朝』を描くために、義朝の行動した背景を、その行動を遂一追いつづけ、そのプロセスにおいて当時の「地名」や「地形」の残っている処を訪れ、そうしたものから、当時の義朝の苦しみ、嘆き、喜びと言ったものを感じ取り、浮かび上らせ、当時の姿や心の在り方を再現する様に努力するとともに、義朝の中に花袋自身を発見するようにしたのだというのである。歴史上の人物を単に興味本位に面白おかしく描くのでなく、一つの「事実」として、その時代の空気の中に極力浮かび上らせ、その人物に、現代人の解釈を施し、そして、その中に己れ自身を投影するのが「歴史小説」の方法であるというのが、花袋の「歴史小説」を描く態度であったのである。

では、花袋の投影したものが何であろうか、その実態を探りたいと思う。

四

1.『平治物語』との比較

長編歴史小説『源義朝』は、その構成、叙述の形式を、大要においてほぼそのまま『平治物語』に借り、これを原典としている。したがって花袋が、基本的には原典につきながらも、そこからどのように構想し主題化していっているのか、その点を比較検証によって明らかにすることが、この作品のもつ意味を解明するために欠くことのできない手続きとなる。ところで一般に異本の多いこうした場合の原典との対比は、厳密な諸本との校合を通じてまず典拠を確認することが前提であるが、いま、花袋がどの系統本に拠ったかについてはにわかに断定しがたい。

小林一郎は、花袋が参考にした『平治物語』について次のように言っている。

> 日本古典文学大系本の「解説」によると、現在、第一類から第十一類の諸本があるのであるが、大正二年四月四日、博物館発行の「校註国文叢書」第五巻によるものと考えられる。花袋がこの『源義朝』執筆のときには、すでに、二十二版を重ねている。大正二年八月下旬の校註者識によると「流布本」を定本としたとある。したがって、日本文学大系の「解説」によると、第十一類の系統に属するものであり、第四類の「金刀比羅」本に近いものである。
> (『田山花袋研究』— 歴史小説時代より晩年 — 昭和59年3月 桜楓社)

ここでは、小林一郎の指摘とおり博文館刊「国文叢書」本に拠りながら、花袋の加除、叙述の移転などをあとづけ、問題の所在を探ることにする。
「国文叢書」の目次はこうなっている。

巻之一
一　信頼信西不快の事
二　信頼卿信西を滅さるゝ議の事
三　三条殿発向並信西の宿所焼き払ふ事
四　信西息子闕官の事附除目の事并悪源太上洛の事
五　信西出家の由来并南都落の事附最後の事
六　信西の首実験の事附大路を渡し獄門に懸けらるゝ事
七　唐僧来朝の事
八　叡山物語の事
九　六波羅より早馬を紀州へ立てらるゝ事
十　光頼卿参内の事并許由が事附清盛六波羅上著の事
十一　信西息子遠流に宥めらるゝ事
十二　院御所仁和寺に御幸の事
十三　主上六波羅に行幸の事
十四　源氏勢汰の事

巻之二
一　待賢門の軍附信頼落つる事
二　義朝六波羅に寄せらるゝ事并頼政心替の事附漢楚戦の事
三　六波羅合戦の事
四　義朝敗北の事
五　信頼降参の事并最後の事
六　官軍除目を行はるゝ事附謀反人官職を止めらるゝ事

ところがで、花袋の『源義朝』のあらすじはこうである。

一章から十五章までは、父や兄弟とも争いながら天下をとった義朝であったが、平清盛の勢力に押されがちな状態に不安を持ち、平家一門を根こそぎ倒す計画を藤原の信頼を相手に企て、清盛が熊野詣に出掛けたあとに平治の乱を起こし成功したが、信頼の惨めな数々の行動が清盛のつけ入る処となって敗れさったという内容である。

十六章から三十九章。義朝は自決しようと思ったが、鎌田次郎に都を落ちのび再興の機会を待つように勧められ、密かに京の町を脱出する。叡山の僧兵に取り囲まれた時は、最後かと思ったが、斎藤別当実盛に助けられた。二度目の襲撃に、伯父の陸奥六郎義隆を失い、子供の朝長は傷を負った。まだ十三歳にしかならない頼朝も一行の中にいた。敵の目を眩まして逃げるために一行は、北国街道を選び、深い雪の中で、頼朝を失い自害しようとしたが、この時も鎌田に諫められ、やっとのことで、義朝の女延寿のいる青墓に辿りついたが平家の手はここにも延びていたという内容になっている。

三十九章から四十二章まで。これ以上朝長をつれて生き延びることは出来ないと思った義朝は、自らの手で吾が子を殺害した。保元の乱の時、父と幼い兄弟を殺した時のことが思い出されて悲劇の重さに苦しんでいる義朝の姿が書かれている。

四十三章から六十五章まで。鎌田は、自分の妻のいる知多へと義朝を案内して行った。身の行く末を知ったのか、一日も早く関東へ行きたいという義朝の心を押しとどめたのが、妻の父庄司忠致であった。庄司は、娘の夫鎌田を殺し、義朝を殺害し出世しようと企み、永暦元年(1160年)正月2日、鎌田を酒に酔わして殺し、翌3日、湯に入っている義朝を襲い、湯殿で惨殺したというあらすじで作られている。

『平治物語』(『校註国文叢書第5冊』昭和3年3月 博物館)と『源義朝』(『定本花袋全集』第十二巻 平成6年3月 臨川書店)の各章を比較して表を作って見ると次のようになる。

『平治物語』	『源義朝』
巻之一　一	一
二・三・四・五・六	二・三・四・五
七・八・九・十・十一	省略
十二・十三・十四	六・七・八・九・十
巻之二　一	十・十一・十二・十三
二・三	十四・十五
四	十五・十七・十八・十九
五・六・七	省略
八	十八・十九・二十・二十一・二十二・二十三・二十四 ・二十五・二十六・二十七・二十八・二十九・三十 三十・三十一・三十二・三十三・三十四・三十五・ 三十六
九	四十三・四十四・四十五・四十六・四十七 五十四・五十五・五十七・ 六十・六十三・六十五
十	六十五
巻之三　一	六十五
二・三・四・五・六・七 ・八・九十・十一・十二	省略

はじめに注目されることは、「白髯の翁」の語り口が原典には登場しないことである。榎本隆司は、この問題について、

> それが皇族をめぐる争いに端を発していることは原典にも記されているが、作家はここで「白髯の翁」を歴史に過去と現在を見通す位置に置き、しかも、翁の家を義朝の愛妾常磐の住む船岡の山を見渡す経路に位置づけることによって、この作品の主人公源義朝を登場させる契機を導いている。(『軍記物語とその周辺』「田山花袋『源義朝』論」)

と評している。花袋が『野間と義朝』で旅人が過去を回想して語るという形式にしたいと言った事柄が生かされているわけである。「白髯の翁」の語り口における常磐への義朝の愛着ぶりを、榎本は続いて次のように整理している。

伊通の大臣が中宮の雑仕千人の中から一人選んだ絶世の美人、それが常磐であること、その常磐をわがものとするため義朝がいかに世間の噂に上ったかということ、清盛との不和のかげにも彼女がいたこと、そして、保元の乱で義朝が、院方につかず帝方の人となったのも常磐のすすめであったこと、そうした女をめぐる争いの事実をあげながら翁は、それも「無理はない」とくりかえし、「何事も女子ぢゃ、女子ぢゃ」とひとりごちながら頭を振るのである。

「白髯の翁」のこうした語り口を通じて花袋は、「この作品に投影するかれ自身の心象風景を示唆する」ことであると榎本氏は評してある。これについては「愛欲の問題」でもっと詳しく探りたいと思う。

次に問題となるのは『平治物語』の加筆・挿入・省略の部分である。

まず、省略した部分をみると、巻之一では、「七 唐僧来朝の事」「八 叡山物語の事」「九 六波羅より早馬を紀州へ立てらるゝ事」「十 光頼卿参内の事并許由が事附清盛六波羅上著の事」「十一 信西息子遠流に宥めらるゝ事」であり、巻之二では、「五 信頼降参の事并最後の事」「六 官軍除目を行はるゝ事附謀反人官職を止めらるゝ事」「七 常磐註進并信西息子遠流に処せらるゝ事」「十 頼朝青墓に下着の事」であり、巻之三では、「二 長田義朝を撃ちて六波羅に馳せ参る事附大路渡して獄門に懸けらるゝ事」「三 忠致尾州に逃げ下る事」「四 悪源太誅せらるゝ事」「五 清盛出家の事并滝詣附悪源太雷と成る事」「六 頼朝生捕らるゝ事附常磐落ちらるゝ事」「七 頼朝遠流に宥めらるゝ事附呉越戦の事」「八 常磐六波羅に参る事」「九 経宗惟方遠流に処せらるゝ召し返さるゝ事」「十 頼朝遠流の事附盛安夢合の事」「十一 牛若奥州下の事」「十二 頼朝義兵を挙げらるゝ事附平家退治の事」などの各章を省いている。

『平治物語』の総三六章の中で、半分を越える約二十章ぐらいを度外視している。これは、花袋が源義朝という一人の人物を描くために企図された集約的な手法で、義朝像の形象を通じて、花袋自身の内面を仮託しようとしたのである。つまりこうした方法を用いることによって、花袋は、原典の中では、王朝貴族の権力闘争に引き込まれながら盛衰ところをかえる運命の武人として描かれている義朝を、「愛欲」「運命」「死」「骨肉の情」「時」「廃墟」などの問題でとらえたのである。

次は、巻之二の「八 義朝青墓に落ち著く事」「九 義朝野間下向の事附忠致心替の事」の加筆・挿入の問題である。「八 義朝青墓に落ち著く事」の所は、『源義朝』では、十八章から三十六章を使って書いている。十八章から三十一章までは義朝の逃走の路、三十一章から三十六章までは義朝の女の「延寿」について書いている。花袋がいかに義朝の落魄して行くプロセスと「愛欲」の問題に深い関心を寄せているかが分かるのである。

吉田精一は、「自然主義の研究」下巻(昭和33年1月、東京堂)の「自然主義の終結」で、第二章に「田山花袋」(三)を書き、三項に「歴史小説と落莫たる晩年」という項を設け、『源義朝』を評している。

> 源義朝に対して彼のもつた興味は、保元の乱のそれでなく、平治物語に材を得て、平治の乱から書き始めてゐるやうに、失意の義朝、とくに逃亡図の逃跡であつた。戦争の描写などは常套的だが、落武者となつてのち、人眼をしのびつつ逃亡する道程は活気に満ち、迫真力もある。それは以前「一兵卒の銃殺」と同じケースである。あの遅鈍な脱走兵の如くに、樹にも草にも心を置きながら、なほありし日の歓楽や、愛妾常磐の肉体を思ふ多情多恨の人間を義朝に見出してゐるのは花袋的である。この義朝は多分に感傷的で、平治物語の豪傑らしくない。遁走経路は古典にも記されてゐるが、花袋は更にそれを細かく、地図と実証を踏まへつつ、心理的に追体験した。

吉田精一が、戦争の描写は平凡だが、常磐の「愛欲」の問題に焦点をしぼっているのは花袋らしいと言っている点は、他の評価と変わりはない。また、地図と実証を踏まえながら、心理的に追体験しているという指摘は、歴史物にのみ言えることでなく『田舎教師』、あるいは、『重右衛門の最後』等々共通した花袋の方法の適用であると言えよう。

吉田精一は続いて次のようにも言う。

> 高須芳次郎は、この作品を評して、源平の抗争を精しくのべなかつたことを遺憾としたが、(「最近の歴史文学と史実の考察」大正14年11月「新潮」)、さうした意味での社会的背景を花袋は敢えて望まなかつた。それよりも義朝の心にひたひたとよりそつて、感傷的に同情して書いてゐる気味があるのは、文壇的に落潮にあつた彼自身を敗残の将義朝に見、己れと通ふ人間心理を究めようとしたのであらう。彼自身の恋人に別れてゐた頃の思ひをも、義朝の愛妾への綿々たる思ひに託されてゐる。(『自然主義の研究』下巻)

高須芳次郎の「社会的背景」の欠除という見解に対して、そうしたことより義朝の心の内部の問題にし、凋落して行く課程を辿っている当時の花袋の心境に重ね、自己を物語り、告白しているのだという考え方は、一部、他の評家と重なる意見であるが、花袋の当時の作風をはっきりと突いている見解といえる。

花袋は巻之二の「八 義朝青墓に落ち著く事」以後に力点を置き、この作品の主題を浮き彫りにしようとしたものと思われる。つまり、義朝が戦に敗れ、知多半島の野間に落ち、命を落とすところまでに『源義朝』のなんらかの主題化を狙ったということである。

「九 義朝野間下向の事附忠致心替の事」の所は、『源義朝』では、四十三章から最後六十五章までこの作品の三分の一のスペースをさいている。延寿のもとを出た義朝が、庄司忠致の許に落ち着くまでの義朝の心境(四十三章から四十八章まで)、庄司忠致の印象(五十章)新年を迎える「節季」の行事や仕事や宴会で賑わう庄司の家の様子(五十一章から五十四章まで)、庄司の親子の陰謀(五十四章から五十七章まで)、義朝の死の予感と最期

(五十八章から六十五章まで)などで織りなしている。

2. 花袋の心境

ここでは、『源義朝』に描きたかった花袋の「心象風景」を辿りたいと思う。

清盛との対決が開始される時に、義朝がどう考えたかを花袋は様々書いている。原典にも史実にも表れていない事柄であり、それがまた花袋の『源義朝』を執筆するようになった原点である。

> かうして事を起こした以前にあつても、一生の浮沈に関するといふやうな、源氏といふ一族のためにもさうしなければならないといふやうな深い思ひに耽つた事は何遍かあつた。かれはかれの周辺を取り巻いた気分の中に決して落附いて生きてはゐなかつたことを繰り返した。また保元以来、歯を喰しばるやうにしてその屈辱を堪え忍んで来たことを繰り返した。(六章)

と書いていることは、花袋自身が、博文館退職などで味わったことや、父親の戦死、病気等様々な形で経験した「浮沈」に遭遇した際に味わった心の動揺、それらからの脱出においてつかんで来た事が土台になっていることは言うまでもないが、直接的には、やはり、「東京大震災」であったことはまちがいはない。

したがって、『夜座』(大正14年6月　金星堂)の中の「自然」で、

> 人間は兎角自己の歩いて行く先だけ見て、その周囲や背後や頭上を見ママ舞はさうとはしないものである。唯、一心に先へ先へとばかり進んで行くものである。そして今度の地震のやうなものに逢つて始めてびつくりして、恐れたり、戦慄いたりしてゐる。世界も人間もおしまひになつたかといふやうに吃驚してゐる。これといふも畢竟人間が余りに目前のこと

に捉へられて、眼が眩んでゐたためではないか。(七章)

と述懐している所で花袋の気持が分かる。

加藤武雄は『花袋全集』十二巻の解説で、

先に何が待つてゐるとも知らずに、ひたすらに生の意欲に駆りたてられて突進して行く義朝の中に、作者はあらゆる人間の姿を見てゐる。そして静かな詠嘆を以てそれを広い大きな胸に抱き取つてゐるのである。

と言っている。花袋は、東京の灰燼の中から不死鳥のように甦って行く人間というものを認め、それを、健康の回復と一緒に書きあらわそうと考えたのある。

一族のためにと言いながら、保元の時に、父親を自らの手で斬ってしまったことなどもそれであり、「自然」ではないことを言っているわけである。

結局、義朝の没落して行く課程を自分自身、あるいは、人間一般の持つ弱点として見、人間の生き方というものを問いつづけているのが、『源義朝』である。震災という大事変、予期しない様な天変地変、人心の動揺に際して人間はどう処して行けばよいか、どう考えねばならないか、「自然」であることが一番好いことは分かっているが、なかなかそれが出来ない。そうした人間を義朝の行動と考えの中に追いつづけるのである。

次は「青墓」に入るのが安全と義朝は感じ、鎌田と二人になって川をわたって行く場面である。

嫉妬だとか、勢力争ひだとかいふものが、君と臣との間にも、決定的に悪魔的に存在してゐるやうなどは夢にも思つてゐなかつた。かれは惨めな気がした。(三十章)

何とも言へず暗い気持がまた義朝の胸に押し寄せて来た。しかもそれ

はさつきのやうな侘しい消極的なものではなくて、烈しい強い自暴自棄的のものであつた。(三十章)

かれは平生から何方かと言へば、神経質で、小さなことが気になる方であつたけれども、しかも今日ほど胸がいやにざわつくやうな騒がしさを感じたことは稀であつた。(三十章)

神経質で、どちらかと言へば気の弱い義朝として花袋は書くのである。

一般に戦乱の時代においては、親子・夫婦・師弟・君臣の別なく、そうした秩序を破壊し、骨肉相食むというのが常識であり、『保元物語』『平治物語』そして『平家物語』や『太平記』等、全て「戦記物」はその辺を物語っているものなのであるから、そうした無秩序の有様に今さらの様に驚く義朝ではないし、事実、父を殺し、兄弟を殺しているのに、自分が追い込まれ、最期が感じられて来ると余計にこうした気持になって行き、取り乱してしまう義朝、つまり、人間義朝、弱い義朝を描くことによって、その弱さに人間の一つの有り様を花袋は書こうとしているのである。

3. 愛欲の問題

花袋は、義朝にさらに、次の様なことを考えさせるのである。

かれの眼の前には舟岡山の麓にある常磐の家と、此方から長い築土に添つて、遠く向うに折れ曲つて行つてゐる塵埃の多い白ちやけた路とが不意にあらはれ出して来た。かれは何遍その決心を抱いてそこを通つたかしれなかつた。また何遍常磐を思ひ捨てたか知れなかつた。さうだ、それを捨てる気になれば・・・・・何んなことでも出来る。命でも捨てることが出来る・・・・・。かうかれは何遍決心したことだらう? しかもその美しい、何も知らない、黒い長い髪のために、何遍かれはその決心を捨てたらうか? また忍ぶことの出来ない屈辱と圧迫と堪へ忍んだらう?
(六章)

これは、「愛欲」の問題であり、花袋自身に引きつければ、やはり愛妓飯田代子の問題であった。だから、花袋は最後には代子との「愛欲」の問題に執して行くのである。

この「愛欲」の問題とともに花袋の描き込んでいるもう一つは「死」の問題である。

「暗い気持」に追い込まれる時思い出すのは、矢張り、女である。頼朝を雪の中で見失い自決を考えるようになった義朝が、思いかけず「延寿」によって、ひたすら救われようとする姿を、花袋はこう書いている。

義朝は自からの心と体とが死の暗い影と歓楽の明るい影とで綯い雑ぜられた縄でぐるぐると幾重にも堅く縛られてゐるやうな気がした。
(二十九章)

「愛欲」と「死」の交錯する状態を繰り返している義朝としてとらえているのもやはり、花袋自体の実感であろうし、「明」と「暗」の交錯の中に人間というものは常に投げ出されているのだという、人間の一般的在り方、存在をそのまま見せていると言ってよいであろう。これは「青墓」の「延寿」に会った時も出している。

半身は此方に見せて柔らかな黒髪の上に灯の余光を波立たせつゝ今年二十七になる延寿がわくわくしてそこに立つてゐるのが見えた。
(三十二章)

義朝は明るい美しい顔と白い肌と房々した髪となつかしい呼吸をそのすぐ前に感じながら、しかもほの暗い侘びしい心持から脱却して来るこ

とがでなかつた。(三十二章)

義朝はまた義朝で、その眉を、その髪を、その美しい笑顔をその白い肌を眼にしたいがために — 否、さうはつきりと感じてゐたわけではないが、兎に角、それに引寄せられるやうにして此処までやつて来たことを頭に繰り返した。(三十二章)

柔らかな黒髪・美しい顔・白い肌・房々した髪・美しい笑顔などの延寿の描写は、花袋好みの常法で、正に飯田代子を描いたようなものであると思う。「愛欲」と「性欲」という救いは「因果応報」という「不思議な力」の交錯する状態によって煩悩している。

義朝は非常に疲れてゐたけれども、何うしても容易に眠られなかつた。かれは女の髪と肌と白い顔と微かな呼吸とを傍に感じつゝ、絶えず寝返りを打つたり溜息を吐いたり天井にチラチラと映る結び灯台の灯影をじつと見詰めなどした。(三十五章)

かれの心の底には、この世のものではないやうな、心も魂も全く爛れて了ふやうな歓楽と悲痛との光景が映つて通つて行つた。かれは女を堅く抱き締めた。(三十五章)

愛欲と歓楽の底に沈みながらも、最早、それに酔いしれていることの出来ない義朝を描いている。何も彼も捨て去らなければならぬ下降現像を呈して行く時に、朝長には、「玉藻」のことを思わせ、義朝には又もや「常磐」や三人の子のことを思わせるというふうに花袋は書いている。手の中にあったもの、自分で築き上げたものを一つ一つ手放し、裸身になって落ちて行く義朝らに思い出させるものとして「愛欲」の問題を置いたり、義朝の運命を延寿の「性欲」に結び付けたりするのは、やはり花袋らしい。

当時の花袋の状況を見るに、自身が永年勤めた「博文館」を辞めたばかりか、自らが築き上げた、文壇(自然主義の世界)は急速に退潮し、近代化させた文壇の人達が成長するにつれて、文壇では、花袋を否定し、乗り越えようとする人達が次々とあらわれていたのだった。「愛欲」の問題は、このような自分の位置に対する最後のものとして執して行くのを如実に物語っていると言っても過言ではない。

4.「運命」の問題

義朝は女を抱いていても「暗い影」におびやかされ、

> 何も彼も失敗ぢや。この身の不運ぢや。親や同胞の罰が当つたのぢゃ
> (三十二章)

を繰り返すのである。「愛欲」は勿論、すべての事が、この「暗い影」から来る因果応報的な考え方として受け取る姿を書き続けるのである

この「暗い影」が義朝の運命であろうか。

> 否、何うしても免れることが出来なかつた運命 — そのためには、七年も八年も苦しんだばかりではなく、父をも、幼い無辜な同胞をも斬つたりした運命 — その暗い惨憺とした運命の前に立たなければならない身になつた事を義朝は強く感じた。(十五章)

と「運命」を持ち出しているわけである。

その運命の内容にふれ、「保元の乱」で、父の為義や弟たちを自分の手で始末してしまった過去への自責の念から来る「因果応報」的な考え方であり、義朝に背負わされている「暗さ」の原点なのであり、「応報」なのである。積極的に、その「運命」を打破して行くのでなく、「運命」に支配される

といった消極性の上に立っているわけである。

次は、巻之二の「義朝青墓に落ち着く事」の所で、岡部六弥太が僧兵の大将を斬り捨てることから始まり、「堅田」に出て、民家に住み、伯父義隆の首を湖水に沈めて葬り、船が出ないので、再起を約して、家来たちと別れるのである。結局、義朝は息子義平、朝長、頼朝と鎌田、金王丸、重成、義信の八騎になってしまうわけである。ここで、義朝は「暗い幻影」・「暗い影」に又もや噴まれるのである。

> ひしばつた首・・・・あの白髪の・・・・あの真中のことろの兀げた、あの眼がぐるりと大きく物凄く明いてゐた・・・・それは美濃にゐる時分恐ろしいと思つてゐた眼・・・・≪あの時、父の方につけば好かつたのだ。さうすれば、今とは反対に、平家は亡びたのだ・・・・・。しかし、そのため、この身は何うなつたらう? この身も勢力を失つて了つたら鎌田が首桶に入れて持つて来た首・・・・為義の首・・・・あの無念さうに歯を喰う・・・・? ≫かう自分で自分をつぶやくやうに言つたが、今度はそれと違つて、舟岡の山の下で斬られた同胞達のことがはつきりと浮かんで来た。乙若の言つた言葉・・・・幼い亀若の言葉・・・・無慚な斬首・・・・あの小さな眼をぱつちり明いた三つの首・・・・。急に義朝は堪らなくなつた。その身がかうした悲惨な敗北に逢ふのもその為だといふやうな暗い暗い心に虐まれた。しかもそんなことには少しも関しないといふやうに馬は頻りに走つた。暗い闇の中には長い長い路が何処までも何処までも続いて行つた。(二十二章)

というのがそれであって、「骨肉の情」、自ら手にかけた惨劇の非情さから来る激しい罪の意識の苦悩の心情の連続をこの章の終末部は象徴的に描いているのである。親子や妻妾、家臣すべてを失い、一歩も動けなくなってしまった吾子朝長を自らの手で処置してしまわなければならなくなった義朝の心を花袋は次の様に描いている。

今日は何うしてか、暗い侘しい心持が胸の底に鉛のやうに重く沈んでゐて、それを表面に発しさせるやうにしても、それを発しさせるために心にもない戯れを言つたり何かしても容易にいつもの軽い心持になることが出来なかつた。戯れに言つた言葉もいつか皮肉になり愚痴になり自暴自棄になつて行つた。さうでなければ人に突きかゝつて行くか。わるく黙つて、唯盃をぐびぐび呻るやうにして飲むより他に為方がなかつた。

(四十章)

自らの手で息子の朝長の命を断った義朝がその手を下す直前の懊悩を

それはある盲目な力 — ある目に見えない、たとえば、因果とか応報とか言ふやうな不思議な力があつて、何うしてもそつちに行かずにゐられないといふやうに、また嫌応なしに引張つていかれるといふやうにふらふらとして義朝は引寄せられて行つた。乙若や亀若の面影が再びかれの眼の前に現れた。(四十二章)

と言っているわけである。「暗い侘しい」「深い暗い」を「盲目な力」と言っているのである。「因果応報」という「不思議な力」が働き、それに動かされて行くのである。

つまり、「運命」の力と言ったものに対して、ただ受け身の姿勢を取らざるを得ない人間の死への歩みを追い続けているのである。

しかし、一番不思議に感じたことは、ついさつきまでゐた人がもうこの世にはゐないと言ふことである。(四十三章)

義朝にこう言わしめている花袋の脳裏には、日露戦争従軍の時に体験した人間の「死」というものが鮮明に甦っているのである。人の世の「無常」ということ、殊に、争いの場において実感として伝わって来るものは、こうした非情な世界が人間の世でもあるということであって、花袋は人間の「生死」

と言うことを表に出しているのである。

5.「時」と「廃墟」の問題

「野間」の様子は、やはり『野間と義朝』で踏査した花袋自身の体験し、見聞した様子がそのまま書かれている。その一つが「時」の問題である。

> 義朝は不思議な気がした。あの騒がしい三条殿夜討の時からまだ一月とは経つてゐないのに、かうしたところにかうしてさまよつてゐるとは? 丸で別な運命の下にかうして肖佯してゐようとは? しかも義朝はそれを押へた。かれは黙して歩いた。(五十八章)

これは「時」というものの考えで、「時の力」はすべてを「廃墟」と化して行き、「址」を残すだけである。つまり、「時」は「現実」を風化し去ってしまうという考えをあらわしているのである。

> やがて路はその小さな錆びた池 — 数日後にはその首の洗はれる、枯れた蘆萩の縦横に折れ伏した、草薮の深くその緑に生ひ茂つた、底に沈んで生えてゐる藻の中までわびしく日影のさし透つた池に側へとかゝつて行つた。その眼にはたしかにその池が、その草薮が、その折れ伏した枯蘆が、その藻が、その藻に日影のさし込んだのがはつきり映つたに相違なかつたが、しかもそれはかれの注意を惹くに足りなかつた。かれ等は黙つてその池の側を通つた。(五十八章)

と書いたのは「野間」の荒涼とした冬ざれの「景」を体験を通して物語っているのである。正月3日の義朝の死は、大正11年正月に訪れた冬景色と完全に重なるのであって、そこで感じた「荒涼」たる「野間」の景に、花袋は最早「死」の世界に入ってしまっている義朝の姿として捉えて書き込んでいるのである。「野間」の踏査において、花袋は、その「景」の中に、義朝の「死」の世界を感知し、そのために、原典にない世界を一章、わざわざ設けて書きあらわしたのである。

「歴史」と「風土」を一体化し、そこに、歴史上の人物に現代的意義を持たせることがねらいである。歴史は歴史、地理は地理という風に別々に考えないで、両者を一体化し、その中から一人の歴史上の人物を「再生」させることによって、その人間的苦悩、あるいは、存在を永遠化しようとするのである。ルインをルインとして放置しないで、其処にあらわれて来る人間の問題を考え、その人間に永遠性を与えようする積極的姿勢が窺えるのである。

これは、花袋には文壇的落ち込みと関東大震災から、自分自身を単なるルインとして残すのでなく、「自己」の負を正に転じようとする積極的な狙いがあったのではないかと思われる。

6.「再生」の問題

『源義朝』の最後のところは、

> せめて息子景致だけでも・・・・・と金王丸は思つたけれども、大勢に無勢、鬼神でない以上は、とてもさうした事は望まれなかつた。それにこのまゝこの身が討死しては、誰がこのことを京に知らせよう。今となつては、もはや致し方がない。こゝにて討死するは易けれども、それより殿の殺害されたありさまを、長田親子の不忠不義を京に伝へる事が一層この身に取つて肝要のつとめではないか。死にまさる義務ではないか。近寄つて来る大勢の人達を相手に、或は蹴散らし或は切り靡け或は追散らし、現にその橋の袂では、寄つて来た大男を二人まで梨子割りにして、血汐が橋の板を染めたほどであつたが、暫らく経つた後には、かれは鶩栖 ― むしろ追手を鶩栖にまかせて、次第に馬を村落の方へと落して

行つた。

暫く此方に来たところで、再び鷲栖と一緒になつた金王丸は、

『此処で死ぬのは犬ぢや。兎に角、京にこのことを伝へねばならぬ！』

『それが好い、それが好い！』かう鷲栖は言つて、『兎に角、ここはこの身にお任せなされ！この身が引き受けた！これを真直に北へ北とさへ行けば熱田ぢやほどに、あとを案じずにとくいかれよ。』

『では、鷲栖どの！頼む。』

かう言つたまゝ、金王丸は一散に馬を走らせた。海近い高原には一直線につゞいた路に午の核過ぎの日影が照つて、馬の蹄に捲き起された砂塵の黄く遠くようつて行つてゐるのが長い間見えてゐた。（六十五章）

と書かれている。

金王丸の脱出は、背後に源氏再興をはっきり持った「象徴的表現」である。

これは、加藤武雄氏が定本『花袋全集』第十二巻の解説で書いたように花袋の新生を意味することである。

「源義朝」が、書かれたのは、彼の関東大震災の翌年の大正十三年作者が五十四歳の時の事であつた。震災の為めに多少の遷延を見た最初の「花袋全集」が完成し、一つまとめられた長い間の文学的業績を顧みて、ほつと一息附く暇も無く、灰燼の中から再び起ちあがりつゝある東京の姿を見ながら、更に新生の勇気を鼓舞してこの新しい試みに筆を着けたのであらう。非常な意気込みだつたとは、家人の語るところである。最初は「名古屋新聞」に連載されたが、完結と同時に単行本となつた。本が出来た時、出版記念会が催されたが、その夜の作者は非常に上機嫌だつたと云ふ。

この作を花袋が書く気になった理由は「関東大震災」にあったという指摘である。つまり、「再生」という気持の反映であるということである。

> 歴史小説を書いてゐると、時代おくれになるやうな気がすると、執筆中家人に漏らされたさうだが、併し、此一篇に描かれたものは、決して単なる昔の物語ではない。義朝を描く事によって、作者は矢張はつきりと作者自身を語つてゐるのだといふ事は、一読して素直に了解される。史上の人物を描いて、その体臭をまで感じさせる程の切実な筆は、流石に大花袋である。先に何が待つてゐるとも知らずに、ひたすらに生の意欲に駆りたてられて突進して行く義朝の姿、その義朝の姿の中に、作者はあらゆる人間の姿を見てゐる。そして静かな永嘆を以てそれを広い大きな胸に抱き取つてゐるのである。
>
> (加藤武雄『定本花袋全集』第二十四巻 解説)

この「新生」という考え方を源義朝のなかに投入し、この義朝を通して花袋は、自分を語ると共に「あらゆる人間の姿」を彫り込もうとしていると加藤は見ているのである。治乱興亡の中で生き抜こうとした源義朝という歴史上の人物に光を当てることによって、人間というものを典型的に描き出そうとしたわけである。

五

『源義朝』は『平治物語』の背景にしているものの、京都文化に親んで公卿の間に勢力を得た平家に対し東国を勢力基盤にして公卿たちには喜ばれなかった源氏。都における対照的な両家の事情や保元の乱後に父為義を斬るに至った経緯などに関する叙述がないために、迫真力がなく、立体的とはいえない作品である。

もともと花袋は、一般的な社会問題にまで眼を向けるより、人間の内実の問題に目を向けるべき主張なので、こうした描き方をしたのである。つまり、「全」よりも「個」なのであり、「個」の問題を書き尽くせば、自然、「全」

の問題に至りつくのであるという考えであった。そのあらわれが逃走中の行動の中で義朝が苦悩する心情を徹底的に追及することであったのである。

そのため、『平治物語』では、長田父子のその後の行動、義平の死、生捕られた頼朝が遠流になったことや常磐が六波羅に召されたこと、牛若が奥州に下り、頼朝が兵をあげたことなど源氏再興のことにまで及んでいたのであるが、花袋はそれらを一切省略し、源義朝が平治の乱に破れ、落人となり、野間にわたり、長田父子に殺されるまでの行動とその軌跡を歴史的事実の上に実地踏査を重ね、臨場感を主体にして、執筆当時の花袋の心境を語っているのである。

花袋は、時の流れと愛欲の問題、ルインの問題を抱えて、なお、自分の慰藉として求めつづけた紀行の中に、それらをぶち込んで、その中から、再生を計り、永遠なものに棹さそうとした。『源義朝』という花袋のはじめの歴史小説は強靭なねばりを見せようとした試みであり、当時、花袋の伝統的自然観への帰着を窺える作品だと思う。

終節

『百夜』論

− 晩年の花袋が行き着いた到着点としての愛欲の実体 −

一

『百夜』は昭和2年2月21日から7月16日まで三十五回にわたって「福岡日日新聞」に連載された花袋五十七歳の作である。単行本として出版されたのは、花袋没後(昭和10年4月3日『中央公論社』)のことであった。まさに花袋晩年の作といってもよい。

幻影にも似た過去を小説にすることは、明治40年に向島芸者・飯田代子と出会って以来、代子の内に「真珠」を追いつつ二十年の歳月をかけた花袋にとって、どうしても果たさなくてはならない作業だった。それは花袋の生そのものの証であり、女のもとに通い詰め彷徨した日々の肯定であった。幻影であったかも知れない時間を「老ひたるつはものゝ恋の凱歌」として自分自身に刻むことこそ『百夜』を書く花袋の意志であった。

これまで出された、評論家、研究者両サイドからの少なからぬ『百夜』論は基本的には、小説としての芸術的完成度は決して高くないが、人間田山花袋の求道的な愛欲世界彷徨の人生を総括したものとして価値を認める見方、また、一見老境の透徹した静寂さに満ちているかに見えるこの作の中にも、やはり花袋特有の詠嘆や感傷が込められており、そこに作者の心の中の「嵐」が隠されているとする見方などが中心である。

白鳥・藤村以降、多くの論者達によって、四十年に渡る文筆活動の末に田山花袋という作家が行き着いた到達点と目されつつも、一方ではその芸術的欠陥や作家意識の限界を指摘され続けてきたこの小説の中には、それらの見解が悉く正当と思われるものでありながらもなお、そうした「欠陥」や「限界」を越えたところで輝く、作品自体の魅力が、減ずることなく存在しているように思う。

『百夜』では、実質的には、関東大震災直後から島田が郊外にお銀のための家を新築するまでの約一年半の出来事が書き込まれているのだが、その間に様々な形で主人公達の回想が織り込まれ、時間的に「現在」と「過去」とを同時に描くという、極めて自由で柔軟な叙述形式がとられている。が、この作の最大の特色は、事件つまり筋よりもそこにあらわれて来る心理を中心にした「心理小説」であり、次には島田の考え方と彼の恋愛観がもっともよく描かれていることにあると思う。

『百夜』は、たった二人の主要人物、お銀と島田という二人の出会いから作中の現在まで、二十年近い歳月が回想によって浮き彫りにされていく恋愛小説でしかない。二人の回想と語りがこの作品を動かす力となっている。

そして、震災余後から始まってお銀の病気に終わるという構成は、花袋が言う自然の現象の廃墟から人間の廃墟が象徴的に描かれているものだと言えよう。

では、花袋にとって廃墟とは、恋愛とは、一体どのようなものであろうか。

花袋独自の廃墟というモチーフから『百夜』の世界に入って行くことにしたい。もう一度その廃墟の意味を検討し直すことから始めようと思う。また、『百夜』は、恋愛という非日常と恋愛を脅かす日常との対立と克服の構造になっている作品でもある。その日常と非日常の内部構造や『百夜』で描かれた島田とお銀の恋愛の実体と象徴性を明らかにして行きたいと思う。むしろそうした地点から歩み始める事によってのみ、この作品が示している田山花袋という作家の行き着いた場所も明確化され得るのではないだろうか。

二

『百夜』の世界は、関東大震災を背景として震災余後から始まって、百十八章から最後の百三十五章までをお銀の病気に関する内容で終わっている。

花袋は、大震災に際し、当時の作者としては唯一の単行本見聞記『東京震災記』(大正13年4月、博文館)を残している。その内容は、単に未曾有の自然現象を辿っているわけではない。花袋の態度はより唯心的で、花袋の廃墟という独自の宇宙観をよく伝えているように思われる。

> 『廃墟』といふことは、この大きな自然のリズムではないか。何んなものでもいつか一度はやつて来るものではないか。人間の『自然死』もまたこの『廃墟』の一種ではないか。人間の心の中にも絶えず『廃墟』が繰返されてゐるのではないか。淫蕩、倦怠、奢侈、疲労、さういふものの中に『廃墟』が常に潜んでゐるのではないか。そして『廃墟』の中から更に新しい芽が萌え出すのである。新しい恋が生れて来るのである。≪それを思へば、この震災も決して無意味に行はれたものではないといふことが出来る。矢張、これも大なる自然のリズムであらねばならぬ。≫(『東京震災記』)

花袋の眼は震災を「大きな自然のリズム」に集約させ、そこに「廃墟」という独自の宇宙観を据えようとする。「廃墟」は眼前に広がる焼土をのみ意味するのでなく、「自然の中にある人間」と「人間の中にある自然」という、自然と人間との完全な一元化において定義される宇宙の本質とも言うべきものである。そこから「従って被服廠跡の悲惨な光景も、自然に取っては何でもないのである。唯、焼けるものがあったから焼けただけのことである。」という、ひたすら自然の中に人間を埋没させようとする徹底したモチーフで一貫している。字義どおり廃墟と化した東京の姿と、一方は長い愛人関係の種々相の底に垣間見える人間の「廃墟」とが二重写しとなって肉薄してくる観がある。

> 東京としての大きな<廃墟>もさることながら、私はその中に更に小さな私の<廃墟>を見たような気がした。(『東京震災記』)

という花袋一流のモチーフが厳存することを改めて確認させられるのである。要するに、花袋は震災の現実を見ること以上に、震災の意味を自己に即して語ることにより多く心を傾けていると考えることができよう。

震災に対しても花袋はあくまでも楽天的であって『何も悲観するには及ばない』(大正12年11月『中央公論』)という文章を発表しているくらいだ。天災を個人的な範囲でのみ「描写」し社会的事件として構造的に考えることのできない花袋の限界は明らかで、廃墟から立ち上がる民衆の姿に同情と希望を持つものの、その新しい生まれ変わりに対して何ら具体的なヴィジョンを与えることができないのである。嘆息と抽象的な議論が繰り返され、ついには震災の惨事は疎外されていき、花袋個人の心情に流れていく。

> その時、私はいろいろなことを想像した。この古びた町の巴渦の中に身を埋めて了つたら、何うだろう? そうしたら、誰も此身を発見するものはないであらう? そしてその身を埋めた理由をそこにかくれてゐる美しい一人の女のためか何かにしたら、そしたら一遍のロマンチックな小説は書けるだらう? (『東京震災記』)

ここに読みとれるのは全く花袋の個人的な心情にすぎない。そして空想の中の女を現実化するのは『百夜』のお銀のモデル飯田代子だと言えよう。

> 人間の心理に横つてゐる跡と。自然の中に残つてゐる跡と。後者は二千年経つても、三千年経つてもその跡はそれと認めることが出来るが、前者はすつかりあとも形もなく消えて行つて了ふ。否、消えて行つて了

ふだろうか?　否、否、矢張それは永久に人間の心の中に、廃墟として残つてつづいて行くに相違ない。(『小さな廃墟』)

すでに、花袋は『小さな廃墟』(大正4年7月4日、「中央公論」)で恋というものは、「完全な址だね。問題に問題が起こり、煩悩に煩悩が重なり、歓楽に歓楽が積まれた跡だね。」という感激があったし、小説としては『廃駅』論で触れた通りである。

こうした感激を花袋は決してありがちなお題目として唱えているのではなく、年来のテーマを傾けて、初老の身をもってなおそこに生きつつあることの人間的真実をこめた結語として提出しているのである。

三

1. 非日常の虚構の空間としての恋

では、『百夜』での震災は時空間的区別にどのような意味付けができるだろうか。

次は震災前の彼等の部屋の描写である。

原始的な美が何よりもすぐれてゐるとは言ふけれども、人工的な、繍畫的な、または粧飾的な色彩の中に、恋した女の白い肌や情を含んだ眼や美しく櫛の歯を見せた、水も滴るばかりの形の好い髪を見るといふことは、男性に取って何とも言われぬ喜悦のひとつでなければならなかつた。島田はその室を、長い間自分達のものにして来た室を、それはいろいろのいきさつもあつたであらうし、苦しみもあつたであらうけれども、兎に角さうしたものも皆んなその室の色彩の中に柔らかに溶け込んで、一つの絵畫であるやうに、デコラチィブに二人の心持やら気分やらを混ぜ合わせてゐたのに — それまでにするのには並大低の努力ではなかつたのに、一朝にしてそれが全く猛火の中に焼け落ちて了つたのは、島田に取つては、すぐれた芸術品を焼いて了つたのにもまして、たまらなく惜しく思はれた。(四)

花袋は主人公島田を通して、しばしば震災直後の日々を振り返る。そして、振り返るうちに「美しい空想」であった彼等の部屋での非日常、その時を両手でしっかり掴みたくなる。身も心もその時間に戻り、その時間を再び生きてみたくなるのである。島田とお銀の恋愛は非日常を根源にする虚構の空間であったと言えよう。

島田は二人の「恋愛」を演出するため、様々な装飾を施す。「人工的な、繍画的な、または粧飾的な色彩」の中にお銀を置くことに喜びを感じていた。人工的な色彩に彩られた部屋は、二人の恋愛感情を濃やかにしていった。疑惑や煩悩、そして熱狂と陶酔という島田の感情を映し出す「一つの絵画」でもあった。二人で作りあげた非日常の虚構の空間であったといえるだろう。それが関東大震災のために一瞬にして失われてしまったのだ。そして復興していく東京はかつての東京ではなく、周囲の風景も目まぐるしく変わっていく。都市が一挙に崩壊したという衝撃は、二人の「恋愛」にも影を落としている。

今までは一人の客と芸妓の関係で遊びの世界であったが、震災によって二人は助かったものの以前の関係は崩れ、新たな段階へと入ったわけである。

震災後お銀はしばらく「坊主学校」の隣りのバラックに住むようになる。島田は「その坊主学校の塀についていつもその細い通り」を通った。坊主学校の生徒にとってお銀はまだ普通の日常の女性ではなかった。

『だって、無遠慮なもんよ、それそれ！好い女が出てゐる！あれも芸者だとさ！と言つてゐるのがきこえるぢやないの』(三十一)

お銀は自ら洗濯をし、志摩子の母としての日常生活を営み始めているが、まだ日常の世界には入れなかったのである。

> かれはその代わりにガランとした安壁の黄ろいのを見た。幅も何もかけられてゐない床の間を見た。新建の長押に鉋のあとの凸凹してゐたのすらたまらなくわびしいのに、西日がカンカンと明るすぎるほど殺風景にさし込んで来てゐるのを見た。(四)

二人の関係の内実が、「恋の廃墟」のようになったという彼等の部屋の「ガラン」とした「殺風景」に象徴されている。大震災後、劇的な再会によって確かめられた二人の関係だったが、彼等の心象の風景を読むことができる。

島田は二人の関係が二十年近くにもなり、震災後日常化していることに危機を感じ始める。新鮮な刺激も浪漫的な夢も掻き立てられないことに、平凡な日常の浸食を考えたのかも知れない。秘密を享楽し、神秘に惹きつけられる島田は鎮静化して行く感情に苛立っていく。

> (そんなことはない、そんなことはない、これは私達の恋の意志だ、あの震災にさへ壊れなかつた俺達の恋の意志だ。そんなことで何うにもなるものではない・・・・・まだ俺達の恋の火は燃え切つてゐない。これからもつと燃える！燃える！)(七)

島田は虚しい叫びを上げているように思える。虚構の空間を作ることによって、一時でも現実を忘れ、熱狂と陶酔に身を任せようとするものの、彼らの心は冷め、冷え込んでいく。崩壊した廃墟の東京で、二人は新たな関係を構築していかなければならなくなっていく。

『百夜』は、筋よりもそこにあらわれて来る島田の心理と現実と過去を同時に描く方法がとられているので冗漫に感じられることもある。しかし、彼等の恋の金屋、妾宅の建築によって小説もようやく動きを見せてくる。内容からしても妾宅の完成が最大のピークであることは確かであろう。

彼等の「恋の金屋」は「中等教育の学校」の隣りに建てられた。島田は「郊外の小さな停留場を下りて、或る中等教育の学校の塀に添つて」歩いて通った。前の「坊主学校」から「中等教育の学校」の隣りという空間の移動は彼等の日常の生活圏への進入を意味すると言えよう。震災前にそうであったように、完成したお銀の部屋を飾り立てたが、二人の心は「夕暮れ近い薄明るさ」の影のように灰色に染まっていく。

> 新しい恋の金屋も、立派に粧飾されたかれ等の一室ももはや以前のやうな楽しさを齎しては来なかつた。恋の深淵の底に横はつてゐる或るものの冷たさが常にかれ等の心に触れた。(百三十一)

この心の「冷たさ」はどこから来るのであろうか。

廃墟の中に恋の再生を歌った花袋であったが、『百夜』に再生の突破口はない。二十年来の二人の関係が、本質的には何一つ変わったわけではなかった。二人には、まだ島田の家庭という高い障害物を乗り越えられなかった。認められない陰の関係であるが故に、お銀にその不満は大きい。お銀は島田の死んだあとを思い、不安と淋しさに駆られて、「何んなに碌でなしの亭主でも、それでもひとりきまつてゐればその方が何んなに幸福だろう」と呟くのである。お銀は日常の家庭の女性になった。つまり、大震災という自然の現象の廃墟から、彼等の恋愛の廃墟が象徴的に描かれている。

では、島田の考える「恋愛」とは、一体どのようなものであったか。

2. 恋愛を脅かす普遍的価値の日常

『百夜』では島田の恋愛哲学ともいうべきモノローグが随所に挿入されている。島田は過去を回想するだけでなく、自らの恋愛観を披瀝し、思索する男でもあった。

> さう言つて了つてはあまりに情痴すぎるかも知れないが、かれの経て来た五十年の生活の中では、それより以外には大したものがあつたとも思へないのであつた。金を稼ぐこと、自分の名を世間にひろげること、別な反対な勢力と相争ふこと、生活状態を一歩々々好くして行くこと、さういふこともこの世に生きていく上に於いては、かなりに無関心ではゐられないことには相違なかつたが、それも一方にかの女があるからで、もしかの女がかれの生活の途上にあらはれて来てゐなかつたなら、その生活力も決してさう強くは働かなかつたに相違ないのであつた。(四十六)

名利を求める心でさえ、「恋愛」という欲望を達成させるために生まれたものであった。お銀の存在は彼の文学の源である。つまり、彼の芸術の実行のためにお銀との「恋愛」は存在するのである。島田の場合、「恋愛」という欲望はすべての欲望に優先するいわゆる、恋愛至上主義者だと言えよう。

「道徳」も「社会」も「事業」も、そうした「全体」的なものは、すべて、「恋愛」という「個」に包まれてしまうものであり、「恋愛」というものの本質を解き明かす何の働きもないものと見做しているのである。

お銀との隠れ家が設定され、花袋の持論である、すべての「全」的なもの「社会」的なものを否定して、「個」の生活、男と女の究極の世界、すなわち恋の殿堂を構築しようとするのである。

島田はお銀が花柳界出身の女性だからこそ、心惹かれたのである。彼は女性の愛情や嫉妬を通し、自分の存在を確認している。

> 『でも、男の方は何うしたつて女が玩弄物でなくつては面白くないやうなところがあるんですね。』
> 『さうかも知れないな』
> 『だからあの社会なんか面白いんでせう。私、今、それがよくわかる

わ。真面目では、男の方が面白くないのよ。女の方に別に男があつたり、男の方に別に女があつたりするのが面白いのよ。男は女にやきもちをやかせるのが得意なのよ・・・・。さうでせう？』(二十五)

お銀は島田の考える恋愛の実体を鋭くついている。

「非日常の人」であり、「狭斜の女」であるお銀のような女によって、恋の「真実」が表に出てくる可能性があるのだということを強調している。それとともに、やはり、一方には、そうした女であるが故に、家庭というものが巧みに左右されていると考えているのである。つまり、お銀はあくまで非日常の存在でなくてはならなかった。

島田がお銀に会いに行こうとする日には、決まって雨が降る。前日がいくら晴れていても、あるいは行く日を変更してみても、全く無駄なのだ。

それに折角のその思ひ立ちをやめるといふことが出来なかつた。何もそんなに規則正しくやらなくとも好い。雨が降つたら、明日にすれば好い。あまりに自制心がなさすぎる。いつもさう思つて降り頻る雨をじつと眺めて、心を静めて机の前に坐つて見たりするのであつたが、やつぱり落附いてゐることが出来なかつた。その期間に醸されたかの女への空気が既にあまりに濃厚にかれを包んだ。また止むに止まれずにかれを引張つた。(五十二)

これは島田自身でも不思議に思われる「気象のリズム」であり、「降雨の周期という自然のリズムと島田自身の身体とが感応」しているので、彼の恋愛は自然のリズムと一致するのであると言えよう。

お銀との恋愛は、いわば非日常という空想の所産と言わなければならない。これに対して島田の家庭という日常の世界は、

お互に固く結びついて来る必要がある中は結びついて来たけれども、

それを貫く紐がゆるくなるにつれて、皆てんでんばらばらになって行くのだった。そしてその向うには何があるだらう? 空虚と死とがあるばかりではなかつたか。(九十八)

と描いている。つまり、家庭は彼の空想をもたらさないので忌避されるのである。そうした時、島田の空想の現実化である妾宅の完成は、第二の家庭の成立だと言える。

田辺剛城(『百夜』論 — 男女の寓話の誕生 —)は二人の「恋の金屋」の建築の意味を次のように説明している。

島田とお銀との「恋の金屋」の建築は、決して彼等の恋の“勝利”も真の“再生”も意味しはしない。彼等二人の情交は、全く閉じられたものであるが故に、外からの力による“破壊”も新たなる“再生”も当初からあり得ぬものなのである。ただ二人の、二人だけの世界の内部で、永遠に終る事のない腐蝕が静かに進行して行くだけだ。結論的に言えば、小説『百夜』には、外界から全く遮断された処で、済し崩し的に内部崩壊し続ける一対の男女の姿が描き出されていると言っていい。そして、そこに社会性や倫理性が欠如しているが故に、作品内部では、完全にマイナスの、出口が失われた閉塞状況が成立しているのである。

しかし、島田は出発の時点ですべての「全」的な社会性や倫理性を自ら否定して「個」の核心に基づいた恋の殿堂を構築しようとしたのである。「恋の金屋」が「出口が失われた閉塞状況」になった理由は、自分が放棄しょうとした家庭をもう一度作った自己矛盾から来たのではないか。

花袋自身は大正4年5月「新潮」に「私は家庭における暴君である」を書いている。花袋はそこで「私の慾するところの自由を飽くまで束縛するやうなことがあれば、其の時には私は家庭を破壊しても関はぬと思つてゐる。」とはっきり言っているのである。妻、子供、そして家庭というものを中心にした考え方、つまり、家庭の保持のための家長的権限とその意識の喪失であるし、放棄でもあるし、否定といってもよいのかも知れない。子は子、親は親として、それぞれ「個」の生き方ということを花袋は明示して行くのである。

実際は、島田はお銀への愛欲を至上のものとして貫き通そうとしながら、その一方で常識的な家庭人としての一面の顔を捨てきれずにいて、その板挟みに追いつめられた男であり、そこに彼の現実に対する低迷がある。

男女のことは結局一夫一妻だ。そこまで行かなければ何うにもならないのだ。必ずそこに到達しなければならないのだ。島田はそれをつくづく痛感してはゐるが、しかもまたその一方では、そこまで行けば心と心とが平均しすぎ、身体と身体とが平均しすぎて何でも恋愛の女神は住んでゐないのだ。恋愛といふ女神はもうこれで役目がすんだから私のゐるところではないと言つてサツサと逃げ出して行つて了ふのだ。(三十三)

島田の矛盾に満ちた恋愛観が述べられていると言えよう。彼は「一夫一妻」が男女の本来の在り方と思っている。が、家庭において「夫」「妻」という立場に置かれた途端、「恋愛の女神」は逃げてしまう。その上女性は妻になると、彼の求める美を失い、恋愛情緒を味わうこともなくなるというのだ。

榎本隆司は昭和41年の早稲田大学教育学部「学術研究」第十五号に書いた「『百夜』論」で、主人公島田にとって「女はまさに生活のすべてであつた」と書いていることをあげ、「家庭は女を『平凡』」化する」その救いを妻より外の美しさを常に保とうとする女に求め「女への愛着のゆえに家庭の改造を思いながら逆にその苦悩を癒すべき女にもたれ込んで行く矛盾」と、男性のエゴイズムを描いているのだと非難している。

島田が家庭を壊そうとしないのは、「家」を自分の存在の根であると考えていたからではないか。島田は「妻」を生身の肉体を持つ女性と見るより、自分の帰るべき日常そのものと見なしているのではないか。

だから「一夫一妻」という観念はいつも彼に迫り、島田は現状の改革を思わずにはいられない。

さういう時に際していつも起つてくる考へは、自分の家庭を改造すれば好いといふことであるが、しかもさうした勇気がないために、ぐずぐずと燃えもせずかうして長く不得要領に続いて来てゐるのである。家庭を改造してそしてその得るところは別に大したものではないことをかれはよく知つてゐた。家庭といふものがいかに女を平凡化するものであるか、また外で見てゐて美しかったものがそこにつれて行つて何んなにつまらないものになつて了ふか。また自分ですっかり所有して了つたといふことが何んなにそのものを無意味にして了ふかといふことにについてかれはよく知つてゐる。そこに人間の弃見たいなものがあつた。(三十四)

妻妾二面に分裂して行く家庭の「改造」を口にしながら、それを実行にうつす勇気が島田にはないのはなぜか。

それはお銀が妻になっても彼はまた新しいお銀と恋愛することを彼自身が最もよく承知しているからに他ならない。島田にとって恋は彼に抵抗を感じさせる非日常的なものでなければならない。

これは、尾形明子が「田山花袋『百夜』の断想」(昭和55年1月30日 東京女学館短期大学 紀要第二輯)で説明した花袋の恋愛観と一致する面である。

代子と家庭との間を二十年に亘って揺れ動きながら、しかもそれを作品化していくところに花袋の生そのものがあった。家庭があるために代子への執着はますます激しく、その心を自分のものとするために苦悩し彷徨し、果ては宗教にまで心の救いを求めていく。それらは家庭を壊し、代子を妻としたならばすべては解決してしまう事柄であった。二重生活を生きたエネルギーと費やした時間、苦悩、金銭を思えば、それははるかに簡単な解決法であった。しかしながらその時、花袋は再び別の恋を求めて苦悩するに違いなかった。(「『百夜』の断想」)

一方、「家」を自分の存在の根であると考えていたからではないか。「妻」はまったく表に姿を出して来ない。

芸者をやめ、両親や志摩子との平穏な生活を望んでいるお銀は、自ら洗濯をし、志摩子の母としての日常生活を営み始めている。ふたりの関係を「罪」と考えているお銀は一夫一妻の平凡な日常を夢見ている。それに対し、島田は日常と非日常との危うい均衡の中で暮らしている。彼はお銀との「恋愛」を非日常に追い込もうとする。日常を生き始めたお銀と、非日常の場を必要とする島田。二人の齟齬は拡大していくように思われる。

女のもとに通う時、島田は何度も後を振り向く。長男に後をつけられることを怖れ、女の家の垣根の向こうに大学生帽が見えたと言っては、慌てて立ち上がったりする。

> 子供に知られることは、やつぱり親としての威厳を失ふといふ形もあるにはあるが、それ以上に子供のためにならないといふことがその理由の八分通りを占めてゐるやうだった。(七十一)

そしてそこに親としての愛があることを信じて、島田は書斎を整理し、自分の著作を子供たちの目から隠し日記や手紙を整理するが、二十三歳にもなった長男には、それは滑稽である。二言目には金の話をし、すべて父親が悪いと喰ってかかり乱暴する常太に、島田の心は乱される。成長した子供が今は妻に代わってお銀を脅かす。それは妻のように宥めておくことも、理解してもらうことも、あるいは甘えることも出来ない存在だった。

島田の心の乱れは当然、お銀に伝わる。お銀もまた、養女とした妹の娘志摩子の反抗にしばしば悩まされ、その上、七、八年も前から気に掛けていた体の中の塊が急に大きくなってきたように思われる。

このように日常の家庭と彼らの子供は島田の恋を脅かすのだ。

四

本質的には何一つ変わったわけではなかった二人は「恋愛」の帰着点を「死」であると考えている。恋の歓楽を味わいつくそうとすれば、二人の心と体とを一致させようとすれば、「死」の淵まで突き進むしかない。

島田はお銀とはすれ違い、孤独を深めていくことになるが、彼らの心が一つになる瞬間が無いわけではなかった。

> かれ等の心はじつと混じり合ひ澱み合つた。それは何の事はない。この夕暮の静けさの中に深く沈んで行くやうなものだった。勿論それは若い時の張り詰めた恋の感激でもなく、または中年の頃の止むに止まれぬ恋の張溢でもなく、さうかと言つて互ひに抱き合つたりするやうな気持でもなく ― その時にぢかに当つて見なければわからないといふやうな、さまざまの艱難の光景を経て始めて、さうした境に到達したといふよりは、むしろその時になつても ― もうそのやうな恋心が燃えようなどとは夢にも誰も思つてゐないやうな今になつても、さうしたひとつの静かな融合がこの二つの性の上に開かれて、今までにはとても想像もつかなかつたやうな静かな喜びをそこに感ずるのだつた。(八十八)

お銀と島田の孤独な心が交錯し、自然の中に一つに溶け合つている。都会の喧噪から離れて、二人の心は解き放たれる。夕暮れの静かの中、「ひとつの静かな融合」がもたらされる。

これは花袋の「人生の転機」以降、象徴的なタイトルである「自他融合」と「金剛不壊」の実現である。大体「金剛不壊」を根幹にした考え方を述べている『谷合の碧い空』(大正6年8月「文章世界」)で、次のような表現がある。

> 静かに金剛不壊といふことを思ふ。既に金剛不壊である。生死なく、暑寒なく、煩悩なしである。しかしそれは生死なく暑寒なく煩悩なしを

言ふことではない。又、生も可なり死も可なり暑寒煩悩も又可なりといふことでもない。生の喜び、死の苦しみは十分に受けることが必要である。また寒い暑いも人よりも一倍敏感に感じなければならない。唯考へなければならないことは、生死寒暑煩悩といふことは、実は、生死をめぐる方則であつて、それが我々人間の総てではないといふことである。生命の廻転する枢軸は、金剛不壊の力を以て常に無窮に動いてゐるのではないか。

「生死寒暑煩悩」と言ったようなものは「生命の法則」ではあるが、それがすべてではない。その中枢には、いつも「金剛不壊」の力が働いており、それは、「現象」と「本質」の関係と考えているようである。「現象」は変化するが、「本質」は変わらないのである。

「金剛」ということが主体であって、如来の知恵が堅固で一切の煩悩を照破することを言っているわけである。だから「金剛心」「金剛身」とか「金剛不壊身」とも言い、「仏身」を指して言っていると考えていいのである。続いて、人間の「欲望」というものも、その結果必然的に生れて来る「現象」と考えているからなのである。この「金剛不壊」は、『百夜』でも受け継がれている。

しかし、これも非日常の体験といってよいであろう。この場面では、二人の溝はたやすく乗り越えられる。が、それは薄明の中でのみ実体化する「恋の殿堂」である。

島田はかれ等の恋が既に行きつくところに近づきつゝあることを思はずにはゐられなかった。(百二十九)

島田は「恋」と「死」とが一如となった世界を想像する。やがてはお銀をも巻き込む形で、「恋愛」の理想郷を思い描くようになる。

何処まで行つても、これで頂上だといふ感じはしなかつた。そこからそれへと新しい世界がひらけて、心と体とは何処まで行くかわからなかつた。

死！結局はそこにあるらしい。そこまで行かなければ何うにもならないらしい。ある時はかれ等は話をそこまで持つて行つた。二人の心と体とがぴつたりと合ふなどといふことは容易なことではない。とても出来ることでは無い。死！その奥にかれ等はその神秘な境を覗いた。・・・・・・・・・

ＡとＨとの心中もそれだ！という風にかれ等は話した。勿論体の一致だ！という風に。その心持はその時そこに入つたものでなければ本当にはわからないかも知れないけれども、しかしかれ等の心持やら感じやらであら方それを推察することが出来るといふ風に。ＡとＨもその場合にはもはや命は惜しくはなかつたらうといふ風に。世界は二人きりの世界になつて、そのひとつの抱擁にあらゆるものが入つて行つて了つたであらうといふ風に。(百十四)

恋愛生活を死によって解決することを予言としている描写である。つまり二人は「恋愛」の帰着点を「死」であると考えている。恋の歓楽を味わいつくそうとすれば、二人の心と体とを一致させようとすれば、「死」の淵まで突き進むしかない。

「ＡとＨの心中」とは、大正12年6月に起きた有島武郎と波多野秋子の心中事件をいうのであろう。日常の脅威を超えてしっかりと結ばれる心と体。現世での現実に見切りをつけた花袋に、島村抱月と松井須磨子の最後が、あるいは有島武郎と波多野秋子の情死が浮かぶ。花袋にとって、それらは稀有な恋の完成だった。

二人の「恋愛」にとって様々な障害を、「死」によって乗り越えようと考えたのだ。以降、二人の心情が次のように描かれている。

かれ等は互ひに相憐れむといふやうな心持の徐徐として起つて来るのを見た。それは侘しいとも違ふが、楽しむといふ心の容でもなかつた。暗

> くはないが、ぱつと明るいものでもなかつた。夕暮近い薄明るさの影に似てゐた。(百十五)

彼らの心が一つに溶け合ったのも薄暮の時であった。それが彼らの心が沈潜していくに従い、侘しさ、寂しさを伴ってきている。

悲しみも苦しみもないが、喜びもない。運命にすべてを委ねた境地、花袋流に言うと自然のリズムと一致する境地ではないだろうか。自然と恋の合体を考えているのである。

> その身でその恋の末路を想像して、かうした未曾有の恋の歓楽を悠にしてゐる以上、当然それに対する報酬を受けなければならないといふことをひとりぎめにきめてゐるかれを見た。(百三十)

「恋の末路」を島田が想像しているように、彼らは生の世界に恋の充実を求めることの不可能性を知っている。世間の束縛を脱し、個人的な生き方を選んだ結果、彼らが到達したのが死と言えよう。「死」は、正に現実において如何にその「恋の殿堂」の持続の難しいかを物語っているのである。それは一種のユートピアである。「個」への徹底を促す形で「死」という形を取らせている花袋は、大正14年9月の「女性」の『心中雑話』では、美化し、ロマンティツクに見える近松の心中美学を否定しながらも、

> その実行に対する意志のところまで行くと、そこには、実際、現世にゐるものの容易に飲み込めないやうな深い深い心理的銀線の波動を見る。そしてそれは現世から他界の不可思議の中につづいて没して行つる閃光的波動である。(『心中雑話』)

と、やはり「心中」のいだく神秘性を問題にしているのである。そして、そこに、花袋は人間の孤独というものを置いているわけである。恋 — 孤独 —

死の関連であると思われる。

百二十二、百二十三章で、島田はお銀の手術の場面を想像しているが、彼はお銀の死を予想し、不吉な思いにとらわれている。「死」の影が濃厚となった時、彼らの心は一つになり、静かに歩み始める。それは死への道行であったかもしれない。

> かれ等はそれでも互に力を得たといふやうに ― 死ぬまでは兎に角に互にその傍を離れまいとするやうに、そのまゝ並んで、徐かにその長い廊下を歩いて行つた。(百三十五)

廊下を歩み去る二人の姿で『百夜』は終わっている。この二人の恋の最終形態である「死」は何を意味しているのか。

「死」は、正に現実においていかにその「恋の殿堂」の持続の難しいかを物語っているのである。それは一種のユートピアであり、人間の址で恋愛の廃墟ではないか。

『百夜』の世界がまさしく現世には砂上の楼閣であったことを誰よりもよく知りながら、煩悩に相変わらずにのたうちながら、花袋は文学的な表現として『百夜』の時間を再現する。『百夜』の芸術としての純度は、花袋のその必死の緊張ゆえに生み出されたと言える。従って、そのように考えるなら晩年の花袋の像もまた変わって見えて来るのではないか。

花袋にとって『百夜』の世界は幻に過ぎないことを自覚する作と見てとれる。人生において芸術も又虚しいということの認識を深めるための作業であったのである。それは、白鳥の言うように、中世的であり、宗教的な世界である。つまり、「方丈記」や「徒然草」に連なる「無常観」の確認であり、その現代版といえるのである。

五

震災余後の埃っぽい空気に始まって、最後はお銀の病気に終わる『百夜』は、お銀と島田という二人の恋愛が書かれているにすぎない。お銀との出会いから作中の現在まで、二十年近い歳月が回想によって浮き彫りにされていく。二人の回想と語りがこの作品を動かす力となっている。

普遍的価値の形象として表徴されている日常と、非日常という外界とは断絶された処で成立された二人の「恋の金屋」との対立は、永遠に終わらない内部崩壊をし続けた結果、死によって解決していると思われる。

『百夜』は、この世の現実の実相をすべて「廃墟」に見る花袋独自のモチーフが確認させられる作で、すべての「全」的な社会的なものを否定して、「個」の核心に基づいた「恋の殿堂」を構築しようとする、「自然の中に混じり合った恋」という花袋の理想の実現ではないだろうか。

その意味では、あの震災時の恋の殿堂もまた、自然の中での束の間の憩いだったのではなかったか。『百夜』の世界全体が非日常の旅であったとも言える。大自然の威力をバックに、世間から隔離されたいわば非日常の世界が『百夜』だった。死による大自然との一体化を夢見たのであろう。

この「無常観」認識が「再生」・「新生」になるか、消極的諦念として、前近代性、感傷性として葬り去られるかは問題が残ろう。確かに、その見定めに花袋像の正負がある。

結論

田山花袋の文学意識の構造を、ここでもう一度整理しておくことで論を終わりたい。

明治39年11月に出版された『美文作法』は、自然主義全盛時代の前ぶれを知らせる記念となる一冊であった。そのうち、二篇「露骨なる描写」と「事実の人生」とは自然主義文学の経典であり、自然主義の文学思想をあらわす用語となっていくのであった。明治34年9月といえば、そのほんの僅か前にモーパッサンによる西洋の衝撃があったばかりで、大胆な性表現の前に小主観の代表たる封建道徳は粉砕されており、以後、自然主義作家として西洋を形象する筈であった。しかし、花袋の内部には「大自然の主観」が継起しているが、西洋の受容がその後もなくなった訳ではない。あるいは、人の獣性も自然の表現であったとすると、自然主義退潮期に復活する伝統回帰の観念となった自然観と、二つながらの大自然の主観が同時進行したことにもなる。

花袋の自然には、少なくとも複数の変容があった。作家がいくつかの変容として自然を表現していることは、概念の不透明部分を示しているとも言えようし、もともと花袋は理論構築に欠け、そのための、合理性の不徹底を意味していたと言える。明瞭に分化したとき、花袋には萩坪以来の伝統的自然観が一種の思想感情として、豊かに甦ってきたのである。このことが明確になるのは自然主義文学の退潮期であり、『田舎教師』および『縁』

を描き出す明治43年3月前後であった。

人間と自然が渾然一体に存在する世界観は、日本の、さらに広い意味で東洋伝来の定義の仕方であって、決して西洋のものではない。西洋では人間と自然は対立しており、その典型的文化として西洋の近代があった。花袋は一方に日本の中の西洋を模索し、他方で伝統世界に支配されていたので、彼はこの二律背反を実践して見せたことになる。確かに「大自然の主観」による観念は、西洋文化とは別物の日本文化の伝統と結ばれていることの証左であったのだ。

明治35年5月の『重右衛門の最後』は、モーパッサンへの傾倒の結果として、花袋のリアリズムへの傾斜がよく見てとれる作品であり、一方いわゆる「露骨なる描写」の持つ革新的意味に目覚めたという面においては、ゾラの影響を受けたと言える前期自然主義時代の代表作である。

『重右衛門の最後』の最大の特徴は、複数の変容によって描き出された何よりも多様性と曖昧さをもっている「自然」の意味にあると言っても過言ではないほど、主観・客観の問題から「大自然」あるいは、「大自然の面影」といった言葉であらわそうとする花袋の自然観、それがそのまま出ていることにある。

「自我・性欲・本能の自然」と「歴史・習慣の自然」の過程は、明治34年にモーパッサン邂逅から始まる西洋の衝撃があって、その後のプロセスは日本の中の西洋として形象化してゆき、一応の成果として明治40年9月の『蒲団』に繋がる。周知のとおり、日本自然主義のための過程であった。

一方、「神秘的・超越的・形而上的意味の自然」のコースは生命観に対する基調が探求され、意匠的には底辺に生きる人間の深刻な生活を表現する時の芸術主題に到る。「大自然の主観」(『新声』明治34年8月)の前に人間の営為は小さ過ぎ、人間の行為自体が自然の所産であったのである。

これは、日本の中の西洋を演出した「自我・性欲・本能の自然」のコースとは両極をなす、伝統観のあらわれとでも言うべきものであった。いかに西洋文学観などが強く存在していたとしても、伝統意識があらゆる形で花袋の行為を規制した。西洋の徹底が不足した本質的原因もこの点に帰するであろう。あるいは西洋の模倣が皮相的だ、と言われる理由も同様のところにある。

花袋は一方に日本の中の西洋を模索し、他方で伝統世界に支配されていたのである。花袋の前期自然主義の作品だと評価されている『重右衛門の最後』は、彼のこの二律背反が見える代表作だ。

田山花袋には大正期の初めと終わりに、それぞれの自然主義期に匹敵するような重大な転換があった。「人生の危機」から「人生の転機」までのプロセスである。花袋の『東京の三十年』(大正6年6月)の中には、大正期の自然主義退潮と直接関係する人生上の行き詰まりからきた苦悩と、芸術上の不振からきた絶望を語る『四十の峠』の一節がある。確かに花袋が自然主義運動の反動期に迎えた「人生上の壁」と「創作上の壁」は、「Blank page」と形容する「空虚」と「徒労」とを内在化させた。

このような「人生の危機」から、「山や川や石やが依然として同じ形でゐるのも、寂として動かず欠けず崩れずにゐるのも、却つて私に金剛不壊の本体を暗示した」という、大正6年8月の『谷合の碧い空』(『文章世界』)の記述によって、「人生の転機」を明瞭に意識している。

「人生の転機」では、「自然」を見るにつけ、感傷的な気分から解放されて、作家として存在する者の不幸が克服された結果を語ったのである。「こんなに骨を折る。何の為めに? こんなに齷齪する、何の為めに? 」(『山にある友に与ふ』明治45年10月「文章世界」)とか、「何の為めに自分は努力した。何の為めに自分は生活した」(『一握の藁』大正3年1月「中央公論」)と反芻する危機意識の繰り返しとは無縁である。『脱却の工夫』(大正6年1月「文章世界」)の反現実主義の立場は、自身により実践した自然主義期の論評を否定することであり、超越的精神を模索する姿勢が顕著となるのである。そして、『脱却の工夫』では、花袋と「仏教」の関係を自らの結論としていた。

「社会」と「仏教」との対照にみられる作家の意識は、以降、宗教小説と、晩年に展開する非合理的な精神主義の端初を示すことによって、東洋的な日本思想を展開したのである。人生上の壁を越えた花袋、つまり「人生の危機」から「人生の転機」を迎えた花袋の内在的価値は、具体的に作品の中でどのように拡大再生産されたかを、『時は過ぎ行く』・『ある僧の奇蹟』・『再び草の野に』などを通して分析して行った。

『時は過ぎ行く』は大正5年9月、花袋が四十六歳の時、新潮社から出版された六冊目の書き下ろし長編小説である。この一遍は、田山一族のみならず、歴史の波にただ翻弄されて生きるしかなかったすべての生ある者、生あった者への花袋の哀しみが書かせた作品である。

時流に乗れず失意のうちに死んだ実、志半ばに倒れた父親、不平不満の中で死んだ母親、時流に乗りひたすらに歩み続け名を成し地位を得た花袋自身、そして、黙々とその生をただ誠実に生きた良太。しかしながら「悠々とした人生」の歩みのもとでは、すなわち、大自然の「時」のもとでは、すべての人生は等しく虚しいのではないだろうか。

『時は過ぎ行く』は、二重の構造を持つ「時」として描かれている。生きている人々の現実の「時」と、そして、それらを包んで流れていく大自然の「時」の二重構造である。『時は過ぎ行く』において人間が刻む「生死離合」の「時」は大自然の「時」に包まれて流れていくのである。それはもとより深い洞察や知性によるものでないが、花袋の情緒的な直感的な認識による「時」の哲学だ。『時は過ぎ行く』は「時」がすべてを解決し、癒してくれるという花袋の「時」への信頼と哲学の一方法として、新たな文学への出発となった作品である。『時は過ぎ行く』はそのまま『東京の三十年』(大正6年6月 博文館)に連なっていく。一族の歴史を描いた『時は過ぎ行く』に対し『東京の三十年』

には花袋自身の歴史が語られるのであるが、この二作を書き終えた時、花袋の「四十の峠」の混迷は一応終わる。花袋の作家活動の中で文字通りの折り返し点に置かれた作品であった。

その後、花袋は「人生の危機」から「人生の転機」を意識して記述した評論と随筆を書き継いだが、これらには大抵仏教への傾斜が見られる。その小説としての展開は大正6年9月『ある僧の奇蹟』(『太陽』)である。

大逆事件という「社会」に目を向けた問題を一方に置き、一方には「個人」の問題として、「愛欲」を置き、その中間にいて花袋は苦しんでいる。そして、ユイスマンにならって廃寺の生活をおくり、仏教の真意に近づいた時に、「四十の峠」を過ぎた人間の「心の虚妄」と関わり合いながら見つけ出した境地が、「覚醒」であり、そこから生まれて来る「奇蹟」は彼の願いであった。

一切を捨て、「出世間」、「無一物」の状態に立ち入った時、「一即他」「他即一」の「法身」に到達でき、「金剛不壊」の境地に立つことが出来たのである。そのため、「仏教」と「社会主義思想」という際立った対立を同時に抱いていた慈海が、結局、仏教の「無一物」に救われ、それをややキリスト的な「覚醒」に流し込み、常識的ではあるが、東洋と西洋の持つ「奇蹟」と従来から持ち続けていた「神秘性」の問題に取り組んで、「自然主義」的な立場から脱出しようとしたのである。

花袋は『ある僧の奇蹟』の中で、「自然」を「人間の最初の『詩』であり且つ『宗教』ではないか」といい、書き込んでいる。この時、「自然」は「自他融合」であり、「法身」でもあったのである。つまり、『ある僧の奇蹟』は「文学」と「宗教」の融合を図ったものであり、「自他」を「融合」させ、「主客合一」を図り、「自他融合」の形で描き上げようとしたのである。

ヨーロッパ的思考と科学の権威から脱出し、「宗教又芸術の根本義」であるという「自然」の非合理的な精神主義中に「滲入して行く心がけ」であった。大げさに言えば、西洋と東洋の対立からの脱出であった。しかし、『ある僧の奇蹟』にしても、「融合」はあったが、その先は、まだはっきり見えていなかった。

『再び草の野に』は、花袋の周辺に働いていた人々や事柄を次々と投げ入れて、そうしたものが、すべて過ぎ去って行き、址として、ルインとしてしか姿をとどめないのであり、悠久なものの中に吸収されてしまうという花袋の晩年のモチーフである「廃墟」と「時」、「愛欲」の問題を花袋の自然観によって描いている作品である。

「社会」の問題としての「文明」の姿も、「個」の問題としての「愛欲」の問題も、すべて「自然」の器に包含されルインと化してしまうというのが『再び草の野に』であり、「時」の推移と「自然」の変化とが並行しながら廃墟となって行く、人間にはどうすることも出来ない超越的な「自然の力」というものが、描かれていると言えよう。

色々な表現を、しかも人間の「愛欲」を中心にした事柄を、一つの織物のように織りなして、そこに人生というもの、人間の「生」と言ったようなものを見せようとしたところは、狙いはよいとしても、少々薄手になってしまったことが否定できないのも事実である。

しかし『再び草の野に』は、花袋の晩年の西洋文学の否定を、伝統的「自然」の確固とした立場とを踏まえた「自然」受容の方法によって書かれた作品として、その意味は過少評価されるべきではない。つまり、花袋にとって「自然」は「いくら汲んでも汲んでも尽きない新しい泉が滾々として常に流れ出して来てゐた」「芸術の師」のようなものであった。

花袋「人生の転機」では「人間は個にして全である」(『孤独と法身』大正6年7月)とか、「善いが善いではない、わるいがわるいでないと言ふこと」(『脱却の工夫』大正6年1月)とある自らの非合理的言動を通じて一種の超越的存在に触れて見せていた。「法華経は驚くべき書だ。あんな本は世界には又とあるまい。」(『谷合の碧い空』)とか「批評も傍観的、法身的でなければならないのである。まことなもの、すぐれたものは、竟に金剛不壊である。」(『孤独と法身』)と言い切っていた。宗教的気分に過ぎぬか、信仰に近かったかは問わないが、「人生の危機」を通り過ぎて生じた転機後に、花袋は仏教教典に影響を受けた文芸観、人生観を自らの主張としていたのは間違いない。

大正8年から十年にかけて、花袋は新聞小説をたて続けに執筆しており、それには『しのゝめ』『静江のあやまち』『浅い春』『くろ髪』『銀盤』『廃駅』があり、おおむねが通俗的な恋物語であった。

また、この時期、花袋は、「本当の心と人生とが一つになつた芸術」、「描写といふ心の境」をもう一段高めた芸術を標榜する。花袋は『最近に読んだ小説』(大正6年5月の「太陽」)で、問題提起をする。先ず、「自他の融合と言ふことに就いて、文壇には猶ほ深く考へなければならないことが多い」と、彼は考えている。そして、書くものと書かれるものの関係を、「主客の融合乃至即不即と言ったやう」に描出することが「自他の融合」であって、この「主観、客観の論議は、随分昔から続いて来たものだ」ったし、「人生のある間、芸術のある間、無限に続いて行かなければならないもの」とするのである。これは、非合理的な精神主義の「伝統」観念とも言えるモチーフが作家を支配していたのである。それは「宗教小説」やら「愛欲小説」として実現され、『廃駅』の中にも流れている。

男と女が存在する限りどこにでも起こる愛欲の苦悩と人間史の悲劇の事件も、茫漠と流れる時の力に跡かたもなく悲しく消えて「廃墟」になったという花袋の思いは、それらを取り巻く時代や社会への認識ともさらには作品を通して追究させるべき論理や理想とも無縁であると思われる。愛欲や孤独、悲しみ、野心といった人間の業は、絶えることなく受け継がれ、悲劇は人間の存在する限り、繰り返されていくのである。

孤独感、生きることの根源にまでいやおうなく向き合わなくてはならない淋しさと苦悩、不安に花袋は追い詰められた。愛欲も苦悩も失意も僅かばかりの成功も野心も、あらゆる人間の営みを呑んで、時は流れていく。男女の愛欲とその葛藤は「根強い、根本的な、人間の力では何うすることも出来ない両性の悲劇」(『廃駅』)であるからこそ、それは自然に繋る。それは人間の営みでありながら人為を超えて、時の中に吸収されることなくしてはやまない「無常」であり、情緒であり、花袋の感慨である。

だから、『廃駅』における自然と時の流れの背後にある長兵衛の悲劇は、長兵衛だけではなく人間の変わることのない悲劇となる。この作品の主題である男と女の愛欲と、時は過ぎゆくといった東洋的諦観は、花袋の晩年の『源義朝』と『百夜』に受け継がれるのである。

『満鮮の行楽』は単純に土地の案内ではない。花袋の晩年の二大モチーフである「歴史小説」と「愛欲小説」に触れる前、欠かせないのが花袋の紀行文である。一つは花袋固有の「廃墟」の歴史小説と、もう一つは愛人飯田代子との関係が直接の動機になっている愛欲小説への組み立ての絡みがある。

花袋は若い時から大変な旅行家であり、その紀行文集は明治大正を通じて最も多数の著書を持ったルポルタージュ作家ないし紀行作家であった。花袋は、小説が「人生を主としてゐる」のに比べて、紀行文は「自然を主としてゐる」という相違があるくらいだと言っている。この差というのは重点の置き方の差に過ぎず、本質は両者同じなのだと言っているのである。このように花袋にとって、旅というのは「本当」の自分を見つめることであり、彼の「紀行文」は「小説」を構成させて行く根源であると言えよう。

花袋の紀行文は、彼の自然主義の浮沈のように、確かに変わっていったと思う。「天下の絶景」と「絵画の妙味」の抒情的な嘆賞に留まってはおらず、「地図の正確」「小さいもの、平凡のもの」の「科学的研究の方法」と歴史や風俗への目も、そこには生きている。そうした花袋の成長は、小説の中にも当然反映され作品の陰翳を深めていった。歴史小説の『源義朝』は、少なくとも紀行作家花袋を無視しては語れないし、『満鮮の行楽』は歴史小説へと移行する過程の紀行文であるから、この意味は大きい。

『源義朝』は名古屋新聞に、大正13年1月2日から8月15日まで連載された花袋の晩年の作品であり、初めて歴史小説に挑戦した作品である。もともと花袋は、一般的な社会的問題にまで眼を向けるより、人間の内実の問題に目を向けるべき主張などをやって来た。つまり、「全」よりも「個」なのであり、「個」の問題が書き尽きれば、自然、「全」の問題に至りつくのであるという考えであった。そのあらわれが、源義朝の逃走中の行動の中で苦悩する心情を徹底的に追及することであったのである。

そのため、『平治物語』では、長田父子のその後の行動、義平の死、生捕られた頼朝が配流されたことや常磐が六波羅に召されたこと、義経が奥州に下り、さらには頼朝の挙兵といった源氏の再興にまで話が及んでいるのであるが、花袋はそれらを一切省略した。源義朝が平治の乱に敗れて落人となり、野間に渡った後長田父子に殺されるまでの軌跡を、歴史的事実の上に実地踏査を重ね、臨場感を主体にして、執筆当時の花袋の心境を語っているのである。

花袋は、時の流れと愛欲の問題、ルインの問題を抱えながら、なお自分の慰藉として求め続けた紀行の中にそれらを全部入れ込んで、その中から再生を図り、永遠なものに棹さそうとした。『源義朝』という花袋の最初の歴史小説は、強靭なねばりを見せようとした試みであり、当時の花袋の伝統的自然観への帰着を窺うことができる作品だと思う。

この論の終章として触れた作品は『百夜』である。『百夜』は昭和2年2月21日から7月16日まで三十五回にわたって「福岡日々新聞」に連載された花袋五十七歳の作である。単行本として出版されたのは、花袋没後(昭和10年4月3日『中央公論社』)のことであった。まさに花袋最晩年の作といってもよい。

白鳥・藤村以降、多くの論者達によって、四十年に渡る文筆活動の末に田山花袋という作家が行き着いた到達点と目されつつも、一方ではその芸術的欠陥や作家意識の限界を指摘され続けてきたこの小説の中には、それらの見解が悉く正当と思われるものでありながらもなお、そうした「欠陥」や「限界」を越えたところで輝く、作品自体の魅力が、減ずることなく存在している。

普遍的価値の形象として表徴されている日常と、非日常という外界とは断絶された処で成立されている二人の「恋の金屋」との対立は、永遠に終わらない内部崩壊をし続けた結果、死によって解決していると思われる。

『百夜』は、この世の現実の実相をすべて「廃墟」に見る花袋独自のモチーフが確認させられる作で、すべての「全」的かつ社会的なものを否定して「個」の核心に基づいた「恋の殿堂」を構築しようとする、「自然の中に混じり合った恋」という花袋の理想の実現ではないだろうか。その意味では、あの震災時の恋の殿堂もまた、自然の中でのつかの間の憩いではなかったか。『百夜』の世界全体が非日常の旅であったとも言える。大自然の威力をバックに、世間から隔離されたいわば非日常の世界が『百夜』だった。旅なら当然、終わりがある。旅の終わりを死で結ぶのである。死による大自然との一体化を夢見たのであろう。

この「無常観」認識が「再生」「新生」になるか、消極的諦念として、前近代性、感傷性として葬り去られるかは問題が残ろう。確かに、その見定めに花袋像の正負がある。

以上述べたように、花袋文学は西洋受容と伝統継承の二層の文学意識の構造になっている。つまり、言ってみれば、人生論、人物論の立場を土台にしながら、一方、その芸術性の解剖を加えた上で、論理性のない情緒のみを尊重する文学と言える。

果たして、これまでの花袋のマイナスのイメージである思想や論理を情緒化することには、全く文学的意味はないのか、論理性、思想性、あるいは知性を持つことが「社会性」をかち取り、普遍性があり、人間の真実を掘りあてる金科玉条のものであるかという疑問が残る。

たしかに作家が示す伝統継承による自然観の分裂と、それに対する無意識によって生じる記述が問題を複雑にしているのは、ここまで触れた通りであろう。良し悪しは別の次元のこととして、問題を偏在化させ西洋化し得ぬ、日本的世界観に閉じこめる原因は、基本的に花袋の内部から発する衝動が創作を形象するからである。花袋に西洋の科学の不足があり、実際の相当部分を形成していた伝統意識のあらわれであることが見え隠れしているために、矛盾と形容されるような文学状況を作りだしたのであろう。そこで、花袋は芳しい評価を与えられていないのである。しかしながら、これは、花袋のなかに潜在している伝統継承の構造を無視し、西洋受容の仕方だけをネガティブに捉える観点のみから生まれた傾向だと思われる。

■ 参考文献

≪使用テキスト≫
『時は過ぎ行く』『定本花袋全集』第六巻(臨川書店　平成5年12月)
『ある僧の奇蹟』『定本花袋全集』第九巻(臨川書店　平成5年12月)
『再び草の野に』『定本花袋全集』第八巻(臨川書店　平成5年12月)
『廃駅』『定本花袋全集』第十一巻(臨川書店　平成5年12月)
『源義朝』『定本花袋全集』第十二巻(臨川書店　平成5年12月)
『百夜』『定本花袋全集』第十三巻(臨川書店　平成5年12月)
『重右衛門の最後』第十四巻(臨川書店　平成5年12月)
『満鮮の行楽』『花袋全集』第二十八巻(臨川書店　平成5年12月)

≪使用資料≫
『蒲団』『定本花袋全集』第一巻(臨川書店　平成5年12月)
『一兵卒』『定本花袋全集』第一巻(臨川書店　平成5年12月)
『妻』『定本花袋全集』第一巻(臨川書店　平成5年12月)
『田舎教師』『定本花袋全集』第二巻(臨川書店　平成5年12月)
『一握の藁』『定本花袋全集』第四巻(臨川書店　平成5年12月)
『山上の雷死』『定本花袋全集』第九巻(臨川書店　平成5年12月)
『小説新論』『定本花袋全集』第九巻(臨川書店　平成5年12月)
『残雪』『定本花袋全集』第十巻(臨川書店　平成5年12月)
『ふる郷』『定本花袋全集』第十四巻(臨川書店　平成5年12月)
『描写論』『花袋全集』第十五巻(臨川書店　平成5年12月)
『東京の三十年』「『生』を書いた時分」「私と旅」「四十の峠」「明治天皇の崩御」「廃寺の半年」『花袋全集』十五巻 (臨川書店　平成5年12月)
『インキ壺』「踏査」「男と女」「実行と芸術」『花袋全集』第十五巻(臨川書店　平成5年12月)
『泉』「ある友に寄する手紙」「人生の一宿駅」『定本花袋全集』十五巻 (臨川書店　平成5年12月)
『卓上語』「自然に似た主観」「皮剥の苦痛」『定本花袋全集』第十五巻(臨川書店　平成5年12月)

『文章新語』「新しき紀行文」『花袋全集』第十五巻(臨川書店　平成5年12月)
『小説新論』『花袋全集』第十五巻(臨川書店　平成5年12月)
『『浦のしほ貝』に見出したる『自然』』『花袋全集』第十五巻(臨川書店　平成5年12月)
『葡萄の峠を度る』『定本花袋全集』第十六巻(臨川書店　平成5年12月)
『小さな廃墟』『定本花袋全集』第二十二巻(臨川書店　平成5年12月)
『牢獄』『定本花袋全集』第二十二巻(臨川書店　平成5年12月)
『わが影』『定本花袋全集』第二十三巻(臨川書店　平成5年12月)
『花袋随筆』「地震の時」「半日の閑談」「心中雑談」「心境ということ」「私と外国文学」
『花袋全集』第二十三巻(臨川書店　平成5年12月)
『孤独と法身』『定本花袋全集』第二十四巻(臨川書店　平成5年12月)
『谷合の碧い空』『定本花袋全集』第二十四巻(臨川書店　平成5年12月)
『脱却の工夫』『定本花袋全集』第二十四巻(臨川書店　平成5年12月)
『恋愛小論』『定本花袋全集』第二十四巻(臨川書店　平成5年12月)
『男女の心の問題』『定本花袋全集』第二十四巻(臨川書店　平成5年12月)
『黒猫』『定本花袋全集』第二十四巻(臨川書店　平成5年12月)
『自他の融合』『定本花袋全集』第二十四巻(臨川書店　平成5年12月)
『東京震災記』『定本花袋全集』第十五巻(臨川書店　平成5年12月)
『夜坐』「心の階段」「一つの考察」『定本花袋全集』第二十四巻(臨川書店　平成5年12月)
『花袋行脚』「三〇義朝の循走した路」「をはりの言葉」『花袋全集』第二十四巻(臨川書店　平成5年12月)
『第二軍従征日記』『定本花袋全集』第二十五巻(臨川書店　平成5年12月)
『西花余香』『定本花袋全集』第二十六巻(臨川書店　平成5年12月)
『長編小説の研究』『定本花袋全集』第二十六巻(臨川書店　平成5年12月)
『『野の花』の序』『定本花袋全集』第二十六巻(臨川書店　平成5年12月)
『美文作法』「美文作法」「小説作法略」「事実の人生」「露骨なる描写」「抒情詩と自然主義」
『定本花袋全集』第二十六巻(臨川書店　平成5年12月)
『小説作法』「小説と作法」「私の経験」「今の文芸と昔の文芸」「観察と描写」「余談」
『定本花袋全集』第二十六巻(臨川書店　平成5年12月)
『近代の小説』『定本花袋全集』第二十七巻(臨川書店　平成5年12月)

『幼なき頃のスケツチ』『定本花袋全集』第二十七巻(臨川書平成5年12月)
『古人の遺跡』『花袋全集』第二十八巻(臨川書店　平成5年12月)
『葡萄の宿』(『拈華』大正8年1月)
『日あたりの縁』(『拈華』大正6年1月25日)
『晴れた日の午前』―「ある友に」―(『文章世界』「春季特別号」大正6年4月)
「飯倉だより」『藤村全集』第九巻 (筑摩書房　昭和42年7月)
『平治物語』『校註国文叢書第５冊』(博文館　昭和3年3月)

≪研究文献≫
伊東一夫編『島崎藤村』(明治書院　昭和54年3月)
沼尻正之「近代日本におけるオカルト・ブームと新宗教」『近代日本文化論と宗教と生活』(岩波書店　平成11年3月)
岩永胖『田山花袋研究』(桜楓社　昭和四13年10月)
岩永胖 『自然主義文学における虚構の可能性』(桜楓社　昭和43年10月)
榎本隆司『国文学解釈と鑑賞』「紀行作家としての独歩と花袋」(至文堂　昭和五17年7月)
榎本隆司「田山花袋『源義朝』論」『軍記物語とその周辺』(早稲田大学出版部　昭和44年3月)
大久保典夫「重右衛門の最後」『国文学解釈と鑑賞』(至文堂　昭和57年7月)
猪野謙二「藤村と花袋」『明治の作家』(岩波書店　昭和41年3月)
加能作次朗『定本花袋全集』第四巻「解説」(臨川書店　平成5年12月)
加藤武雄『定本花袋全集』第二十四巻「解説」(臨川書店　平成5年12月)
岸　規子「田山花袋『百夜』論」花袋研究学会々誌第十八号(平成12年3月)
尾形明子「『廃駅』を中心に」『東京女学館短大紀要』(東京女学館短期大　昭和53年11月)
尾形明子「『時は過ぎ行く』論」『東京女学館短期大紀要(東京女学館短期大学　昭和57年11月)
尾形明子『田山花袋というカオス』(沖積舎　平成11年2月)
小菅健一「『時は過ぎ行く』論 ― 時間論再考の視点から ― 」『論考田山花袋』(桜楓社　昭和60年3月)
片岡良一『自然主義研究』(筑波書房　昭和32年12月)
片岡良一『近代日本の作家と作品』(岩波書店　昭和14年11月)
片岡良一『近代日本の小説』(法政大出版局　昭和25年3月)

花袋研究会編『愛と苦悩の人・田山花袋』(教育出版センター昭和55年11月)
勝本清一郎・柳田泉・猪野謙二編 座談会明治文学史』(岩波書店 昭和36年6月)
勝山功「『時は過ぎ行く』(花袋)と『和解』(直哉)の検討」『国文学解釈と鑑賞』(昭和43年9月)
芥川龍之介『芥川龍之介全集』第一巻(筑摩書房 昭和56年11月)
川副国基『近代評論集一』(角川書店 昭和47年9月)
倉西聡「『時は過ぎ行く』論 ― 青山良太像をめぐって ― 」『論考田山花袋』(桜楓社 昭和60年)
小島幸隆「『時は過ぎ行く』私論」『花袋研究学会々誌』十一号(花袋研究学会 平成5年3月)
児玉源太郎『満鉄』(岩波新書 昭和56年3月)
紅野敏郎編『論考 田山花袋』(桜楓社 昭和61年2月)
小林一郎『田山花袋研究』「館林時代」(桜楓社 昭和51年2月)
小林一郎『田山花袋研究』「博文館入社」(桜楓社 昭和51年3月)
小林一郎『田山花袋研究』「博文館時代」一(桜楓社 昭和51年3月)
小林一郎『田山花袋研究』「博文館時代」二(桜楓社 昭和54年2月)
小林一郎『田山花袋研究』「博文館時代」三(桜楓社 昭和55年2月)
小林一郎『田山花袋研究』「「危機意識」克服の時代」一(桜楓社 昭和56年3月)
小林一郎『田山花袋研究』「「危機意識」克服の時代」二(桜楓社 昭和57年6月)
小林一郎『田山花袋研究』「「危機意識」克服の時代」三(桜楓社 昭和58年3月)
小林一郎『田山花袋研究』「歴史小説時代より晩年」(桜楓社 昭和59年3月)
小林一郎『田山花袋研究』「年譜・索引編」(桜楓社 昭和59年10月)
小林一郎『自然主義作者田山花袋』(新典社 昭和57年12月)
小林一郎編『日本文学の心情と理念』(明治書院 平成元年2月)
小林一郎「田山花袋と城沼」日本文学風土学会編『湖沼の文学』(朝文社 平成2年12月)
笹淵友一『明治大正文学の分析』(明治書院 昭和45年11月)
沢 豊彦『田山花袋の詩と評論』(沖積舎 平成4年2月)
相馬庸郎『日本自然主義論』(八木書店 昭和45年1月)
相馬庸郎『日本自然主義再考』(八木書店 昭和56年3月)
相馬庸郎「花袋再考 ―『時は過ぎ行く』を中心に ― 」『自然主義文学』日本文学研究資料叢書(有精堂 昭和63年8月)

武石彰夫「古典を読むための『仏教思想入門』」『国文学』(学灯社　昭和58年3月)
中村元「日本人の思惟方法」増田四郎編『西洋と日本』— 比較文明史的考察 — (中央公論　平成6年2月)
中村星湖「『再び草の野に』と『新生』」(『早稲田文学』大正8年3月)
中村星湖『定本花袋全集』第四巻「解説」(臨川書店　平成5年12月)
中村白葉『定本花袋全集』第六巻「解説」(臨川書店　平成5年12月)
中村光夫『言葉の芸術』(講談社　昭和46年11月)
平岡敏夫『日露戦後文学の研究』上巻(有精堂　昭和53年3月)
平岡敏夫『日露戦後文学の研究』下巻(有精堂　昭和60年7月)
平岡敏夫『日本近代文学史研究』(有精堂　昭和44年4月)
平沢禎二「館林の少年詩人田山汲吉とその周辺覚書 —『城沼四時雑詠』(稿本)を中心として — 」『田山花袋記念館紀要』第三号(平成3年3月)
ひろさちや『仏教とキリスト教』(新潮社　昭和61年10月)
福田清人・石橋とくゑ、『田山花袋・人と作品』(清水書院　昭和43年12月)
堀米庸三「ヨーロツパとは何か」増田四郎編『西洋と日本』— 比較文明史的考察 — (中央公論　平成6年2月)
正宗白鳥「田山花袋論」(『中央公論』　昭和7年7月)
前田晁「廃墟を描いた作 —『再び草の野に』を読む — 」(『文章世界』大正8年2月)
宮内俊介「田山花袋・全小説解題稿」大正編(六) — 大正13年8月～15年7月(熊本学園大学　文学・言語論集　平成11年6月)
宮内俊介「田山花袋・全小説解題稿」大正・昭和編(熊本学園大学　文学・言語論集　平成12年6月)
宮内俊介「「源義朝」論ノート」『花袋研究学会々誌』第十四号(花袋研究学会　平成8年3月)
丸山幸子「歴史小説ノート — 晩年の問題から「蜻蛉日記」もの」『花袋研究学会々誌』第十五号(花袋研究学会　平成9年3月)
三好行雄篇『近代文学史必携』(学灯社　昭和62年4月)
柳父章『翻訳語成立事情』(岩波書店　昭和57年2月
柳田泉『田山花袋の文学』一(春秋社　昭和32年1月)
柳田泉『田山花袋の文学』二(春秋社　昭和33年9月)
吉田精一『日本主義研究』上(東京堂　昭和30年1月)
吉田精一『日本主義研究』下(東京堂　昭和33年1月)
吉田精一『自然主義文学以後』(毎日新聞社刊　昭和37年3月)

吉田精一『花袋・秋声』(桜楓社　昭和55年7月)
吉田精一『近代文芸評論史』(明治・大正篇)(至文堂　昭和55年2月)
吉田精一『国文学解釈と鑑賞』「独歩と花袋」(至文堂　昭和57年7月)
吉田精一『現代日本文学史』(桜楓社　昭和57年4月)
和田勤吾『日本近代文学大系』『田山花袋集』解説(角川書店　昭和47年)
和田謹吾『自然主義文学』(至文堂　昭和41年1月)
和田謹吾・吉田精一編『近代文学評論体系』三(角川書店　昭和47年2月)

■後 記

この本は二松学舎大学院の博士学位論文にもう一度、手を入れて修正、加筆したものだ。いまだに、筆者にとって田山花袋という作家は巨大なカオスである。花袋の実態を探るのに筆者の能力が足りないのを痛感しながら、これまでとは違う問題意識で花袋の意味を究明しなければならないという課題を自らに課して取り組んだ。

日本に留学した時、筆者の研究テーマが田山花袋であることを話すと、教授や学友に怪訝な表情をさせた。そして、花袋学会の会員にも私のテーマは興味を持たせる内容であった。

何？田山花袋！

どうして、日本人にも賞味期限の過ぎた作家に興味を持っているのか。という表情である。文学史の中では一時期を画した作家であるが、今では、名前だけ残され、剥製にされた作家という位置づけである。

一時代を風靡した「近代」と名付けられた時代の尺度を測る対象として、花袋が論究される場合、花袋は日本自然主義文学の主唱者であったが、花袋が貰った評価は最悪であろう。日本近代文学の歪みは花袋から始まったという認識は広くて深い。

確かに花袋の作品では大きな芸術性と思想性を読み取ることはできない。特に、本書で扱っている自然主義後期の作品は、殆んど長編で花袋という人物が分からない場合、読み取ることが困難であり、冗漫な作品である。多くの評論家は、花袋の言説と作品で、彼の芸術性の欠陥と作家意識の限界を指摘している。論理性、思想性、また知性的な描写の欠如のためである。

花袋の先駆者的なモチーフは、すなわち、エミールゾラの「自然」になっても、それは東洋的な日本の「自然」になってしまう。たまに、花袋の文学は歌い継がれた演歌のメロディのように懐かしい。演歌は通俗的である。しかし、露骨的な通俗性で我々は精神を癒されている。余分な修辞を剥いて、真実の実体をありのままに描写している花袋の文章は強い磁力を持っている。

韓国人として日本文学を研究することは簡単な作業ではない。日本人に見えないことを探そうとしたが、逆に、韓国人なら誰にも見えることに目を塞いだことにならないか。という危惧をいだいている。韓国と日本との関係が冷え込んでいる今日、筆者の研究にどのような反応があるだろうか。

この本では、これまでの田山花袋という作家に対する不当な評価を改め、復権させることに力を注いだ。今後、田山花袋を多方面で総合的に究明して、同時代のほかの作家との比較分析をしたいと思う。また、この本がこのような研究に少しでも役に立ったら、幸いである。

■후 기

이 책은 니쇼각샤 대학의 박사학위 논문을 다시 정리 편집한 것이다. 아직도 다야마카타이는 나에게 있어서 거대한 카오스의 작가이다. 그의 실체를 증명하기에 나의 능력부족을 절감하며 또 다른 문제제기로 그의 의미를 증명해야 할 과제를 부여받은 느낌이다.

일본 유학시절 나의 연구 테마가 다야마카타이라는 말을 듣고 너무나 의아해하던 일본인 교수님과 친구들의 표정이 떠오른다. 게다가 가타이학회의 회원들에게도 나의 연구동기는 관심거리였다.

뭐? 다야마카타이!!

왜 하필이면 외국인이 일본인에게도 유통기한이 지난 사람에게 흥미를 갖는가? 하는 표정이었다. 문학사의 한 획을 그은 작가임에는 분명하지만 지금은 거의 용도 폐기되어 박제화된 작가임에 틀림없었다.

한 시대를 풍미한 [근대]라고 불리는 시대의 척도를 대상으로 그를 규명한다면 그는 자연주의 운동의 선봉자였음에도 불구하고 그가 받은 평가는 최악이었다. 일본 근대문학의 왜곡의 역사는 가타이로부터 시작되었다고 하는 인식에서일 것이다.

확실히 가타이 작품에서는 큰 예술성과 사상성을 읽을 수는 없다. 특이 필자가 본서에서 다루고 있는 자연주의 후기의 작품들은 거의 장편들이고 가타이라는 작가를 알 수 없으면 거의 소설로서 읽어낼 수 없는 자전적 작품들이다. 대부분의 작품들이 큰 줄거리 없이 지루하게 늘어지는 듯하다. 많은 평자들은 다야마 카타이의 수많은 작품과 언설에서 그의 예술적 결여와 작가의식의 한계를 지적해 왔다. 논리성, 사상성, 혹은 지성적 묘사의 결여 때문일 것이다.

가타이의 선구적인 모티브들, 즉 에밀졸라의 [자연]이였든 동양적 일본의 [자연]이였든 그것들은 늘 같은 패턴의 결론으로 치닫는다. 그래서 때로는 가타이 문학은 낯익은 곡조의 트로트와 같다. 트로트는 통속적이다. 그러나 그 노골적인 통속성에서 우리는 큰 위로와 감동을 받는다. 거짓된 수사를 걷어내고 진실의 실체를 있는 그대로 묘사한 그의 문장의 힘이 필자를 주저앉히고 있다.

한국인으로서 일본문학을 연구한다는 것은 쉬운 일은 아니다. 일본인이 보지 못한 것을 찾으려 애썼지만 거꾸로 한국인에게 당연하게 보이는 것에 눈감지 않았나하는 두려움도 든다.

한국과 일본의 관계가 편치 못한 요즘 나의 연구는 어떤 메아리로 다시 되돌아올까?

이 책에서는 지금까지의 다야마 가타이라는 작가에 대한 부당한 평가와 복권에만 집중했다. 앞으로는 가타이를 다방면으로 종합적으로 규명하여, 동시대의 다른 작가와 비교분석해 보고 싶다. 또한 이 책이 이러한 연구에 작으나마 도움이 되었으면 하는 바람이다.

学位請求論文審査概要

主査　教授　今西　幹一
副査　教授　望月　郁子
副査　教授　林　　武志
副査　教授　戸川　芳郎(中国学)

氏名　　　馬京玉
論文題目　田山花袋論　—西洋受容と伝統継承の二層の文学意識の構造—

日本近代文学の歴史において衝撃的に出現し、自然主義文芸の隆昌をもたらし、更には私小説的な動向にそれを導いた『蒲団』により、またそれに続く『生』『妻』『縁』と立て続けに自己の生活史を対象化した作品を発表することにより、一世を風靡したのが田山花袋である。また、「露骨な描写」「平面描写」論など、描写・表現論においても先頭に立って斯界をリードしたものでもある。しかし、近代文芸史の展開において重要な意義を喪わないものの、時間とともに『蒲団』の評価も色褪せ、晩年にかけての創作も、自然主義の理念から遠くなり、近代文芸の主流からいささか逸れ、どちらかと言えば忘れられた存在になって行く。長編の多い花袋晩年期の作は、『満鮮行楽』等の紀行文芸を含めて、昨今の日本近代文学研究の状況の中では、さほどの注意を惹かず、感化されているのが実情である。多分に晦渋であり、劇的波乱に乏しく、筋立てが単調平板で退屈でもあるゆえに、日本人読者からも敬遠されていると言ってもいいほどのものである。そうした中、留学生である馬京玉氏(以下、「論者」)が、果敢にも「西洋受容と伝統継承の二層の文学意識の構造」の観点から、晩年期田山花袋の諸作を分析し、その位相の体系化を目論んだのが本論文である。壮挙とも言うべき論者の試行をまず高く買いたい。

西洋の文芸思潮の移入である自然主義文芸は、近代的、科学的な人間観に立つものであることは言うまでもない。小説の分野における田山花袋は、ゾライズムの洗礼を受け西洋的な方法の習得、文学観の形成をはかっている。しかし、他方で、和歌・新体詩から文芸的に出発する田山花袋は、多分に和文学的な素養と詩人らしい浪漫性を持ち合わせる、根強く日本的な伝統思想を基盤として有する存在である。このような意味において、論者の論題の設定、花袋における「西洋的なもの」と「東洋的伝統意識」の相克ないし止揚を見極めようとすることは、いささか演繹的な極め付けが色濃く感じられるが、至当なものと判断される。

本論文は、第一部、第二部、第三部の3部から成る。

「第一部 東洋と西洋の共存と二律背反」は、花袋の文芸において、「西洋的なもの」と「東洋的伝統意識」の共有と背反の実態、—つまりは二層の文学意識構造を見極めるために、初期から中期にかけての、論者の言う「感傷的浪漫主義から自然主義までの時代」の花袋文芸の有り様を解明しようとしたものである。第一部は、2章から成り、その「第一章 花袋の伝統意識から自然主義へ」では、花袋の素養としての「伝統意識」の所在をまず確かめている。自然主義思潮を理知的には受け入れながら、根強い「伝統意識」のために依拠し切れない有り様を指摘する。その査証として、『野の花』序文は、その認識において充分に西洋近代の人間観と方法を有しながら、その作品はそれを脆弱にする浪漫的感傷性に支配されているとする。「西洋的」なものを模索しながら、「東洋的なもの」との相克を止揚仕切れず、結果として「共存」(実態は「混在」)と「背反」の相反する機能を認めている。「第二章『重右衛門の最後』」は、論者は「「自然」のバリエーションを手掛かり」に、作品の分析把握を意図している。『重右衛門の最後』は、論者が母国・韓国において修士論文として扱ったもので、読みの歳月を重ねているものと思われる。自然観の二相(二様)のあり方、1つは「自我・性欲・本能」であり、いま1つは「歴史・習慣の自然」である。これは自然観の西洋的なもの、東洋的なものの2つの位相を示すものと解したい。それは趨勢として「神秘的・超越的・形而上的意味の自然」に志向するものとする。第二部の課題に直結するものである。この辺り、「コース」、「バリエーション」等、必ずしも適切ではない、未消化な述語の使用も見られるが、ほぼ妥当な見解である。

第二部、第三部は、本論文のなかで、「本論」的中核部分をなすものである。「東洋」は、日本をも包摂する、より広範な地域を指す概念であり「東洋的な日本思想」は多少撞着する用語であるが、日本における「西洋的な思想」と対置されるものと考えられ、近代の西洋思想の流入以前の土着した伝統的な思想を指すものと思われる。

第二部「東洋的な日本思想の展開」では、まず「第三章　「人生の危機」から「人生の転機」までのプロセス」において、かつての自然主義期の花袋を襲ったものに匹敵する人生の危機が到来したことを指摘する。1つには「四十歳の峠」、かつての人生の倦怠、幻滅と共通するかのような不安、絶望、虚無感の生成であり、2つには愛人(飯田代子)との関係のもつれから来るどうしようもない愛欲の所在である。そうした人生の危機を転換し、克服しようとし、「人生の転機」としてエポックを成していく過程を「一握の藁」の分析を通して検証している。その上に立って、第三部と合わせて、晩年期の七つの作品を採り上げ、個々に章立てをし、副題による視点を立てながら、論じて行く方法を採用している。

第二部の第四章以下の目次は次の通りである。「第四章『時は過ぎ行く』論 — 新たな文学の出発点としての一方法 —」、「第五章『ある僧の奇跡』論 —「西洋と東洋の対立」からの脱出 —」、「第六章『再び草の野に』論 — 西洋文学の否定としての花袋の自然観 －」、「第七章『廃駅』論－花袋の晩年にいたる過渡期の視点から －」である。また「第三部 西洋文学の否定と伝統的な自然観への帰着」は、第二部の論理からの当然の帰趨としての展開であり、「第八章『満鮮行楽』論 － 歴史小説と紀行文学との接点 －」、「第九章『源義朝』論 － 再生としての歴史小説 －」(『平治物語』と合せ論じている)、「終章『白夜』論 － 晩年の花袋が行き着いた到着点としての愛欲の実態 －」の3章仕立てである。

個々の章—すなわち個々の作品への論者の論究の紹介は差し控えるが、作品各論に添えられた副題に、論者の田山花袋晩年の文学思想への切り込みの方法はおのずと明らかであり、論旨の構成、展開も十分に見てとれるところである。すなわち、初期花袋のうちに認められた東洋的伝統意識と西洋的なるものの葛藤は、両者の折衷、止揚においてなされず、「脱出」と呼ぼうが、「回帰」と見なそうが、つまるところは東洋的伝統的な思想による西洋的なものの超克の過程と見なしていいものと思われる。論者の論の視点と組み合わせて、帰結は、そういうベクトルを有するものである。論者の構図する「東洋的伝統的な思想」とは、近代的自我を縮小する「自他の融合」の相であり、旺盛だったものも、窮極は死と廃墟、自然の元の黙阿弥の姿に吸収される衰微、滅亡の姿であり、それは同時に自然の蘇生(再生)の姿であり、時の経過とともに壊潰し無為に帰して行く「時」と「址」であり、その背後にある無常観的運命観である。かつては近代科学から来る人間観から肯定的に捉えられた本能としての愛欲の問題も、花袋においては最後まで絶ち難く捨て難く執着する問題であるが、家庭・妻の外の恋愛ないし情痴が生活の活力源であると認識しながらもそれは非日常・虚の世界に過ぎず、常に日常の倫理から脅かされる。花袋の恋愛体験を包括したとされる最終章「『白夜』論」で、死—心中が至上のあり方と思念するがそれもならず、孤独と不安と絶望の極に陥るしかない。即ち恋の廃墟である。またそうした心情を超越するものとしての自然死があるとする。第二部、第三部は、作品の時間的展開によらず、「時」と「無常観」、「愛欲」の問題等、作品系列による、改めてのより明確な体系的把握を試みる必要がある。

以上は、第二部、第三部の概括であるが、論者は「結語」において、自然主義期・私小説期の花袋の作品に比して晩年諸作の一般に評価が芳しくないのはリアリズムの観点に毒されているからであるとする。実際に花袋のリアリズム理解は根の浅いもので、むしろ底流し潜在しているかに見える根強い「東洋的伝統意識」観点から花袋文芸の本質を見据え、晩年の田山花袋諸作の再評価の必要性を指摘している。そういう点で、本論文は花袋文芸の見直しを迫るもので、近代文芸の世界での位置付けも再検討が要請される。

本論文は、壮大な骨格を持つ論考であり、なおざりになっている感のある花袋晩年の、しかも読み通すだけでも根気のいる長編尽くしの諸作を分析し、本質を規定して体系化を図ろうとしたことは賞賛に値する。本学博士学位論文として合格の水準に十分に達しているものとして評価するものである。

■ 색 인

田山花袋研究

著 者
馬京玉(MA KYONG-OK)

祥明大学校 日語日文学科
祥明大学校 大学院 日語日文学科(文学碩士)
日本 二松学舎大学 大学院 文学研究科 国文学専攻(文学博士)
祥明大学校、嘌園大学校、水原大学校等講師を経て、
現極東大学校 助教授

専門分野は日本近代文学、特に田山花袋を中心とした文学研究である。最近の課題は田山花袋及びその文学について多方面から総合的に究明しようと取り組んでいる。研究テーマは、近代論、戦争観、女性観、自然観、廃虚の可能性等。

▸ 저자와의 협의 하에 인지는 생략합니다. ◂

初版印刷 2007年 1月 5日 | 初版發行 2007年 1月 20日

著 者 馬京玉
發行處 제이앤씨
登 錄 第7-220號

132-031 서울市 道峰區 倉洞 624-1 現代홈시티 102-1206
TEL (02)992-3224(代) FAX (02)991-1285
e-mail, jncbook@hanmail.net | URL http://www.jncbook.co.kr

ISBN 978-89-5668-462-8 93830 / 정가 20,000원